노노릭
랜플 화이트
"비상백무!!"

"오버 리미트!!"
우케이 카이토

"올바른 이야기를 되찾기 위해서……."
어떤 정체도 없이,
청렴한 물은 다만 흘러 나간다.
성녀
메테리아 로렐리아

두 번째 용사는 복수의 길을 웃으며 걷는다 4

~욕심에 가라앉은 상인~

키즈카 네로
Kizuka Nero

“반드시, 이번에야말로
이 세계에서
이루어져야 했던
이야기의 결말을……”

“힘이 없다면
짓밟혀서
죽고
끝나버리잖아?”

프롤로그

이글이글 타오르는 불길이 내 잘못의 상징이라고도 말할 수 있는 건물을 불사른다.

내가 분노에 휩싸여 닥치는 대로 베어 넘겼던 서른을 넘는 인간 쓰레기들. 그들의 피에 젖어서 잔뜩 습기를 머금은 건물의 나무 자재가 딱딱 소리를 내며 제 몸을 붉게 달구다가 검은색으로 물든다.

"……."

나는 칼부림 중 피가 묻어서 무거워진 옷을 걸친 채 그 광경을 묵묵히 지켜봤다.

분노에 휩싸여 날뛰었을 때 마구 요동쳤던 마음이 거짓말처럼 가라앉는다. 그러나 사고만은 쉴 새 없이 공회전을 하며 거듭거듭 아이들의 미소 띤 얼굴을 반추했다.

『카이토 형아.』『용사 형.』『용사 오빠.』

딱히 특별한 사건은 분명 아니었다.

비슷한 사연은 세상을 쓱 둘러보면 얼마든지 찾아볼 수 있다.

본래 세계를 돌아봐도 평화로운 선진국에서나 특수한 사건일 뿐 치안이 안 좋은 나라에서라면 드문 이야기가 아닐 것이다.

텔레비전 특집 방송으로 비슷한 보도를 가족과 코타츠에 앉아 귤을 까먹다가 끔찍한 사건 어쩌고 하며 무책임한 말을 내뱉었던 기억이 난다.

텔레비전에서, 신문에서, 인터넷에서, 작정하고 찾으면 얼마든지 발견할 수 있는 흔하고 흔한 사건.

그리고 본래 세계보다 훨씬 위험한 이쪽 세계에서는 더욱 드물지 않은 이야기.

한없이 진부한 이야기가, 한없이 당연하게, 언제든 일어날 수 있는 사건이었다는 흔한 이야기.

설령 내가 관련되지 않았을지라도 언젠가 불쑥 발생할 수 있다는 가능성의 이야기.

그러나, 그 모든 사실은 티끌만큼의 의미도 갖지 못했다.

결국은 내가 잘못하지 않았더라면 막을 수 있었던 사건이었다. 겨우 네 글자의 말조차 용납되지 못한 채 빼앗겼다.

괴물 같은 힘을 지녔다 한들 아무 짝에도 쓸모없었다.

자기만족의 선의 따윈 그저 상처만 남길 뿐인 칼날이 되었다.

통곡에 의미는 없다. 울고불고해도 의미는 없다.

내가 진실로 죽여 버리고 싶은 상대는 분명 지금도 마음껏 부를 누리고 있을 테지.

이 장소에 남아 있는 인원은 그 자식에게 버림받은, 아니, 그 자식이 처분해주기를 바란 녀석들이라는 사실쯤 짐작할 수 있었다.

뻔히 알면서도, 그럼에도 나는 수지가 맞지 않는 장부를 조금이나마 메꾸고자 놈들을 죽여야 했다.

"크, 크큭, 아핫, 아하하하하하하핫!!"

아, 이리도 우스꽝스럽고 구역질 나는 최악의 현실이라니.

"뭐가 용사냐!! 뭐가 괴물이냐!!"

사랑하던 여자도 지키지 못하고 나를 위하여 희생하게 만들었다.

레벨과 무력만 공들여 갈고닦았건마는 이미 일어난 재난의 원수마저 갚지 못한다.

"아하하핫, 아하하하하하하하하하하하핫!!"

우습고 우스워서, 너무나 우스워서.

나는 그저 벌써 다 말라버렸다고 착각했던 눈물을 흘리며 미친 사람처럼 웃을 수밖에 없었다.

☆

절대로, 차마 잊지도 못할 기억.

튀어 올랐던 피에 젖었던 뺨을 따라 주홍색이 섞인 눈물을 흘린 날의 사건.

쓸모없는 내 손을 적셨던 붉은 피는 그날도, 그리고 지금도 아직 마르지 않은 채 내 손에 달라붙어 있었다.

이 피는 분명히 그 자식의 원통함이 묻은 피가 아닌 한 씻어서 떨칠 수 없을 것이다.

그래, 마치 축복처럼, 저주처럼, 떨치지 못할 죄과의 피다.

제1장 떨치지 못할 죄과의 피

“쳇, 역시 모든 물건 가격이 상승 경향에 있군.”

요즘 조금씩 퍼져 나가고 있는『마족이 본격적으로 침공을 개시한다』는 소문.

불안감의 고조에 따라 여러 물자의 가격이 올라갔다.

그렇다 해도 우리 그론드 상회로서는 아직 오차의 범위 안쪽인 데다 조속히 응수해야 하는 안건도 아니었다. 기억에 담아 두는 정도면 별 문제는 없을 터이다.

과연 변화가 단박에 가속하는 정확한 시기를 포착할 수 있는지가 중요하다.

시기만 제대로 가늠한다면 시장의 물가가 요동을 치는 상황마저도 좋은 돈벌이의 기회가 된다.

“그론드 아저씨~ 불렀다면서? 나 왔어~.”

그때 노크도 없이 문이 열리고 누군가가 들어왔다. 언뜻 소녀처럼 보이는 외모와 중성적으로 통통 튀는 목소리가 특징적이라 어린 나이로 착각할 만한 소년.

허리까지 쓱 내려오는 금발. 베레모 비슷한 모자를 썼고 셔츠 바깥쪽에 검은색 군복 형태의 옷을 걸쳐 입었다.

기장이 짧은 스커트 아래쪽으로 날씬하고 매끈한 다리가 노출됐다.

"노노릭, 방에 들어올 때는 노크한 뒤 허락을 받으라고 몇 번을 말했나."

"어린아이 행동에 화내는 거야? 너무해라. 그리고 노노릭이 아니라 노노라고 불러줘야지."

"누가 어린애냐. 지난 5년간 나이를 먹기는커녕 키도 자라지 않은 주제에. 진짜 나이는 대체 몇 살인가 짐작도 못 할 지경이다."

"에잇, 참. 뭘 모른다니까. 노노의 마음은 항상 순진무구한 아이란 말야. 외모도 알맹이도 아이니까 아무것도 이상할 게 없잖아."

호들갑스럽게 연극 배우처럼 어깨를 으쓱이고 고개를 가로젓더니 집무용 책상에 휙 올라앉는다.

기묘하게도 충격을 받았을 터인 책상은 흔들리질 않는다.

"암튼, 오늘은 일 이야기 하는 거지? 뭘 시켜주려고? 노노 취향은 고문이 좋은데. 또 살인이야? 그럼 이번에는 좀 갖고 놀다가 해치워도 될까? 응?"

마치 어린아이가 뭔가를 조르는 표정으로 노노릭은 몸을 앞으로 내밀었다.

살짝 칙칙한 금빛 눈동자가 반짝반짝 빛나고 있었다. 거기선 한 조각의 악의도 느껴지지 않는다.

"유감스럽겠지만 고문도 살인도 아니군. 이번 일감은 단순한 수색이지. 살인은 너무 과하지 않다면야 어떻게 즐기든 간에 상관없다. 그래도 속도가 우선이다. 간섭은 안 하겠지만 일수가 늘어나면 그만큼 보수가 줄어들 거다."

"엥~ 너무한다, 아저씨~."

소년이 불만스럽게 촉촉한 입술을 살짝 내미는 모습은 그야말로 어여쁜 소녀와 다름없었다.

"잔뜩 괴롭혀서 갖고 놀아도 되는 장난감을 준다니까 아저씨한테 일감을 받아주는 건데~."

그러나 소년의 내면 깊숙한 곳에는 천진난만하며 순수하게 파탄 난 바닥 없는 잔학함이 도사리고 있었다.

"첩보 활동도 수행한다, 내 지시를 따른다. 이 두 가지도 조건에 들어 있었을 텐데? 게다가 일감을 줄 때마다 네가 장난감이라 말하는 보수를 꼬박꼬박 넘겨줬잖나. 고아원의 전직 모험가를 처분했을 때도 하나를 갖다 준 참이다만?"

"으으~ 그야, 그렇긴 한데……."

감정을 우선하여 생떼 부리는 소녀처럼 노노릭은 둘째 손가락을 부드러운 입술에 갖다 대더니 눈을 치뜨고 나를 올려다봤다.

"노노가 아찔아찔 야한 밤을 만들어줄게. 그러니까 좀만 더 즐기면서 일하면 안 될까?"

"미안한데 내게 남자를 안는 취미는 없군."

한마디로 잘라버리자 노노릭은 더욱더 몸을 내밀었다.

어지간한 창부보다 더 아름다운 손가락으로 어깨를 더듬고 옥구슬 같은 음성으로 유혹의 목소리를 연주한다.

"시험 삼아서 겪어보면 세상이 확 바뀔걸? 아저씨가 상대라면 듬뿍 서비스를 해 · 줄 · 게♪"

"아니, 나는 관심 없다고 말했잖나. 돈으로 사는 게 아닌 방법으로 여자를 품어도 즐겁지 않단 말이다."

"쳇쳇~ 아저씨는 변태얏~!! 진짜 특이한 성욕이라니까."

"여장하고 남자를 찾아다니는 네가 할 말은 아니군."

외모만 보면 일급품이지만 결국은 그 외모 때문에 고려의 가치가 없다.

이 녀석이 상대여서는 전혀 동하지 않는다.

"그런 짓은 넘겨받을 장난감과 하든지 해라."

"엥~ 안 되지. 장난감이랑 해도 전혀 기분이 좋아지지 않는걸. 고문해서 괴롭히고 싶은 상대랑 밤일로 같이 기분 좋아지고 싶은 상대는 다르단 말야."

노노릭은 풀풀 풍기던 색기를 거둔 뒤 몸을 일으켰다.

"이번 임무에 성공하면 많은 이득을 거둘 수 있다. 이틀 안에 발견한다면 이번에는 장난감을 두 마리 내어 줄 테니 아무튼 서둘러라."

그 말을 듣자마자 노노릭은 밉살맞게도 태도를 싹 바꿔 얼굴에 반짝반짝 빛나는 미소를 지어 보였다.

"와! 정말?! 만세~! 역시 아저씨는 인심이 좋다니까!! 사실은 저번 아저씨를 죽였을 때 받은 노예는 너무 갖고 놀아서 벌써 망가뜨렸거든~."

"……후, 장난감은 값싼 상품이 아니다만."

정말이지 능력만 보면 훌륭한 인재였다.

감이 예리하고 암살 기술도 뛰어나다. 별난 구석은 많아도 때때로 내가 혀를 내두를 만큼 머리가 잘 돌아갈 뿐 아니라 정보 수집 쪽 능력도 탁월하다. 향락적 학대 살인 취미만 아니라면 더욱 좋았을 텐데 아쉬울 따름이다.

“찾아야 하는 물건은【엽석(葉石)의 칼】이다. 지난 며칠 사이에 고아원에서 반출한 뒤 어딘가에 숨겨 놓았을 테지.”

“아, 지난주에 죽인 아저씨가 갖고 있었던 검 말이구나. 그때 같이 들고 오면 좋았을 뻔했네.”

“부하가 경험을 쌓을 수 있게 임무를 분담했던 거다. 뭐, 쓰레기처럼 은혜를 원수로 갚겠다고 주인을 물어뜯었다만.”

“흐음, 뭐, 됐어. 그러면 당장 찾으러…… 앗!!”

“음? 뭔가, 왜 그러지?”

갑자기 날카로운 분위기로 노노릭이 창밖에 시선을 보냈다.

그러나 창 바깥에는 달마저 가려버리는 암흑 속 거리가 있을 뿐이었다.

“……뭘까, 노노가 착각한 걸까? 이상한 기척을 느낀 것 같았는데.”

으음~ 둘째 손가락을 아랫입술에 대고 고개를 갸웃거린다.

노노릭은 금세 팽팽했던 분위기를 누그러뜨린 뒤 어깨를 으쓱였다.

“아무튼 노노는 이제 갈게. 보수로 줄 장난감 준비는 잘 해줘야 돼?”

“그래, 알겠다.”

이쪽을 돌아보지도 않고 살랑살랑 손을 흔들며 노노릭은 내 집무실에서 나갔다.

☆

“아, 놀라라. 이 거리에서 감지당할 뻔하다니.”

그론드 상회에서 제법 거리가 있는 변두리의 과수원 나무 위.

타고난 감의 예리함만으로 이쪽 존재를 감지할 뻔한 상대에게 나는 일순간 오싹함을 느꼈다.

지금은 아직 저 녀석에게 존재를 드러내고 싶지 않았다.

"아차, 갑자기 미안했어."

즉각 미나리스와 슈리아의 옷깃 뒤쪽을 붙잡아서 나무 그늘 안쪽으로 끌고 들어와 숨으려고 했다만, 그 탓에 양쪽 옆구리에다가 두 사람을 부둥켜안는 모양새가 되고 말았다.

나는 손을 놓아주고 두 사람에게서 살짝 떨어졌다.

"괜찮습니다. 그보다 주인님의 말씀대로 경계하는 게 정답이었네요."

"그래, 만에 하나라도 우리의 존재가 발각되면 곤란하다는 생각에 보험 삼아서 살펴봤는데, 설마 저 녀석이 그론드와 연관되어 있었을 줄은."

나는 다소 예상외의 사태였기에 얼굴을 살짝 찌푸렸다.

망원경을 써서 낌새만 슬쩍 확인하자는 의도였는데 그론드의 방안에 노노릭이 나타났을 때는 상당히 놀랐다.

물론 대화까지 듣기는 무리였지만, 둘의 분위기만 살펴도 제법 친밀한 관계라는 느낌은 전해졌다.

"카이토 님, 그 여자애를 알고 계셔요?"

"맞아, 살짝 좀. 그렇군, 복수와 관련된 기억이 아니라서 너희에게는 전달이 안 됐구나."

첫 번째 세계에서 노노릭과 관계는 마왕 토벌을 위한 여행 도중에 가볍게 맞붙었던 전적이 있을 뿐 얼굴을 겨우 익힌 정도밖에 안 된다.

그렇다 해도 잊히지 않는 특이한 전투 기술과 강한 무력은 기억에 깊이 남아 있었다.

나는 노노릭이 소녀인 줄 지레짐작하고 적당히 힘을 빼서 상대하다가 따끔한 맛을 봤다. 서로 타격을 받아 무승부로 끝난 전투 후 『나? 남잔데?』라는 말을 들었을 때의 충격은 지금도 잘 기억하고 있다.

"뭐, 저 녀석 얘기는 나중에 하자. 이런 장소에서 할 이야기도 아니고. 일단 숙소로 돌아가야지."

"네, 알겠습니다." "네네, 알겠어요."

나무에서 뛰어내린 뒤 혼잡한 거리에 섞여 들어서 걸음을 옮겼다.

"정보 수집은 슬라요시한테 맡기고 미리 짠 계획대로 내일부터 움직이자."

"제법 바빠지겠네요, 주인님." "정말로 기대되어요!"

우리는 최고의 요리를 눈앞에 뒀을 때처럼 반짝반짝 빛나는 미소를 지은 채 앞으로 맞이하게 될 순간을 가만히 상상했다.

다음 날, 우리는 더틀러스의 부근에 있는 던전으로 진입했다.

난이도에 비해서 별로 보상이 시원찮은 던전인 터라 인기가 낮고 우리 목적에 잘 합치되는 장소였다.

미발견 던전이 달리 있다면 가장 좋았을 텐데 유감스럽게도 이 도시 가까운 곳에는 없다.

"이제야 밖에 나왔군. 역시 태양 아래가 좋다니까."

자주 겪어서 친숙한 동굴계 던전의 축축한 공기에서 간신히 해방되었다. 나는 햇볕이 닿는 보송보송한 공기를 들이마시며 쭉 기지

개를 켰다.

슬라요시와 쥐 1호에게 받은 정보를 정리하는 한편 어둑어둑한 공간 안에서 괄태충계 마물을 경계하는 나날도 드디어 끝을 맞이했다.

"이제 미끈미끈한 마물 상대는 끝났다고 생각하니까 공기가 되게 달콤하네."

"슈리아는 카이토 님이 끼얹어주신다면 얼마나 미끈미끈하든 받아들일 수 있어요! 오히려, 으헤헤."

"저는 마물보다도 축축한 습기 때문에 고생했습니다. 세탁물이 잘 마르지를 않아서……."

……미나리스, 판단 기준이 완전히 메이드가 다 됐구나.

그리고 슈리아의 발언 말인데, 나는 아무것도 듣지 않았다. 안 들었다면 안 들은 거다.

"아무튼 필요한 물건은 확보했군."

눈길을 준 둥글 주머니 안쪽에는 목적한 물품이었던 던전 코어가 들어 있었다.

당연히 발각되면 큰 소란이 벌어지는 터라 몇 가지 대책은 마련해 두고 나왔다.

왕도 가까운 곳의 던전『고블린의 소굴』에서 확보했던 던전 코어의 파편에『흡착검(吸着劍)』의 힘으로 땅속에서 모은 석영 따위를 섞어 넣은 던전 코어 모조품을 대신 놓아두었다.

어차피 결국은 들킬 테지만, 당분간만 시간을 끌 수 있다면 충분하다.

"던전 코어를 사용하면 마력 폭풍 비슷한 현상을 일으킬 수 있어.

그렇게 통신 계통의 마도구를 봉쇄할 거야."

마력 폭풍은 곳곳에서 불규칙하게 발생하는 이 세계 특유의 자연 재해다.

범위 및 규모는 제각각이지만, 공기 중에 있는 마소(魔素)의 농도가 흐트러지는 탓에 정밀한 마력파는 다룰 수 없게 된다.

통상 마법도 제어의 난이도가 뛰어올라서, 마법 다루는 능력이 뛰어난 마족이라도 중급 마법의 제어조차 불안정해진다.

아울러 마소가 짙어지기 때문인지 마물이 일제히 활성화된다.

던전 코어를 사용하면 마력 폭풍과 유사한 현상을 일으킬 수 있었다.

그 때문에 굳이 수고를 들여 가면서 이렇듯 던전 코어를 확보했다.

그론드를 함정에 빠뜨리기 위해서는 놈이 왕도와, 아니, 왕녀와 주고받는 연락 수단을 방해할 필요가 있다. 알레시아에게 확인 절차를 밟으면 우리 계획이 와해될 가능성도 커지니까.

"자, 다음 준비를 시작하자고."

☆

어두컴컴한 어느 방.

쓸데없이 넓은 장소예요. 원형의 토벽이 주위를 둘러싸고 있을 뿐 방이라기보다는 움막이라고 표현하는 게 올바른 모양새로 만들어졌죠.

이곳은 던전에 있는 비밀 방 가운데 한 곳입니다. 아뇨, 카이토 님과 미나리스 씨, 슈리아가 직접 손써서 이미 던전 코어를 부숴버렸으니까 정확하게 말하면 본래 던전이었던 곳이라고 말해야겠네요.

던전의 가장 안쪽에 있는 대좌(臺座)에는 카이토 님과 미나리스 씨가 왕도에서 확보한 던전 코어의 파편과 수정을 섞어서 만든 가짜 던전 코어를 설치했답니다.

"으으, ……아아, 아……."

"……슬슬 딱 알맞게 독이 돌고 있군요."

"비몽사몽이네요! 이렇게 만들어 두면 곰돌이가 일하는 게 쉬워져요."

슈리아와 미나리스 씨의 눈앞에서는 슈리아의 사역마 중 하나『단단이』가 의자 형태를 취한 채 어느 남자를 한 명 구속하고 있었습니다.

미나리스 씨가 만든 독으로 남자의 의식을 딱 절반만 꿈속 세계에 밀어 떨어뜨렸고요.

슈리아의 임무는 곰돌이의 힘을 사용해서 심문에 고분고분 대답하는 꿈을 만들어 내는 거예요.

"자, 곰돌아. 일할 시간이에요."

슈리아는 카이토 님께 받았던 둥글 주머니에서 곰돌이를 꺼내 품속에 안아 들었습니다.

야옹이도 단단이도 평소는 이 둥글 주머니 안에서 지내요. 밤중에 잠을 못 이룰 때에는 곧잘 안는 베개로 사용하기도 하죠. 그나저나 곰돌이는 언제나 잠꾸러기네요.

"『키히, 키히힛.』"

"어휴, 꾀부리면 못써요. 잠꾸러기는 벌을 줄 거예요."

아이참,『졸려, 5분만 더(의역).』이라며 칭얼대는 아이는 용서하지 않겠어요.

“『키힛?!』”

곰돌이와 연결된 패스에서 곰돌이에게 전해주고 있는 마력을 조금씩 거두어들이자 곰돌이는 서둘러 펄떡펄떡 몸을 움직입니다. 살짝 귀엽네요.

“반성했어요? 이제 열심히 일해볼까요?”

“『키히…….』”

곰돌이에게 마력을 다시 나누어 주자 안심해서 가슴을 쓸어내렸습니다.

땅바닥에 곰돌이를 내려줬더니 터벅터벅 걸어서 남자의 앞으로 다가갑니다.

“『키킥.』” “『키히힛.』”

꾸물꾸물, 마치 인사하는 듯 금속 촉수로 손을 들어 보이는 단단이에게 곰돌이도 한쪽 손을 들어서 인사합니다.

“이제 시작할게요. ―엷은 몽매의 유한으로, 『괴뢰빙대(傀儡憑代) · 곰』.”

슈리아가 읊는 주문에 맞춰 쓰으읏, 공기에 녹아들어서 곰돌이의 모습이 부연 검은색 안개로 바뀌었습니다. 그 검은 안개가 떠다니다가 단단이가 제압하고 있는 남자에게 달라붙었습니다.

“으극, 아, 아.”

곧 연기가 형태를 이루어 뇌리에 정경을 구축합니다.

상상하는 대상은 기억 속 깊숙이 각인되어 있는 추악한 돼지.

주위의 전부를 오직 먹잇감으로 볼 뿐 자기 욕심을 채우기 위해서라면 어떤 약탈 행위든 망설임 한 점 느끼지 않는 유미스 언니와 똑 닮은꼴의 인간 쓰레기, 그론드.

이미지를 고정화한 뒤 남은 조정은 곰돌이에게 맡기고 슈리아는 둥글 주머니에서 나무 탁자와 종이를 꺼내 놓았습니다.

평소는 카이토 님과 곧 맞이하게 될 아찔한 나날을 위해 미나리스 씨와 공부할 때 쓰는 책상인데요, 오늘은 캐물어서 알아낸 정보를 메모하기 위해 쓸 거예요.

미나리스 씨는 기본적인 읽고 쓰기밖에 할 줄 몰라서 자연히 이렇게 역할을 분담했습니다.

슈리아는 가족에게 편지를 쓴다거나 카이토 님과 미나리스 씨에게도 비밀로 감춰 둔 망상을 써서 책자로 엮어 만들기도 하니까 글쓰기는 제법 자신 있답니다.

"미나리스 씨, 준비 오케이여요."

"그렇습니까. 그러면 시작하죠."

미나리스 씨는 가만히 답한 뒤 심문을 시작했습니다.

"자, 다시 한 번. 하나하나 대답해주세요. 당신의 이름은?"

"……아, 아돌……. 아."

"당신의 나이는?"

"……서른, 네, 살."

"당신은 어디에서 일하고 있습니까?"

"그론드 상회에서…… 사무를……."

처음 잠깐은 머뭇머뭇 살짝 쉰 목소리로 대답하던 남자의 답변이 조금씩 점점 명료해집니다.

미나리스 씨의 질문도 조금씩 핵심에 접근하는 내용으로 바뀌었습니다.

"당신이 맡은 업무의 구체적인 내용은?"

"거래 장부를, 작성. 기록과, 보고를……."

"그 거래 장부에는 무엇을 기록합니까?"

"거래처의 이름, 값을 치르는 물품의 품명과 수량에, 넘겨받는 물품의 품명과 수량."

힐끗, 미나리스 씨가 눈짓을 보내기에 메모 준비를 갖춘 뒤 알았다는 의미를 담아 고갯짓으로 답합니다.

"그러면, 이제……."

☆

"다녀왔어, 후."

한 차례 일을 마치고 던전의 비밀 방으로 돌아온 나를 맞이해준 것은 미나리스와 슈리아의 목소리였다.

"어서 오세요, 주인님." "어서 오셔요~!!"

혼자 가도를 거슬러 올라가서 더틀러스로 이동하는 행상인을 찾아낸 다음 **어느 편지**를 그 행상인이 운반하는 편지 다발에다가 슬쩍 집어넣었다.

짐 속에 더틀러스로 보내는 편지가 있어야 하고, 딱 알맞은 타이밍에 더틀러스로 도착할 만한 행상인을 찾아내는 데 적잖은 시간이 걸렸다. 그래도 대강 예정한 대로 단계가 진행 중인지라 문제는 없겠다.

그렇게 목적을 달성한 나는 또 다른 지점에서 임무를 맡아 수행해 주고 있었던 슬라요시와 도시 안에서 남몰래 합류했다. 그러고는 잠깐 짬을 내서 몇 가지 희귀한 포션을 슬라요시에게 사줬다.

슬라요시는 포션을 꽤 좋아해서 간식 대신으로 기쁘게 뀨삣뀨삣 들이마신다.

항상 다양한 포션을 마시고 싶어하는 슬라요시에게, 이번에 아주 분주히 일해주고 있는 것에 대한 포상이었다.

슬라요시가 획득한 『원거리 분화』와 『체적 증가』 두 스킬 덕택에 효율 좋게 씨뿌리기 작업이 진행 중이다.

미나리스와 슈리아가 한창 캐내고 있을 정보를 근거 삼아서 곧바로 다시 일을 맡아줘야 하니까 이 정도 포상은 주는 게 맞겠지.

"오, 마침 타이밍 딱 맞춰서 돌아왔군."

때마침 먼저 맡겨 놓았던 정보 캐내기 임무도 일단락된 듯, 빈틈을 노려 납치했던 그론드 상회의 경리 담당자는 완전히 정신을 잃은 상태에서 적당히 묶인 채 방치되어 있었다.

"『뀨릿, 뀨릿!!』"

"『키킷, 키키킷!』"

"너희들, 진짜 사이좋구나."

같은 유체 생물끼리 서로 통하는 부분이 있어서일까, 슬라요시와 단단이는 사이가 좋다.

지금도 쓰륵쓰륵 다가가서 찰싹찰싹, 철썩철썩, 촉수로 하이 터치 비슷한 동작을 하고 있었다.

"주인님, 필요한 정보는 쥐어짤 만큼 다 쥐어짰습니다."

"빈틈없이 듬뿍이어요!!"

어서 봐달라고 슈리아가 내민 종이에는 상점 및 상회의 이름이 쭉 쓰여 있었다.

"썩어도 준치라고 대상회답군. 단기간에 이 많은 양의 거래를……. 느낌 괜찮네."

내 입꼬리가 저절로 들려 올라가는 사실이었다.

작전의 정확도가 오를 뿐 아니라 대상은 많으면 많을수록 더욱 유리하다. 제대로 된 상인에게 폐를 끼치기는 좀 꺼림칙스럽지만, 복수를 위해 필요하다면 주저하지 않고 감행할 테다.

역시 아직은 슬라요시가 더 많은 활약을 펼쳐줘야겠군.

"그러면 이 목록의 내용대로 주로 슬라요시에게 씨뿌리기를 맡기고, 그와 동시에 우리도 씨앗이 싹틀 수 있도록 물을 주도록 하자. 우리가 직접 씨 뿌리는 역할을 맡든 씨를 기르는 역할을 맡든 그 부분은 상황을 봐 가며 조정하기로 하고, 다음은 마력 폭풍을 일으켜야겠는데……."

꼬르륵, 불쑥 배에서 소리가 났다.

"……먼저 배 속부터 채워야겠네. 일단 휴식 겸 숙소로 돌아가자."

"그러시죠. 저도 배가 고파졌어요. 이 남자도 슬슬 약 기운이 빠질 무렵입니다. 더 이상 실종 상태로 두면 누군가에게 불신감을 줄 우려도 있죠."

그렇게 답한 뒤 미나리스가 여전히 지면에 나동그라져 있는 남자를 내려다봤다.

"네, 네네~! 슈리아는요, 걸어 다니면서 노점 음식을 먹고 싶어요!"

"오, 괜찮네. 오크 고기 꼬치구이라든가 헌팅 카우 스튜라든가, 눈여겨봤던 게……."

"안 됩니다! 복수하기 전에 그렇게 질 나쁜 음식을 먹는다뇨, 제가 용납 못 합니다!!"

절 · 대 · 거 · 부!! 그런 글자가 등 뒤에 떠올라 있는 미나리스가 내 제안을 각하했다.

""엥.""

"엥? 제가 하고 싶은 말입니다. 어째서 두 분은 일부러 쓸데없이 비싸고 질 나쁜 요리를 먹고 싶어 하시는 겁니까?"

미나리스는 진심으로 이해가 안 된다는 표정을 지었다.

우리 여동생님도 정크 푸드를 싫어하는지라 내가 맥○날드라든가 켄○키를 먹고 있는 모습을 발견하면 똑같은 표정을 지었었다.

그 후는 절절하게 정크 푸드가 건강에 어떤 피해를 끼치는지 말을 늘어놓다가 결국은『오라버니는 마이를 두고 혼자서 먼저 죽어버릴 작정이세요?』라는 말에 더하여 한껏 울먹거리는 눈동자로 마무리를 짓는다.

아무래도 저런 봉변을 겪고 나면 1개월쯤 정크 푸드에 손댈 마음이 안 들지만, 그럼에도 또 질리지도 않고 먹고 싶다는 충동에 휩싸여 다시 마이에게 혼나는 광경이 우리 집에서는 번번이 되풀이됐었다.

"아니, 뭐랄까, 역시 노점에는 노점 나름의 신비로운 매력이 있달까."

"조잡하다는 건 슈리아도 카이토 님도 당연히 잘 알아요. 그래도 조잡한 맛이라서 좋은 거예요."

실제로 평범하게 맛을 생각하자면 굳이 비교할 필요도 없이 미나리스의 요리에 손을 들어주겠다. 매일매일 먹고 싶은 요리가 무엇이냐고 묻는다면 고민할 필요도 없이 미나리스의 요리였다.

그럼에도 때로는 이상하게 그런 조잡한 요리를 먹고 싶어진다. 인간이란 참 신기하다니까.

"……후유, 알겠습니다. 어차피 뭐라 말하든 숨어서 몰래 먹겠죠."

""읏.""

삼백안으로 이쪽을 보는 시선에서 눈을 피했다.

"그렇다면 눈앞에서 먹는 게 차라리 낫습니다."

""만세!!""

좋아, 결정이 났다. 미나리스의 마음이 바뀌기 전에 빨리 나가도록 하자.

지면에 방치되어 있던 남자를 짊어지고 이제는 던전이 아니게 된 비밀 방에서 바깥으로 향했다.

식사에 대해 고집이 있는 미나리스가 노점 군것질을 허락해주는 날은 드물다. 다음 허락이 언제 떨어질지 모르니 미리 실컷 먹어 놔야지.

"후, 조만간에 노점 요리도 메뉴를 늘려야겠네요. 일단의 맛의 조사를……."

중얼중얼 혼잣말하는 목소리가 뒤쪽에서 들렸다.

……언젠가 노점 군것질의 욕구마저도 미나리스의 요리 솜씨에 충족되어버리는 날이 올 수도 있겠군.

☆

다음 날, 우리는 더틀러스에서 제법 떨어진 곳에 위치하는 산속을 걸어 나아갔다.

오노로스 산맥은 바위산은 아닌데 산속이라고 해 봐야 별달리 숲이 우거지지 않아서 비교적 이동하기 수월한 부류의 산이었다.

그 때문에 등산이라기보단 하이킹 같은 감각으로 산을 오르고 있다. 쨍쨍한 날씨 속에서 한가로운 분위기를 느끼는 사이에 나는 옛날에 고아원 아이들과 소풍 나왔던 날의 기억을 떠올렸다.

『응? 용사 형아야! 무술 좀 가르쳐줘. 나도 강해져서 모두를 지켜줄 테야!!』

『용사 오빠! 나도 이거 줄게!! 케리는 못 미덥지만, 용사 오빠라면 트리아 언니를 구해줬을 때처럼 모두를 지킬 수 있지?』

『세, 센파~?!』

『센파, 너 말이야. 조금은 남자의 자존심을 알아주라고…….』

『카이토 오빠! 이거 트리아가 만들었어! 먹어봐, 먹어봐!!』

『오, 정말? 어디……. 으윽, 끅?! 트, 트리아. 너, 너 말이야, 맛은 본 거냐?』

『으응? 카이토 오빠의 몫을 내가 왜 먼저 집어먹어?』

『그, 그렇구나. 다음부터는 꼭 맛을 보자? 그래도 마음은 기뻤으니까 머리를 쓰담쓰담해주마.』
『으앙? 에잇, 차아아아아아암!! 꼬맹이 취급은 싫다니까!!』
『아하하핫.』

나뭇잎 사이로 비치는 햇살과 함께 내리쏟아지는 따뜻한 기억은 따뜻했던 만큼 더욱더 큰 통증을 불러온다.

"주인님, 어디 불편하신가요?"

"왜 멍하니 계셔요?"

목소리가 들린 건 한창 상념에 잠겨 있을 때였다.

"음, 아니, 아무것도……."

"주인님께서는 쓸데없는 데서 고집을 부리시네요."

"카이토 님, 슈리아와 미나리스 씨를 신용하지 못하는 거예요?"

반사적으로 부정하려고 했던 나를 바라보는 시선에 질책의 빛이 어린다. 나는 재빨리 백기를 들었다.

"……아니야, 미안. 잠깐 이래저래 추억을 떠올렸을 뿐이야."

이곳에 온 이유는 마지막 무대의 완성도가 어느 정도인가 확인하기 위해서였다.

무대로 고른 장소는 첫 번째 때, 나의 실패로 만들어졌던 악덕투성이의 학교가 있었던 곳.

그날, 손쓸 도리도 없이 부패한 현실을 직면하고 미친 사람처럼 웃었던, 내 눈앞에서 활활 타올라 허물어졌던 장소다. 지금은 순한 잡초가 지면을 뒤덮고 있다.

"정말, 이제 와서는 다 소용없는 기억을 떠올렸을 뿐이야."

그렇다, 이제 와서는 아무 소용이 없다.

되새길 필요도 없다. 옛 감정은 이미 오장육부까지 깊숙이 스며들어서 달라붙었다.

그때의 원통함도, 분노도, 울화도, 절망도.

붙잡지 못한, 닿을 수 없었던 소녀의 손과.

아무것도 하지 못하고 그저 피에 젖었을 뿐 쓸모없었던 자신의 손과.

그리고, 살려줘요, 겨우 그 한마디조차 듣지 못했던 그날을.

"아니, 떠올렸다는 말은 좀 틀렸군. 아직 아무것도 끝난 게 없으니까."

아직 무엇 하나도 끝을 맞이하지 못했다.

무엇 하나도 잊지 못했고, 지금껏 여전히 생생하게 감각이 남아 있으니까.

"그렇다면 감상에 잠길 겨를은 없습니다, 주인님."

그렇게 말하는 미나리스의 목소리를 조금 엄숙했다.

"그 자들은 아무것도 모릅니다. 무엇 하나도 기억하지 못합니다. 첫 번째 세계의 사건은 전부 없었던 일인 듯 살아가고, 그때 할퀴었던 자국마저도 여기 두 번째 세계에는 남지 않았습니다."

그러나 분명하게 배어나는 그 작자들에 대한 분노를 승화시키려는 듯이 미나리스는 요염하게 미소 지었다.

"그래도 없었던 일로 넘어갈 순 없죠. 절대 없었던 일로 잊을 수는 없죠. 뼈저리도록 절감하게 만들어줘야 합니다, 그 전부를. 혼의 한 조각에도 각인시켜서."

"슈리아와 미나리스 씨는 그 때문에 공범자가 된 거예요. 괴롭히고 괴롭히고 또 괴롭혀서 아픔에 적응하는 익숙함마저 허락하지 않을 만큼 고통만으로 가득 메워서, 전원을 다 죽여버려야 해요."

즐겁게 웃으면서 슈리아가 미나리스의 말을 이어받았다.

"……그래야지. 자, 그럼 다시 마음을 다잡고 영차영차 일해봅시다!"

괜한 어리광을 받아주는 대신 필요한 때 필요한 말을 건네주는 공범자들에게 감사하면서 나는 목적한 장소를 향해 걸음을 옮겼다.

그렇게 도착한 곳은 도시에서 제법 떨어져 있는 오도로스 산맥의 중턱. 그중 조금이나마 나무가 드문 공터.

"……."

눈앞의 광경이 일순간 가증스러웠던 옛 학교의 목조 건물이 서 있는 광경과 겹쳐 보였다.

"좋아, 좋구나. 순조로워."

현재 이 공터에는 직경 15미터 정도의 구덩이가 하나 파여 있었다.

"찍찍!"

문득 발밑으로 다가오는 한 마리의 쥐.

쥐 1호, 다시 이름 붙이기를 찍찍스케다.

어제 쥐 1호와 감각 공유로 그론드의 관찰을 진행하던 중 슈리아의 『쥐 1호?! 안 돼욧! 이렇게 귀여운걸요. 그런 성의 없는 이름은 너무해요!!』라는 강한 요망을 받아들였다.

괴도 1호, 2호 같아서 멋진 느낌의 이름이라고 붙여준 건데 기뻐하며 개명을 받아들이는 쥐 1호, 아니, 찍찍스케의 모습을 보고 나는 살짝 풀이 죽었다.

혹시 슬라요시도 마찬가지인가 싶어서 슬쩍 물어봤더니 『마음에 든다.』라는 취지의 대답이 돌아왔기에 울먹거릴 뻔했다는 것은 비밀이다. 이 비밀은 기필코 무덤까지 갖고 가겠다고 다짐했다.

그렇게 새 이름을 받은 찍찍스케는 더욱 유능한 면모를 발휘했다.

신규 스킬 『통솔: 쥐과』를 습득해서 다른 쥐들에게 명령을 내릴 수 있게 되었다.

찍찍스케에게는 새로운 힘을 써서 최종 무대를 위한 구덩이를 파도록 지시했다.

유미스 때는 나와 미나리스가 수작업으로 팠기 때문에 골렘 한 마리가 통째로 잠길 수 있는 구덩이를 파는 데 대단히 고생을 했다.

눈앞에는 미리 찍찍스케의 『사역 문장』을 통해 전달받았던 보고대로 구덩이가 완성되어 있었다.

“응, 좋아. 이 정도 깊이면 충분하겠어.”

가까운 곳에 쪼그려 앉고 들여다봤더니 구덩이는 3미터 정도의 충분한 깊이로 파여 있었다.

“찍찍~!”

찍찍스케는 『칭찬요, 칭찬이요!』라는 감정을 훤히 드러내면서 어깨까지 올라와 몸을 비비적거렸다.

참고로 찍찍스케는 상당히 깔끔을 떠는 성격이라 바지런하게 털 고르기를 하고, 강을 발견하면 몸을 씻고, 비누를 내주면 기뻐하면서 거품투성이가 되도록 씻는 청결함을 자랑한다.

그러므로 흔한 쥐와 다르게 털이 뽀송뽀송 깔끔하고 평범하게 귀엽다.

"그래, 귀여운 녀석, 귀여운 녀석. 아주 잘했어."

"찍찍!!"

감사의 뜻을 담아서 머리를 쓰다듬어주자 기분 좋게 찍찍스케가 소리를 낸다.

"""……."""

"아쉽단 표정 짓지 않아도 내가 다 알아, 이 녀석들아."

살짝 부러워하는 기색의 두 사람에게 말을 건넸다. 레티시아에게는 벽창호라든가 둔하다든가 별별 소릴 다 들었지만 그렇지 않다.

두 사람이 뭔가 부러워한다는 것쯤은 척 보고 알 수 있었다. 그리고 여성은 대체로 귀엽고 작은 동물을 덮어놓고 좋아하는 법이다.

"자, 원하는 만큼 쓰다듬어도 돼. 찍찍스케가 싫어하지 않을 정도로 자제하고."

"주인님……." "후유, 한숨이어요." "찍찍."

"……어라? 내가 뭘 잘못 말했나?"

역삼각형 눈 모양을 하는 두 사람과 한 마리의 시선 앞에서 뭔가 실수했다는 건 나도 느낄 수 있었다.

☆

"아차, 애고고, 저질렀네."

손에 든 빼전병이 뚝 소리를 내며 깨져서 후드후드 파편이 허물어졌다.

안 돼, 안 되지. 조금만 집중이 흐트러져도 자꾸 그론드의 낯짝이 떠오른다. 복수심의 고정은 금제치고는 최고인데 이런 때 감정 제어가 어려워지는 점은 고역이다.

나는 자신의 마음을 달래고자 손에 든 찻잔을 들어 올렸다.

"흠, 맛있군."

이래저래 준비 작업을 진행하는 와중에 우리는 숙소에서 차를 마시며 휴식 시간을 갖고 있었다.

"역시 차는 호지차가 각별하다니까."

행상인에게서 있는 대로 사들였던 호지차를 끓이고, 미나리스에게 만들어 달라 부탁했던 전갱이 비슷한 생선의 뼈를 재료로 쓴 뼈 전병을 차과자로 곁들였다.

욕심을 더 부려서 제대로 구운 전병을 먹는다면 좋았을 텐데 여기에서 더욱 투정을 부릴 순 없었다.

전병과 호지차. 살짝 아종(亞種)이어도 고향이 떠오르기 때문일까, 이 조합은 몹시 마음을 편안하게 만든다.

"……신비로운 맛이에요. 색깔은 홍차와 살짝 비슷합니다만, 좋은 향과 적당한 떫은맛이 마음을 포근하게 감싸줍니다. 익숙하지는 않아도 무척 맛있습니다. 역시 주인님의 고향의 맛이에요."

"왕국에서 차를 말하면 대부분이 홍차나 커피 비슷한 거니까. 운 좋게 살 수 있어서 참 잘됐지."

그렇게 말한 뒤 어깨를 으쓱거리고 숙소의 창 바깥으로 더틀러스의 거리를 내다봤다.

더틀러스는 국가들 사이에 자리 잡아 무역으로 번성한 도시이다.

크고 작은 갖가지 장사에 관련된 인간들이 잔뜩 모여들었기에 매일매일 대량의 화폐 및 물자가 어느 사람의 손에서 다른 사람의 손으로 이동한다.

동화, 은화, 금화, 백은화.

네 가지 화폐가 뒤섞여 도가니를 이루는 도시.

"슈리아는 이 차도 싫지는 않은데요, 역시 우유를 듬뿍 넣은 게 좋아요."

"아, 이 도시에는 못 구했지만, 호지차 말고도 『말차』라는 게 있거든? 그걸 재료로 만든 『말차 라떼』가 달고 맛있어. 제국에 가면 비슷하게 단맛이 나는 맛있는 가게에 데려가줄게."

"와, 정말요? 벌써부터 기대되네요♪"

"저, 저기, 주인님? 저도……."

"그런 표정 짓지 마. 미나리스도 빼놓지 않고 데려가줄 테니까."

"앗! 감사합니다, 주인님!!"

두 사람 모두 꺄아꺄아 기뻐하는 모습이었다. 단맛은 세계 공통으로 여성의 마음을 거머쥐는구나.

그런 두 사람을 바라보면서 현 상황을 돌아봤다.

이번에도 전면에서 뒤쪽에서 다양한 수단을 쓰는 한편 그론드와 관련된 정보 수집을 실시했다.

첫 번째 때 내가 몰랐던 사실.

보이는 곳에서는 배포 좋은 수완가 상인으로 행세했던 그론드. 안 보이는 곳에서는 상당히 강압적이고 악랄한 방법으로 치고 올라왔다고 한다.

조사한 결과, 비밀리에 다수의 수인 노예를 왕도에 보냈다는 사실도 알게 됐다.

아마도 내가 소환될 때 산제물로 살해당했던 수인 노예들이겠지.

노노릭은 더러운 부분을 담당하는 식객으로 고용되어 활동한다던가.

또한 어느 고아원 원장의 남편을 죽인 뒤 빚의 변제를 구실 삼아서 유품으로 남긴 마검을 강제로 빼앗기까지.

"아, 또 저질렀어."

또 하나, 뼈전병을 잡아 부숴버린 탓에 파편이 후득후득 탁자에 떨어졌다.

"주인님, 아이 같습니다."

"흘림쟁이세요. 음식은 아껴서 다 먹어야 해요."

"미안해, 미안."

미나리스도 슈리아도 내 심정을 눈치챘는지 일부러 놀리는 말로 핀잔을 준다.

"그런데 말이야, 너희 얼굴에도 뼈전병 조각이 붙어 있거든?"

""흐앗?!""

"농담이야."

"앗, 주인님!!" "너무하셔요!!"

"아하하핫, 응응, 둘 다 아주 멋지게 속아 넘어가는군."

부아가 나고 부끄러워서 얼굴을 빨갛게 붉힌 두 사람을 히죽히죽 웃으며 놀리고 다시 호지차를 입에 가져갔다.

공범자의 존재에 정말이지 감사한다. 분노라는 감정에 집어삼켜지지 않도록 이렇듯 서로를 억제해줄 수 있기에.

그리고 나는 또다시 창밖을 내다봤다.

시선 저편에 보이는 것은 언젠가 드나들었던 고아원.

건물의 앞뜰에서 묘령의 여성이 아이들과 놀아주고 있었다.

이윽고 해가 완전히 저물었다. 나는 질 좋은 침대에 몸을 누였다.

첫 번째 때도 저 여성은 남편을 살해한 자는 그론드의 하수인이 아닌가 의심했을 것이다.

그리고 나와 그론드가 지인 관계였다는 것을 도시를 떠날 때 알렸었다.

그때 아주 잠시 동요하고선 내게 가만히 웃어 보였던 저 여성은 대체 어떤 생각을 하고 있었을까.

'……그런 건 뻔한가.'

첫 번째 때는 전부를 알지는 못했었다.

【복수의 성검】을 통해 작을지언정 분명하게 전해오는 여성에게 깃들어 있는 거뭇한 열기.

"으음, 이 숙소를 선택한 게 역시 실수였어."

아이들을 **죽였던 나**를 저 사람은 단지 오열을 토하면서 질책했었다.

"……아무리 침대 품질이 좋아도 저곳과 가까우면 잠들 수가 없잖아."

눈을 감은 암흑에 각인되어 있는 지옥은 넌더리가 날 만큼 아직껏 선명했다.

☆

"자, 잠깐!! 나다, 카이토라고!! 케리, 센파아, 정신 차려라!!"

『죽인…… 다. 용사, 라무네, 많이, 더 많이, 더 많이이이이이이이이!!』『죽어어어어어엇, 용사 죽어어어어어어엇!!』『더 많이, 라무네, 라무네, 라무네에에!!』

"크, 내가 누구인 줄도 못 알아보는 건가?!"

아예 자살할 기세라 말할 수 있을 만큼 방어는 무시한 공격을 받아넘기며 나는 고아원에서 사이좋게 지냈던 아이들이 휘두르는 단검을 튕겨 날려버렸다.

"크!! 젠장!!"

손에 든 무기를 잃어버리면 아이들은 멍하니 주저앉아서 움직임을 멈췄지만, 무엇을 어떻게 해야 할지 모르겠는지 두리번두리번 불안하게 주위를 둘러보기만 한다.

다치지 않게 무력화하는 데 성공했어도 아직 안심할 수 있는 상태가 아니었다.

"헉, 허억, 어째서, 앗?!"

그렇게 평소와 전혀 다른 전법을 구사해서 아이들의 손에 들린 무기를 전부 튕겨 날렸을 때였다.

『으으윽!! 꺼흑.』『살려줘, 선생님, 살려, 쿨럭!!』『아, 아아, 아아아아! 꺼걱.』

"얘들아!!"

갑자기 고통에 찬 비명을 지르며 아이들은 피를 토하며 제자리에서 나동그라졌다. 너무 순식간에 일어난 일이라 어떻게 대처할 틈도 없었다.

『어라……? 오빠…….』

“트, 트리아!!”

마지막, 정말 마지막 순간, 이제야 조금이나마 빛이 돌아온 눈으로 한 명의 소녀가 아직도 작은 손을 뻗는다.

『아파, 아, 아파……. 살, 살려…….』

내가 손을 잡기보다 빨리, 「살려줘요」라는 한 마디조차 끝까지 못 하고 그 손은 지면에 떨어졌다.

“트리아, 트리아!!”

쿨럭, 입에서 대량의 거무칙칙한 피가 쏟아진다. 따뜻한 피가 흘러서 내 손을 적신다.

“……이게, 뭐야.”

망연자실, 목소리가 떨렸다.

이 세계에 와서 몇 번이나 사람이 죽는 장면을 봤다. 몇 번이나 다른 이의 목숨을 빼앗았다.

그래서 더더욱 이미 손쓸 도리가 없음을 알았다. 알아버렸다.

아이들은 모두 이곳에서 목숨을 잃어버렸다.

“이게 뭐냐고오오오오오오오오오오오오오오오오오오오오오!!”

찌릿찌릿, 목이 터져 나갈 것 같은 절규가 내 입에서 울려 퍼졌다.

『힉.』

나의 위압적이고 짐승 같은 포효에 저 멀리서 반응하는 기척이 있었다.

아이들을 데리고 온 다음 이 참상을 저 멀리서 지켜보고 있었던 인물.

절대, 놓칠까 보냐.

쿠웅, 쿵, 지면을 커다랗게 파헤치면서 남자의 위치까지 달음박질쳤다.

"……이봐, 어디로 내뺄 작정이지?"

"흐, 흐아아아아악!!"

몹시 당황한 채 도망치려고 했던 인물의 목덜미를 붙잡아 넘어뜨려서 도주를 저지했다.

"뭐, 뭔가? 자네는. 나는 단지 지나가던…… 카아아아아악?!"

"어이, 쓸데없는 소리는 마라. 저거, 도대체 뭐야."

바닥을 짚고 있었던 손을 가차 없이 밟아 부숴다.

심문을 목적으로 누군가에게 이렇듯 고통을 주는 것은 처음이었지만 어떤 망설임도 없었다.

그럴 만한 여유가 없었다.

"아파, 아파아아아아아앗!"

"네 낯짝, 기억이 난다. 그론드의 밑에 있는 종업원이지? 저거, 그론드의 소행인가? ……소리 지르지 말고 대답해, 쓰레기 놈아!!"

머리가 골수까지 끓어올라서 멈출 수가 없었다. 눈에 보이는 시야가 분노에 젖어 거품이 인다.

"흑, 알았다! 말한다, 말할 테니까!!"

겁에 질려서 횡설수설하며 남자가 입을 열었다.

“저, 저 녀석들은 그론드 나리가 모아들이라 지시한 고아이자 사설 학교의 제1기생이다. 식사와 잠자리를 주는 대신에 암살 기술을 주입한 병사라고!”

“학교라고?”

“그, 그래. 이전부터 구상했다던가. 마침 괜찮은 자금원을 마련했다면서 2년쯤 전부터 실행에 옮겼는데…….”

“2, 년, 전……?”

오싹, 불길한 예감에 심장이 한 차례 요동을 쳤다.

2년 전이라면 분명히 내 현대 지식을 이용한 마도구가 상품화돼서 판매를 시작한 시기.

『마왕 토벌에 투입할 전력을 갖추기 위해서라도 여러 물자가 필요하겠지요. 이러한 도구의 판매 수익은 마족과 싸울 일반 병사를 위한 물자 마련 및 용사님께서 희망하신 대로 의지할 곳을 잃은 고아와 환자의 수용 시설을 만들 자금으로 사용하고자 계획하고 있습니다.』

사람 좋아 보이는 미소를 지으며 말하던 그론드의 얼굴이 뇌리에 떠올랐다.

그 학교인가 하는 존재와 전혀 무관계하다고 치부하기에는 너무나 상황 증거가 잘 갖춰졌기에…….

아찔, 온몸의 혈관을 싸늘한 물이 휘젓고 돌아다니는 기분이 들었다.

“이, 이봐. 제발 목숨만 살려줘. 부탁한다, 나는 단지 명령을 받았을 뿐…….”

현실감 없는 목소리로 눈앞의 목각 인형이 말을 한다.

'……어라, 이 녀석은, 대체 뭔 소리를 하는 거야.'

"그, 학교는, 어디에 있지?"

쉰 목소리로 간신히 꺼낸 말은 그게 전부였다.

"오, 오도로스 산맥의 중턱쯤이야. 이, 이제 됐지? 그론드 나리도 너도, 더는 두 번 다시 앞에 나타나지 않을 테니까, 제발 죽이지만."

"제발 죽이지만, 뭐?"

"어?"

정말로 모르겠다, 이 녀석은 대체 뭔 소리를 하는 것인가.

"어째서 네 목숨을 붙여줘야 하지?"

그론드가, 이 버러지들이, 아이들을 저런 식으로 뒤바꿔 놓고, 소모품으로 쓰고 버렸는데도.

"레벨에 걸맞지 않은 능력치와 예민한 감각, 그에 반하여 자기 판단 능력의 저하와 되풀이해서 거듭 외쳤던 『라무네』. 너희들, 저 아이들의 힘을 억지로 끌어올리기 위해 『조생강약』을 썼지?"

조생강약(早生強薬).

어떤 금속이든 풍화시켜서 부슬부슬한 흙덩이로 바꿔버리는 성질을 지니고 있기 때문에 보통 강력한 저주받은 장비 따위를 폐기하는 데 사용되는 약품.

그러나 복용하면 압도적인 능력치의 성장 및 상승 효과를 발휘할 수 있다.

다만 중독성이 몹시도 강한 부류인 터라 과용할 경우 목숨을 잃어버릴 수 있는 맹독이다.

"그, 그건, 꺽, 끄가악?!"

"그런 너희의 목숨을 어째서 붙여줘야 하냐고."

"크윽, 카아아, 커컥, 컥……."

"웃기지 마라, 쓰레기 자식아!!"

콰득, 천천히 목에 압박을 가한 끝에 꺾어서 죽였다.

손을 놓자 힘이 빠져나간 남자의 몸이 지면에 털썩 쓰러졌고, 후득후득 미끄러지는 붉은 피가 자신의 손을 타고 흐른다는 게 느껴졌다.

"……휘감겨라, 악마의 홍련, 『적양(赤陽)의 청차륜(靑車輪)』."

시체가 남아 있는 것조차 용납할 수 없었다. 주체하지 못할 심정을 토해 내듯 눈앞의 쓰레기를 뼈도 남기지 않고 싹 불살랐다.

심검이 생성하는 검푸른 불꽃은 일순간 공기를 뒤흔들다가 마치 맨 처음부터 아무것도 없었다는 듯이 이 주변에 정적을 되돌려놓았다.

"……아아, 또인가."

싸아, 쥐 죽은 듯이 조용한 주위 숲에서 저절로 쏟아져 나온 목소리가 유난히 귓속을 울렸다.

무력감과 절망감이 덮쳐들어서 제대로 서 있지도 못하리만치 온몸의 힘이 빠져나간다.

"또 나 때문인가."

찌잉 울리며 묵직한 통증에 휩싸이는 사고, 털썩 바닥에 주저앉아 나무줄기에 등을 기댄 채 아래를 본다.

그 남자는 도구의 판매 수익으로 돈이 생겼기 때문에 이 계획을 추진했다.

내가 그론드를 의심했더라면 이따위 미래를 맞이했을까?

내가 그론드를 믿지 않았더라면 아이들은 지금도 여전히 어딘가에서 건강하게 웃으며 지내지는 않았을까?

"내가 믿음을 줄 상대만 잘못 판단하지 않았더라면……."

내가 그 놈에게 만들어줬던 도구의 판매 수익은 분명 의지할 곳을 잃은 아이들의 수용 시설을 만드는 데 사용되었다.

그 버러지가 편리하게 이용할 수 있고 내키는 대로 버릴 수 있는 소모품을 육성하기 위한 끔찍한 학교를.

아이들을 죽인 것은 그론드의 욕심, 그리고.

……나의 어리석음이다.

"……읔."

분한 감정이 복받쳐서 눈물이 두 뺨을 타고 흐른다.

"빌어먹을, 빌어먹을!!"

흘러내리는 감정을 주체 못 하고 주먹으로 지면을 후려쳤다.

"빌어먹을, 으아아아아아아아아아아아아아아아아아아아아!!"

쿠웅, 지면이 갈라지면서 큰 소리가 났다.

그렇지만 아무리 바닥을 내리쳐도 피부 표면에서 거품이 일어나는 듯 끈적거리는 피의 감촉을 도무지 떨칠 수 없었기에.

마지막 한 마디, 끝까지 다 말할 시간도 허락받지 못했던 『살려줘요』라는 그 네 글자의 말만이.

사라지지도 않고 귓속에서 거듭거듭 울려 퍼졌다.

그리고 며칠 뒤.

나는 심문으로 알아낸『학교』를 찾아갔다.

배반이 표면화된 이후 처음으로, 나는 스스로 전투라는 명목의 유린을 갈구하며 그 장소를 찾아갔다.

전원 죽였다. 분노에 몸을 맡긴 채 베고 베고 또 베어 가르고…….

방 내부에도 나에게도 이리저리 피가 튀어서 새빨갛게 물든 장소에서 마치 봐달라는 듯이 남겨 놓은 서류를, 이번 계획의 전모가 기록되어 있는 서류를 발견했다.

손의 피 때문에 젖은 서류에는 이번 계획에 관련된 빈민가의 건달 집단『슬럭스』에 대한 설명 및 내가 그론드에게 넘겨준 자금으로 계획이 수행되는 과정이 상세히 적혀 있었다.

……거기에는『실패작의 유효적절한 폐기 처분』이라는 최종 목적까지 기재되어 있었다.

그리고 용사라는 지위를 잃고 곤두박질쳤던 내 오명에는『피에 굶주린 용사가 그론드 상회에서 의지할 곳 없는 아이들을 위해 설립한 구호 시설을 습격하여 아이들까지 한꺼번에 그곳에 있던 인간을 학살했다』라는 내용이 추가되었다.

☆

"크, 헉, 허억, 으음……. 후우."

소스라쳐서 벌떡 몸을 일으킨 나는 거친 숨을 가다듬기 위하여 깊이 숨을 들이마시며, 어쩔 도리가 없는 기억을 쥐어 으스러뜨리듯 자신의 머리카락을 콱 부여잡았다.

흠뻑 흐르는 땀 때문에 옷이 몸에 달라붙어서 불쾌감이 솟는다.

"……."

창문 너머로 바깥을 보니 아침은 아직껏 멀어 도시는 어둠에 감싸여있다.

미나리스와 슈리아는 새근새근 잠들어 있다. 나는 도저히 다시 또 잠들 수 있을 것 같지가 않았던지라 두 사람을 깨우지 않게 방에서 나왔다.

숙소 바깥으로 나오자 차가운 밤바람이 볼을 어루만졌다.

뒤편 골목길의 벽을 삼각 뛰기로 차고 올라가서 숙소의 지붕 위쪽에 올라섰다.

완만하게 경사진 지붕에 살짝 올라간 뒤 한쪽 무릎을 세우고 앉은 채 하늘을 올려다본다.

그 남자, 그론드 골더트와 마지막으로 얼굴을 본 것은 왕녀가 내게 용사 소환의 진실을 알려주기 전.

본래 세계로 돌아가겠다는 레티시아와 한 약속을 지키고자 죽기 살기로 왕도를 향해 이동하던 시절이었다.

그론드와 나는 밤을 지새우며 신상품 개발 등 의견을 나눈 사이였다.

서로 눈 밑에 거뭇한 자국을 만들면서 완성된 상품을 보고 함박웃음을 지었던 때도 있었다.

상황을 미처 파악하지 못해서 아직껏 모든 동료가 배반했다는 사실 따위 알 리가 없었던 나는 그론드를 찾아갔었다. 그는 나를 손쉽게 속아 넘겼고, 그가 준비한 능력치를 저하시키는 저주받은 무기 및 매직 아이템 따위를 이용한 함정에 붙들릴 뻔했었다.

『네가 전해준 지식으로 나는 꽤 많은 부를 일궜지. 앞으로도 그 지식은 나 혼자 소유해야 하지 않겠나. 이 세상 모든 물건의 가치는 돈이 보장하지. 이제 너를 살려 둘 가치는 동화 한 장만큼도 되지 않아.』

그론드의 함정에서 도망치기 직전에 어째서냐고 이유를 물었던 내게 그 녀석이 내뱉은 말이다.

이후에도 왕도를 향해 이동하는 나를 죽이고 싶어 했던 자들은 많았다.

지위와 명예, 불만과 분노를 쏟을 대상, 그리고 돈. 나를 죽일 이유는 얼마든지 있었다.

그럼에도 많은 이들이 내가 마왕을 토벌한 존재, 하지만 제2의 마왕으로 돌변했다고 알려져 있는 인물이기에 노렸다.

보통은 습격자도 망설일 터이나 수많은 마족을 거느린 채 기본적으로 마왕성 깊숙한 곳에 머무른다고 알려져 있던 레티시아와 나는 똑같은 마왕이라도 상황이 달랐다. 항상 혼자서 행동하고 있었다는 것, 각국의 수장이 일제히 적대의 뜻을 표시했다는 것, 그 작자들이 은밀하게 저지른 쓰레기 같은 짓거리가 내 책임으로 전가되었다는 것, 그 밖에 갖가지 이유 때문에 나를 노리는 존재는 끊일 줄을 몰랐다.

뭐랄까, 정말이지 웃음밖에 안 나올 만큼 그 빌어먹을 자식들에게 된통 당해버렸다.

그때 당했던 보답은 어느 놈이든 간에 기필코 몇 배로 불려서 되갚아줄 테지만.

그 후 그론드와 대립할 틈도 없이, 나는 용사 소환의 비밀을 알게 되었다.

실의에 빠진 내게 세계는 너무나도 무관심했다.

목적마저 잃은 채 단지 남겨준 약속에 매달리며 도망치고 도망치고 또 도망쳤다.

사탕에 꼬이는 개미 때처럼 덮쳐드는 습격자를 무엇을 위함인지도 모른 채 쫓아버렸다.

그러던 중 여러 습격자들 가운데서도 유난히 두드러져서 눈길을 끄는 상대가 집단으로 덮쳐든 적이 있었다.

어둡게 탁해져서 생기가 느껴지지 않는 눈빛을 지닌 열 살 전후의 **안면이 있는** 소년 소녀들.

그론드와 만난 더틀러스에서 사이좋게 알고 지냈던 고아원 아이들의 모습.

어디에나 있는 평범한 아이들이었을 텐데도 어느 틈인가 전투조차 아닌 살인을 위한 기술을 습득하고 나타났었다.

그 뒤의 경과는 꿈에서 본 대로다.

나처럼 가족과 생이별을 당한 아이들을 위해서 사용되는 줄로 생각했던 돈은 고아들을 세뇌 병사로 만들어 내는 데 소모되었다.

지킬 수 있다고 생각했다. 지키고 싶다 생각했다.

정말로 바보 같은 이야기다. 내가 놈들의 앞에 가져다 바친 것은 썩어서 곪은 독의 꿀이다.

내가 믿음을 줄 상대를 잘못 판단한 결과는 그렇게 흔해 빠지고 썩은 냄새를 풍기는 쓰레기 같은 결말이 되었다.

"역시나, 달이 참 커다랗군."

손을 뻗으면 정말 닿을 것 같은 달에 천천히 손을 뻗는다.

당연히 그 손은 닿을 리 없었다. 당연하잖은가.

그래도 저 달은 분명히 저곳에 떠 있었다. 만질 수 없어도 결코 사라지지는 않는다.

그렇다. 설령 우리를 제외하고 아무도 알지 못할지라도, 우리만은 알고 있었다.

그날의 비극을 조금의 어긋남도 없이 기억한다.

"그래, 드디어 너희 원수를 갚아줄 수 있겠어. 첫 번째 세계에서는 못 했지만, 기필코 지옥으로 보내줄게. ……너희가, 바라는지 아닌지는 잘 모르겠지만. 예전에 말했었지? 어른은 치사하다고."

설핏 웃으며 말하고는 자신의 손바닥으로 시선을 떨어뜨렸다.

"……."

그날의 사건은 절대 사라지거나 잊히지 않는다.

설령 세계가 되감겼을지라도 없었던 일로 치부하지 않을 것이다.

……내게 달라붙은 죄과의 피는 지금도 아직 마르지 않은 채 이 손을 적시고 있었기에.

제2장 겨우 네 글자의 말

다음 날, 무대 준비를 다 마친 우리는 재차 다음 단계의 수순을 밟아 나아갔다.

마치 불타오르는 피처럼 붉은빛이 도시를 물들이는 시간대.

적색의 빛에 등을 떠밀리는 기분으로 거리를 걷는다.

우리는 도시를 방문한 타국의 빈객, 요컨대 귀족 상대로 영업하는 숙소가 모여 있는 구역에 이동 중이었다.

"귀족이란 놈들은 왜 이렇게 쓸데없는 장식을 좋아할까요?"

잠시 후 도착한 목적지를 보고 미나리스가 중얼거렸다.

반짝거리는 금속으로 장식된 숙소의 바깥쪽을 보면 명백하게 실용성과 관계없는 부분에 돈을 들였음을 알 수 있었다.

미나리스는 알뜰한 살림꾼인 만큼 불필요한 돈 낭비가 꽤나 탐탁지 않은 모양이다.

"으으, 빛이 번쩍거려서 눈 부셔요."

슈리아도 살짝 거슬리는지 눈을 찡그린다. 그 마음은 솔직히 이해했다.

"아무래도 상관없잖아. 아무튼 이제 곧 도착한다."

이 지역의 안쪽, 목표로 하는 장소는 빈민가와 인접하고 있는 주변부.

그곳에 있는 것은 비열한 인간들의 놀이터로 들어가는 입구.

"자, 가자. 겨우 네 글자의, 그 매듭을 짓기 위한 첫걸음이야."

그 말을 입에 담으며 나는 평소보다 약간 빠르게 순환하는 것을 느낄 수 있었다.

"누구 한 사람도 용서하지 않아. 전원, 천천히 짓눌러서 죽여주겠어."

그곳은 빈민가와 경계가 애매한 도시의 빈틈에 만들어진 장소, 지하에 펼쳐져 있는 커다란 공간.

빈민가의 건달을 끌어모아서 결성된『슬럭스』라는 이름의 집단이 주관하는 이벤트 회장.

스타디움 형태로 객석을 만들어 뒀고, 중앙에는 건물 1층만큼 깊숙이 내려간 위치에 링이 설치되어 있다. 공간 중앙의 상부에는 링 위쪽을 비추는 모니터가 설치되어 있었다.

그리고 링을 둘러싸는 형태로 배치해 놓은 객석에서는 정장과 드레스로 잘 차려입은 부유한 인간들이 얼굴을 숨기는 가면을 착용한 채 링을 주시한다.

이것만으로도 이미 충분히 비정상적인 광경이었다. 그러나 무엇보다도 비정상적인 것은 장내의 분위기.

"『자, 자, 여러분. 시선 집중!! 오늘 밤에도 욕망의 도가니 속 처절한 대결이 펼쳐집니다. 큰 목소리로 외치고 야유를 날리다가 큰돈을 먹고 먹히며 웃어보십시다!!』"

『『『와아아아아아아아아아아아아아!!』』』

누구 할 것 없이 전원이 찐득거리는 강렬한 열기를 발하고 있었고, 그들의 열기가 모여 꾸물거리는 뱀처럼 똬리를 틀고 회장을 감싸 안았다.

설령 철들지 않은 어린아이라도 비정상적인 분위기를 감지할 수 있을 괴이한 광경.

"『크아아아아아아아아아아!!』"

"『꺼흑?!』"

"『아앗!! 청코너의 늑대 가면 남자가 주먹으로 안면을 가격합니다!! 아아 이런, 적코너의 곰 가면, 비틀거립니다!!』"

"이놈, 정신 차려라, 곰 가면!! 네놈에게 큰돈을 걸었단 말이다!! 내게 창피를 줄 셈이냐!!"

"호호호, 잘 싸우네요! 어서, 거기예요. 겁먹고 있는 동안에 팔 하나는 부러뜨리라고요!!"

입아귀에 거품을 물며 가면 안쪽에 있는 눈을 번뜩거리는 수많은 인간과 지저분한 천 조각을 두른 채 움푹 팬 눈으로 주먹질을 주고받는 두 명의 남자.

백 명 가까운 인원을 넉넉하게 수용 가능한 호화로운 객석과 지저분하고 투박한 링이 마주 닿은 이 장소에서 비합법『도박 결투』와『살생』이 벌어지고 있었다.

싸움의 승패로 도박을 하는 유희 시설은 드물지 않다.

왕국에는 존재하지 않아도 제도에서는『콜로세움』이라는 이름의 거대 투기장이 공식적인 오락의 장으로서 존재하고 있다.

그러나 그 콜로세움과 다른 부분이 있었다. 항복도 전투 불능도 인정되지 않기에 어느 한쪽이 죽을 때까지 끝나지 않는 전투라는 것.

"『훅, 후욱, 크아아아아아아아아아아아아!!』"

"『그, 그만, 카아아아아아아아아아아아아!!』"

"『곰 가면, 못 일어서나!! 지금이 기회, 늑대 가면이 눈을 공격합니다!!』"

가능한 한 잔혹한 살해 방법으로 전투를 이겨 살아남은 인물의 보수가 늘어난다는 것.

"『끄으, 아아앗, 살, 그만, 끄으으으으으.』"

"『어이쿠, 잔인해라!! 뭉갠 눈 속에 빙글빙글 손가락을 휘젓는군요!!』"

"『흐힛, 흐히힛, 이, 이제 라무네 잔뜩 받을 수 있어. 캬캬캬아.』"

또한 싸우고 있는 자들은 자신의 의사로 나선 참가자도 권투용 노예도 물론 아니며 『슬럭스』가 『라무네』를 써서 약물 중독에 몰아넣은 사람이라는 것.

"『라무네에에에에, 라무네에!!』"

"『살려, 살려줘, 제발, 혀, 혀어…….』"

아울러 저 악질적인 쇼의 흥행을 위해 가까운 친지끼리 싸우게 만든다는 것이었다.

장내의 한쪽 끝, 링에서 떨어져 있는 위치에서 우리는 조금 싸늘한 시선으로 이렇듯 허접한 촌극을 지켜본다.

"거참, 악취미스러운 광경이군."

인간의 어둑한 부분을 바짝 조리는 듯한 광경 앞에서 나는 무심코 말을 내뱉었다.

“저지르는 행위 자체는 저희도 딱히 다른 게 없지만요.”

“자기가 좋아서 제정신을 놓아버리는 작자들과 같은 취급을 받으면 울화가 좀 솟지만 말야.”

탄식하면서도 자신의 행동 또한 다른 사람이 보기에는 분명 별 차이 없으리라는 생각이 든다.

올바르지 않고 아름답지도 않은 행동이 거듭 추악한 양상을 드러내는 것은 당연한 귀결이다.

그런 추악함이 딱히 싫다는 말은 아니다만…….

“흠, 역시 짜증나는 세계라니까, 이곳은.”

“괜찮아요. 슈리아는, 저희는 신중하게 상대를 선별하는걸요. 별 관련도 없는 상대에게 굳이 손을 쓰는 게 아니잖아요.”

“게다가 주인님께서 말씀하셨잖아요? 저런 인간들처럼 전락하지 않도록 복수에 필요하지 않다면 굳이 사망자는 만들지 않겠다고.”

슈리아와 미나리스의 말이 옳았다.

이 비정상적인 세계에서 인간인 채 복수를 완수하기 위해 잿빛의 칼끝을 걸어가겠다고 결심했잖은가.

“다른 사람의 실패는 좋은 스승이라던가. 맞아, 확실히 좋은 격언이군.”

복수자와 학살자의 경계선.

처음에 그어 놓았던 선을 우리가 지나치게 넘지는 않았나?

미처 알아차리지 못하는 동안 자제심을 발휘할 줄 모르는 괴물로 전락하지는 않았나?

복수를 화풀이의 면죄부로 쓰고 있지는 않은가?

"……."

주위를 둘러보면 인간의 검은 욕망에 사로잡혀서 괴물로 전락해버린 놈들의 낯짝이 보인다.

우리가 저것들과 비슷한 꼴을 내보일 대상은 오직 복수하겠다고 결정한 상대뿐이어야 한다.

"안 되겠군, 이번 목적은 복수야. 쓰레기를 청소하러 온 게 아니지. 계획 변경이다, 관객은 무시하겠어."

어차피 이곳에 모여 있는 작자들은 쓰레기니까 겸사겸사 죽일까 싶었지만, 역시 복수에 『겸사겸사』는 필요 없다. 우리는 세상을 바로잡기 위해서 나선 게 아니니까.

관계도 없는 악당의 처벌이라면 어딘가에 있는 정의의 수호자께서 맡으면 된다.

이번에는 『슬럭스』를 박살내는 데 모든 힘을 쏟아야 한다.

그 정도가 아니면 어떤 추모도 되지 못하니까.

"흠흠~ 슈리아 생각에는 객석의 돼지 녀석들도 같은 죄니까, 한꺼번에 죽여도 동류가 되지는 않을 것 같은데요……."

"저도 슈리아와 같은 의견입니다만, 어쨌든 주인님께서 말씀하시는 대로 따르겠습니다. 주인님이 이상한 데서 도리를 따진다는 것은 처음부터 잘 알고 있었으니까요."

"……."

『카이토, 네 녀석, 이상한 데서 도리를 따지는구나. 역시 벗겨지겠어, 틀림없느니라.』

『오라버니는 어째서 가끔 쓸데없는 이유로 괜한 걱정을 하시나요?』

레티시아와 마이에게 비교적 자주 듣던 말을 떠올렸다. 역시 내가 지나치게 까다로운가? 아니, 분명 이렇게 하는 게 맞다.

정말 위험한 건 죄악감도 망설임도 아무것도 못 느끼게 되는 때이다.

그때는 분명 내가 복수심과 공존하지 못하고 짓눌려버렸을 테니까.

"……자, 이제 시작해볼까. 관객은 무시해도 좋아. 대신 『슬럭스』 패거리는 몸도 마음도 뼛속까지 공포가 스며들도록 만든 다음에, 죽여버려."

"분부대로 실행하겠습니다, 주인님." "맡겨주세요."

두 사람이 대답을 한 때였다.

"대단히 죄송하오나 잠시 말씀 좀 여쭙겠습니다."

말을 건넨 사람은 회장을 경비하고 있던 남자였다.

말투만 정중할 뿐 거친 분위기는 미처 다 지우지 못했다.

결국은 피와 폭력에 찌들어 있는 건달이다.

귀족을 상대해야 하는 입장인지라 벼락치기로 최저한의 예의범절만 익혔다는 게 뻔히 들여다보였다.

'이곳에서 더 이상 예법이 필요하지 않다는 것도 분명하다만……. 덕분에 판별하는 게 쉬워서 편하겠군.'

"뭐, 우리 입장도 특별히 다르지는 않군."

그래서 더더욱 이 남자는 우리에게 말을 건넸을 테지.

"어쨌든 딱 좋은 시점이야. 이 녀석들에게 복수를 개시하기에는…….”

“손님? 아니군. 누구냐, 네놈, 꺽?!”

“조용히 웃고, 죽여주자.”

불온한 낌새를 느낀 듯한 건달의 안면을 덥석 움켜잡아서 마력 집중까지 더한 풀 파워로 링 중앙 모니터 화면에 집어 던졌다.

『꺄, 대체 뭐예요!!』

『무, 무슨 일인가!? 뭐가 어떻게 된 거냐!!』

일직선으로 날아간 남자의 몸이 굉음과 함께 마도구 모니터를 파괴했다.

커다란 소리에 섞여 귓가에 들려온 철퍼덕, 하는 소리가 내게 인간의 몸은 대부분 물로 이루어졌다는 사실을 상기시켰다.

링 위에 조각조각 나서 망가진 모니터의 파편이 마구 쏟아지며 육괴가 떨어졌다.

『꺄아아아아아아아아아아!!』

『조용히! 진정해주십시오!!』

『비켜! 걸리적거린다, 비켜라!!』

명백한 이상 사태를 앞에 두고 패닉을 일으켰던 관객들이 출구로 쇄도한다.

“판단이 참 빠르군, 빨라. 위기를 알아차리는 후각은 제법 감탄스러워.”

출구 정반대의 위치에 서 있었던 우리 주변은 인간들이 사라져서 빼끔히 빈 공간이 생겨났다.

드문드문 배치돼 있던 거친 분위기의 건달 패거리도 인파에 휩쓸려서 발버둥 치고 있었다.

“마침 무대가 있네요. 저 링을 사용하시죠.”

“넓이도 마침 적당하고요, 자기 업보를 돌려받기에 딱 맞는 곳이에요.”

“맞아, 재미있네.”

미나리스의 제안을 받아들이는 형태로 우리는 장내 중앙에 있는 링으로 이동했다.

자리를 잡고 내려선 딱딱한 바닥에는 싸늘하고 마른 공기가 감돌았다.

“마치 영화나 드라마 같군, 이거 참.”

링 내부로 이어지는 통로는 관계자를 제외하면 출입할 수 없다. 인간의 벽이 없어져서 줄줄이 나타나는 검은 옷들이 점점 주위를 둘러싼다.

“이런, 빌어먹을 놈들. 애써 준비한 쇼를 다 망쳐주셨겠다? 어떻게 될지는 알고 한 짓이겠지?”

나타난 자는 특징적인 목소리로 관객을 부채질하던 남자.

익살스럽다는 인상을 주던 목소리가 나지막하고 묵직하게 으름장을 놓는 음색으로 바뀌었다.

“깜짝 놀랐어요, 예상보다 더 많이 주렁주렁 튀어나와요. 바퀴벌레 같아요.”

“동의합니다. 슈리아는 비유를 드는 감각이 좋네요.”

뭐, 당연히 저딴 으름장은 신경도 안 쓴다만.

편안하게 대화 나누는 모습이 아마 남자의 심기를 건드린 듯 한눈에 알아볼 만큼 분노해서 얼굴을 붉힌다.

“아앙?! 뭔 배짱으로 천하태평이냐!! 우리 머릿수가 안 보이는 거냐!! 기껏해야 말단을 한 놈 박살냈다고 우쭐거리긴!!”

“이런, 이 녀석아. 다른 사람들은 실컷 부채질한 주제에 본인은 부채질에 내성이 없는 거냐.”

“뭐라고? 이 망할 놈이!!”

“거봐, 또 괜히 큰소리나 치고. 음, 그렇게 머리의 모세 혈관을 막 끊어 먹으니까 벌레 수준의 사고력밖에 안 남은 건가. 세상은 참 합리적이라니까.”

“뭐랏, 큭, 네, 네놈…….”

정말이지 이렇게 속내가 다 들여다보이는 녀석도 드물다.

만약 얼굴을 새빨갛게 붉히고 눈에 핏발이 선 저 모습이 연기라면 정말 대단한 배우겠군.

“게다가 무엇보다, 너, 보는 눈이 너무 없다고.”

“아앙?”

“천하태평? 우리가? 대체 사람을 어떻게 보고 뭔 생각을 해야 나오는 판단이냐고, 이 자식아.”

나도, 미나리스도, 슈리아도.

줄곧 귓가에서 쉴 새 없이 죽이라고 부르짖는 목소리.

내면에서 뛰쳐나가고자 몸속에서 마구 날뛰는 뾰족한 돌과 같은 열.

안에서 바깥으로 마구 날뛰며 당장에라도 확 녹아내리려고 하는 이성의 끈을 아슬아슬한 곳에서 안간힘을 다해 붙들어 놓았건마는.

—그래도.

"저 귀족 돼지들은 무시해. 쓰레기긴 해도 이번 목적과는 관계가 없어……. 그런데 말이야."

——그래도, 이제 상관없잖아.

"너희는 절대 용서하지 않겠어."

——이제 더 이상 인내심을 발휘할 필요도 없잖아.

"그냥 심부름꾼이든 말단이든 관계없어. 사전 행사라고 대충 처리할 마음도 없고."

"윽?!"

이놈들은 그론드에게 이어지는 발판의 발판이고, 그리고 내가 죽이고 싶어서 못 견디는 놈들이다.

……그러니까, 쏟아지는 말에는 미처 억누를 수 없는 증오가 담겼다.

"——모조리, 짓이겨 죽여주겠어."

"흑, 흐악? 끄으, 카아아, 컥?!"

남자의 눈구멍에다가 손가락을 박아서 눈을 뭉개는 동시에 지면으로 내동댕이쳤다.

쿠쿵, 큰 쇠구슬을 떨어뜨리는 듯한 굉음에 장내가 쥐 죽은 듯이 고요해졌다.

"정말이지 편리한 세계라니까, 이곳은."

낮아졌던 자세를 천천히 일으켜 세우며 입꼬리를 끌어 올렸다.

"이놈이고 저놈이고 어중간하게 몸이 튼튼하잖아. 그 덕분에 마음껏 괴롭힐 수 있지."

"카아아아아아아아아아아아아아아아아아?!"

세차게 내리찍은 다리가 푸석, 물소리와 함께 남자의 팔을 눌러 뭉갰다.

핏, 튀어 오르는 피가 뺨에 닿는다.

이제 참아야 하는 이유따위 아무것도 없단 말이다.

나는 천천히 시선을 들어 올려서 당황과 공포에 몸이 위축되어 있는 녀석들을 보고는 더욱 깊숙이 한 단계 더 입꼬리를 끌어 올렸다.

☆

철퍽, 고여서 떨어지는 붉은 물소리가 미적지근한 열기를 띠고 울려 퍼진다.

우리 형제를 약에 절여서 망가뜨리고 이렇듯 상잔하는 구경거리를 만든 놈들이 죽어 간다.

그렇지만 마음에 떠오르는 기억은 그리운 고향의 광경.

벌써 한참 옛날의 과거처럼 느껴지는, 저 멀리 떠나가 버린 나날의 기억.

그 속에서 나는, 우리는 분명히 서로 웃으며 지냈었다.

『형, 봐, 봐봐. 이 야채, 생긴 게 검이랑 비슷해!』

『괜찮다니까, 형은 괜히 걱정만 많아.』

『가자, 형! B랭크…… 아니, 언젠가 A랭크 모험가가 돼서 우리 마을을 풍요롭게 발전시키자고!!』

……아, 어쩌다가, 이렇게 되어버렸나.

모르겠다, 모르겠다. 모르겠다.

어째서 나는 이런 장소에 있나.

어째서 내 눈앞에 동생의 시체가 있나.

어째서 내 손이 동생의 피로 이리도 붉게 더럽혀졌나.

이곳은 마치 지옥의 불가마 속 같았다.

주변에는 인간의 원형을 잃은 시체가 굴러다닌다.

그런 시체만 가득 널린 곳에서 적어도 인간이었음을 알아볼 수 있는 동생은 조금이나마 나은 처지일까.

"……하하, 그게 웬 말인가. 그게 웬 말이야."

어째서 이런 때 나는 제정신을 차렸나.

약 기운이 빠졌나? 그렇다면 어째서 지금 이 순간인가.

어째서, 동생보다 빨리 정신 차리지 못했나. 그랬다면 살해당한 사람은 분명 나였을 텐데.

그게 아니더라도, 끝끝내 약 기운에서 헤어나지 못했더라면, 이따위, 이딴!!

"……."

제정신이 돌아왔을 차렸을 때 눈앞에는 지옥 속 불가마의 주인이 서 있었다.

싸늘하게 내려다보는 얼굴의 표정에는 이 참상을 만들어 놓은 인간이라 믿기지 않을 만큼 평온한 빛이 가득했다.

"부탁한다……. 죽여다오. 한 조각 구원도 없도록 철저하게, 죽여다오."

이제, 되었다. 이따위 세계는, 나는 견딜 수 없다.

"원수는, 갚지 않아도 되겠어?"

"……안 돼. 이렇게 정신을 차릴 수 있는 건 분명 지금뿐이다. 게다가, 나는 이미, 살아날 수 없어. 맞지?"

"윽."

체념과 함께 구원을 바라는 내 말에 남자는 얼굴을 일그러뜨렸다.

"하하, 거 얼굴이 말이 아니군."

이런 참상을 망설이지 않고 만들어 내는 악마가 방금 전부터 이상하게 인간다운 표정을 짓고 있었다.

"어차피 죽을 테니까, 차라리 네 손에 죽고 싶다. 최후까지 저따위 약에 농락당하는 신세는 사절이야."

"……그런가."

남자는 한 번 눈을 감았다가 다시 조용히 눈을 떴다.

아아, 보인다. 오싹하도록 어둡고 어두워서 어두운 불꽃이다.

"그렇다면 안심하고 죽어라. 내가 모조리 다 죽여줄 테니까."

"풉, 하하핫, 반가운 말이군. 먼저 지옥에 가서 기다리마."

무심코 웃음이 새어 나왔다. 도대체 얼마 만에 웃는 걸까.

이제는 떠올릴 수조차 없다.

팟, 빛을 발하면서 남자의 손에 장식이 없는 간소한 직검(直劍)이 쥐여졌다.

위로 올라간 그 검이 어둡고 검은 불꽃과 같은 남자의 표정에 아름답게 대비되었고.

"어쩌다가, 이딴 처지가 되어 먹었을까."

인생 마지막 혼잣말과 함께 내 시야는 어둠에 감싸였다.

☆

"후, 제길."

나는 남자를 양단한【시초의 심검】의 구성을 해제했다.

시야 저편에는『라무네』의 침범 때문에 인생이 뒤바뀐 남자가 있다.

"죽기 직전에만 제정신이 돌아온다는 게 정말 고약하다니까."

구할 방법이 없다는 것은 이곳에 도착했을 때 알아차렸다. 링에 올라가 있는 두 사람에게 이미 손쓸 도리가 없다는 건 보자마자 판단이 끝났다. 무엇보다 우리는 자선가가 아니다.

만나는 사람 전부를 공범자로 끌어들인다면 머지않아서 활동은 좌절을 맞이할 터.

그리고 무엇보다도 이 남자는 마지막 순간, 나에게『복수』가 아닌『구원』을 바랐다.

그 정도여서는 안 된다.

복수를 체념하는 인간을 공범자로 맞아들일 의향은 없다. 설령 죽음을 느낀 순간에서도, 끝내 죽여 버리겠다고 맹세할 수 있는 인간이어야 한다.

죽을 위기에 처했을 때 흔들려서는 결국 복수심의 순도가 그 정도에 불과한 것이다.

이 녀석의 복수심은 유감스럽지만 우리에게는 너무 옅었다.

"뭐, 어쨌든 간에. 겸사겸사 원수는 갚아주겠어."

이미 넘치도록 무겁고 무거운 짐을 끌고 다니고 있다. 이제 와서

하나둘 짐이 늘어난들 별다를 게 없었다.

"……하하."

그렇게, 끌려 올라가 있는 입가에서 웃음이 새어 나왔다.

"큭큭, 아하하핫. 좋아, 달아오르는구나!! 다음 장소로 가자. 미나리스, 슈리아. 그 녀석을 죽이고 싶어서 1초도 참을 수 없어!!"

"알겠습니다, 주인님."

"네네, 카이토 님."

자, 다음 장소로 이동하도록 하자.

짊어지고 있는 전부를 검은 불꽃으로 태우며.

그놈들을『슬럭스』의 쓰레기들을 집어삼킬 지옥의 불가마는 이제 막 뚜껑이 열린 참이다.

"뭐냐, 이놈들, 끄흑?!"

"걸리적거린다, 비켜."

그날, 더틀러스 빈민가의 한구석, 바깥으로 불거져 넘친 자들의 도가니에서 나는 또 한 명의 남자를 주먹질로 날려버렸다.

몇 명째인지 모르겠는데 이번 녀석은 감촉으로 봐서 다소나마 내구성이 높은 것 같으니 아마 살아는 있을 것이다. 뭐, 그딴 건 아무래도 상관없지만.

미리 조사한 수순대로 난잡한 빈민가의 길을 신바람 나는 깡충 걸음으로 전진한다.

적의를 품고 진로를 방해하는 놈들은 가차 없이 후려갈겼다.

살든 죽든 얻어맞은 녀석의 운에 달려 있겠지만, 어쨌든 살아남을 가능성이 있다는 것 자체가 축복이다.

솔직히 잡것들의 생사를 신경 쓸 만한 여유가 내게는 이미 없었다.

"주인님, 신나셨군요."

"음표가 공중에 떠다니는 것 같아요."

"맞아, 줄곧 배고파서 견딜 수가 없었거든. 아직도 한참 부족하다고. 모조리 물어뜯어 버려야지. 안 그러면 영 직성이 풀리지 않아."

빨리, 더 빨리, 뛰어오르는 고동이 한 걸음 한 걸음 나아가는 걸음의 속도를 높인다.

기쁘다는 느낌은 아니다.

즐거움? 비슷하지만 역시 조금은 다르다.

글쎄 뭐랄까, 완전히 잃어버린 줄 알고 포기했던 소중한 분실물을 다시 돌려받으러 가는 감각이랄까?

그리고 우리는 목적한 장소에 도착했다.

조잡하면서도 제법 모양을 갖춘 아지트, 콘크리트 비슷한 자재를 써서 지은 저 건물이 목적지이다.

이 도시에서 유일하게 『조생강약』을 재료로 『라무네』라는 마약을 만들어 유포하는 인간 쓰레기들의 소굴, 『슬럭스』의 두목이 사용하는 본거지.

"뭐냐, 네놈들, 꾸웩?!"

"헤헷, 멋진 여자가, 꺽?!"

"기웃거리지 마십시오." "소름 끼쳐요."

입구 앞에서 죽치고 보초를 서는 녀석들이 멍청하게 헤벌레하며 다가들 때 미나리스가 돌려 차기로 명치 깊숙이 등뼈를, 슈리아가 마력의 실을 조종해서 목뼈를 부러뜨렸다.

"자, 도착했군. 이제 제2막이다."

나는 쌓일 대로 쌓인 심정을 토해 내고자 입구의 문을 차서 부쉈다.

『누, 누구냐, 네놈?!』『아니, 보초는 뭘 한 거야?!』『도대체 무슨 일이냐!』

떠들어 대는 인간 쓰레기들을 보고 더 이상 견디지 못한 나는 비웃음을 머금었다.

그래, 그론드뿐이 아니다.

너희도, 괴롭히고, 괴롭히고, 괴롭히고.

절망과 고통의 맛을 떨쳐지지 않으리만치 몸에 절여지면 그때 죽여주마.

"……."

웃고 있었던, 그리고 죽기 직전의 아이들의 얼굴이 머리에 스쳐 갔다.

손에 남은 그 예리한 파편을 절대 놓치지 않도록 꽉 쥐었다.

"……겨우 네 글자, 그 매듭을 짓기 위해서 왔다. 지옥의 구렁텅이에서 발버둥치고 고통받아라."

☆

"카아아아아아아아아?! 눈이, 눈이잇!! 내 팔이, 팔이, 어디에에에에?!"

"끄아아앗?! 피부가 녹아, 끅, 컥!"

"머, 멈춰. 멈춰라, 제니스!! 카아아아아아아아아아!!"

"아니야, 아니라고!! 내가 아니야, 슬로브!! 갑옷이, 몸이 제멋대로, 끄으으윽, 컥, 끅."

어느 도시에든 존재하는 어둡고 짙은 음지에서 즐겁게 살아왔던 진성의 인간 쓰레기들이 듣기 좋은 비명을 연주해준다.

"아파, 아파아아아아아아아앗, 끄극, 으으, 끄아아아아."

"우후훗, 으음, 수인은 역시 튼튼하네요. 독의 작용이 느려서 몸 감각이 먼저 날아가버리나 봐요. 음, 조금 아쉬운데. 자, 이번에는 이 약을 써보죠. 끝나려면 아직 한참 남았답니다."

격통에 의미를 잃은 포효를 내지르는 남자에게 요염한 미소를 지으며 미나리스가 희희낙락대며 여러 약을 시험한다.

"꺼억, 꺽, 으아아아악."

"이제 싫다고오오오오!! 왜 아무도 저항을 안 하는 거야!! 누가 나를 죽여줘어어어어어어어어!!"

"앗, 아유, 또 조작이 어긋났어요. 이번에는 팔을 잘라줄 차례였는데 **저항하니까** 위치가 어긋나버렸잖아요."

슈리아의 손가락에서 뻗어 나오는 마력의 실이 쓰레기들이 몸에 걸친 빈민가에는 어울리지 않는 양질의 장비를 얽어매고 있다. 아름다운 갈색 손가락이 허공을 어루만지며 미끄러질 때마다 여자가 울고 부르짖으며 손에 든 검으로 **어째서인지 급소를 빗나가도록** 자기 패거리에게 상처를 낸다.

그 검에 맞은 대상도 마치 무엇인가에 결박된 사람처럼 절규를 내지르고 몸을 꿈틀거리는 게 전부였다.

“그만!! 부하 녀석들에게 손대지 마라!!”

“크크크, 아하하하핫!! 멋지군. 쉽게 알 수 있게 감정이 드러나는 목소리가 참 멋져. 아하하핫!!”

듣기 좋은 비명이 내가 짓밟고 있는 이 집단의 우두머리에게서 터져 나왔다.

상처투성이의 우락부락한 몸, 안대를 쓴 외눈 때문에 위압적이고 험상궂은 용모가 된 남자가 지금 꼴사납게 바닥에서 짓밟히고 있다.

“이놈, 빌어먹을 놈, 빌어먹을 놈! 당장 다리를 걷어치워라!!”

“이봐, 이 자식아. 그게 무슨 소리야. 이딴 거, 너희가 항상 변태들한테 알랑거린다고 저지른 짓이잖아. 『약물 중독자끼리 진흙탕 배틀 로열』!! 약물에 찌든 놈들끼리 죽고 죽이게 부추기는 학살 쇼. ……손님들 틈에 섞여서 즐겁게 구경했잖아? 대단한 취향이라니까, 정말이지.”

“그, 그것은…….”

이놈들은 이곳 도시의 빈민가에 있는 범죄 조직의 일원이다.

죽이고, 훔치고, 겁탈하고, 또한 약탈한다.

다른 사람을 착취하는 것밖에 삶의 수단을 모르고, 무관계한 상대를 불행에 빠뜨리는 짓을 진심으로 즐거워할 수 있는 인간 쓰레기들.

그렇게 악독한 녀석들의 가장 큰 돈줄 역할을 하는 게 통칭 『라무네』이다. 『조생강약』을 콩알 크기의 환약으로 만드는 옅은 물색을 띤 약.

“그렇다면 이것도 즐길 수 있겠지? 자, 보라고. 평소처럼 손뼉을 치고 웃어봐. 어때, 우리 애들도 솜씨가 썩 나쁘진 않지? 분명 너희

가 그동안 봤던 쇼 이상의 멋진 연출을 보여줄 테니까 잘 보라고?"

"우후후훗, 어서, 어서요! 다음은 어디가 썩어 나가면 좋겠어요? 오른쪽 눈과 두 귀는 이미 없어져버렸지만요, 아직 왼쪽 눈이랑 코, 치아와 입술은 많이 남아 있잖아요? 우훗, 우후후훗!!"

"아앙, 또 죽여버렸어요. 으으, 좀만 더 오래 괴롭히고 싶었는데요, 싶었는데요오오!!"

두 사람 다 이따위 쓰레기들을 진심으로 싫어한다는 것은 잘 알고 있었다.

레벨도 올랐고 그에 비례하여 MP의 상한도 제법 올랐다.

그런데도 이런 때는 다소의 차이는 있지만, 고양감에 이성의 끈을 놓아버리는지 마력 취기라든가 그쪽과 딱히 관계없이도 이성이 날아가 버리는 것 같다.

뭐, 나도 비슷한 처지니까 뭐라곤 못 하지만.

"멈춰, 멈춰라, 멈춰라, 멈추라고. 멈춰라아아아아앗!!"

"아하하하, 이렇게 재미있는 구경거리를 누가 멈추겠어. 무엇을 위해 너를 이렇게 괴롭히지도 않고 살려 놓았는지 생각도 안 하는 거냐?"

피의 녹 냄새와 잠겨 들어가거나 찢겨 나가는 절규가 뒤섞이는 광경.

"미나리스 씨, 조금만 슈리아에게 인원수를 나눠 주시면 안 되나요?"

"안 된답니다. 우후훗, 이런 쓰레기를 비틀어 죽이고 싶은 게 슈리아 혼자는 아니잖아요."

"칫, 미나리스 씨는 구두쇠예요."

"이 녀석들, 싸우지 마."

사이좋은 게 최고라네, 최고지, 암.

둘이서 사이좋게 이 쇼를 진행해 다오.

이놈이 조금이라도 더 날카로운 아픔을 떠안은 채 죽을 수 있도록.

내려다보니 남자는 고뇌로 얼굴을 일그러뜨린 채 눈앞의 광경을 보고 있었다.

"마, 망할 것들, 이따위 짓을 하고도, 끄아아아아아아아아아!!"

"이놈이고 저놈이고 왜 다들 똑같은 소리를 할까? 『이따위 짓을 하고도 무사할 수 있을 것 같냐?』 그딴 거, 벌써 옛날에 무사하지 않게 끝났으니까 이렇게 된 건데, 그거 뭘 좀 알고 말하는 거냐?"

이제는 진짜 좀 듣다가 질릴 지경까지 온 뻔한 대사에 대답하며 나는 짓밟고 있던 남자의 두 무릎 관절을 꺾었다.

"끄윽, 꺽."

"아프냐? 응? 내 고향에 무척 멋진 말이 있거든. 『아픔은 곧 살아 있다는 증거다』. 다시 말하자면……."

"끄아아아아아아아아아아악?!"

나는 비웃음 짓고 방금 막 꺾어준 무릎의 아래, 장딴지 부근을 세 군데 연속해서 짓밟아 뼈를 부러뜨렸다.

"아픔이 묻어나는 목소리를 내지를 수 있는 동안은 아직도 한참 여유가 남았다는 뜻이지. 아하하하하!!"

"이, 이 썩을 자식아아아!! 미쳐버렸나, 네노옴!!"

얼굴에 흠뻑 비지땀을 쏟아 내면서도 반항심이 사라지지 않는 기개는 과연 난폭한 건달들의 우두머리답다 할 수 있겠군.

"아하하핫, 그렇고말고. 한참 전부터 내 세계는 미치고 또 미쳐버렸거든.”

“끄아앗, 그만. 아아아악, 카아아아아!!”

“그래, 더 울고 소리쳐라!! 이래서는 수지가 안 맞는다!! 한참 모자라지!! 그저 하루하루 열심히 살고자 했던 아이들을 마주 볼 면목이 없어!! 내가 나를 용서 못 해!!”

첫 번째 때는 표면상의 비밀로 내세웠던 학교 시설을 박살내는 것밖에 하지 못했다.

그때 내 역량은 그론드가 직접 지배하여 방비를 강화했던 이 도시에서 난동 부리기에는 모자랐다.

마족의 침공을 억제하고자 도시 방비를 강화하는 데 손을 빌려준 사람이 나였다.

시도할 것도 없이 무리라는 결론쯤은 내릴 수 있었다.

“아무것도 못 했어, 아무것도 못 해줬다고!!”

그론드도, 이 작자들도, 죽일 수가 없었다.

지켜주지 못한 주제에.

복수마저도, 원수마저도 갚아주지 못했다.

“나는, 아이들을 살려주지도 못한 쓸모없는 놈이다. 제아무리 큰 힘을 갖고 있어도 정말 지켜야 하는 상대는 누구 하나 지키지 못한 덜떨어진 놈이지. ……그래도 말이야, 어째서 왜 하필 그 아이들이 죽어야 했나!! 어째서 그 아이들이 농락당해야 했냔 말이다!!”

나와 똑같이 강제로 가족과 생이별을 당했고, 그런데도 나만큼 살아가는 데 필요한 힘도 없었고, 그럼에도 원장 선생님의 도움을 빌려 서로를 지탱하던 아이들.

"어째서, 네놈들 같은 버러지들의 먹잇감이 되어야 했냔 말이다!!"

아프도록 세게 쥔 주먹에서 피가 흘렀다.

"겨우, 겨우 네 글자였어!!"

나보다 훨씬, 훨씬 더 강했던 아이들. 즐겁게 웃음 짓고 이 세계에서 살아갔던 아이들이.

"『살려줘요』, 어째서 그 짧은 말조차 허락되지 않았던 거냐!!"

마지막 최후의 순간에도 구원을 바라는 말조차 못다 꺼낸 채 아이들은 고통 속에서 부들거리며 죽어 갔었다.

"그 아이들의 삶은 뭐였던 거야! 대답해라, 진드기 자식!!"

"모, 모른다! 무슨 말이냐, 뭔 소리를 지껄이는 거냐!! 너희는 대체 누구냐!! 얼마 전 찾아낸 돈줄의 관계자라도 되나?!"

"……맞아, 맞는 말이다. 너희는 아는 게 없어. 분명 모든 사정을 다 알려줘도 너희는 이해하지 못할 거야. 그러니까, 울어라! 부르짖어라!! 괴로워해라, 괴로워해라, 괴로워해라!! 그 어떤 구원 하나도 없는 처지에서 지옥에 떨어져라!!"

불러내는 심검은【악삭(愕削)의 아검(牙劍)】.

얼마 전 덤벼들었던 도적 상대로 얇게 껍질을 벗기는 고문을 시험하던 중 새롭게 습득했던 심검이다.

회갈색의 칼 몸에 칼날은 없고 이를테면 마치 굳히기 전의 고무 비슷한 질감을 갖고 있었다.

그 칼 몸의 배에는 불과 1센티미터가량 크기의 입이 무수히 많은 이빨을 빠각빠각 맞부딪치고 있다.

살해가 아니라 단지 고통을 가하는 것을 목적으로 하는 심검.

"흑, 뭐, 뭐냐, 도대체. 그만! 사죄하겠다, 사죄하."

"……자, 속죄의 시간을 가져보자고. 삼켜서 갉아 먹어라, 『악식기구(惡食飢口)』."

"카아아아아아아아아아아아아아아아?!"

끼기깃, 마치 기뻐하는 듯 이빨을 맞부딪치고【악삭의 아검】이 물컹, 형태를 없애며 연한 색깔을 띠었다.

투명도 높은 유동체가 된 칼 몸은 부피를 확 부풀려서 발밑에 있는 남자의 팔을 감싸 안았다.

그리고 안쪽에서 헤엄치는 무수히 많은 조그만 입이 떼 지어 남자의 팔에 붙더니 주둥이를 벌렸다.

"아픈가? 아프겠지? 피부만 갈려 나가며 베어 먹히는 기분이 어때? 뭐라고 말을 해봐라, 어서, 말해보라고!!"

훤히 드러난 남자의 피부와 살점만 베어 먹는다. 마치 벌레처럼 작은 입이 달라붙어서 물어뜯고, 그리고 삼켜버린다.

"꺽, 끄아아아앗, 주, 죽는다, 죽어버린다고오!! 끄흑, 크아아앗, 아파아아아아!! 제발, 멈춰, 멈춰줘라아아아아아아아!!"

"너희는 그렇게 부르짖은 상대에게 무슨 짓을 했었나? 으응? 이봐, 이 녀석아, 이제 와서 왜 엄살을 떨지!! 쓰레기 자식!!"

"끄윽, 끄극, 끄아아아아가아악!!"

"겨우 네 글자, 그 짧은 말을 꺼낼 자유조차 너희가 빼앗아 갔다!! 그 짧은 한마디조차 나는 들어줄 수 없었단 말이다!!"

왼팔, 오른팔, 오른쪽 다리, 왼쪽 다리, 순서대로 피부와 안쪽 살점을 조금씩 갉아 뜯어냈다. 그리고 결국 목부터 위쪽만 남기고 남자의 온몸이 【악삭의 아검】에 감싸 안겼다.

피부가 떨어져 나가서 훤히 드러난 속살은 검게 변색됐고, 게걸스럽다는 표현이 딱 들어맞도록 지저분하게 이빨 자국만 남은 인간 모양의 무엇인가가 그 자리에 남았다.

그럼에도 남자에게는 아직 의식이 있었다. 정신을 잃을 때마다 새 자극을 줘서 제정신을 돌려놓았다.

"아, 끄윽, 으……."

고통이 도를 넘을 때마다 마치 입가심 삼아 미나리스와 슈리아의 쇼를 여봐란듯이 보여준 것도 효과가 있었을 테지.

남자의 눈동자에는 이미 빛이 사라졌고 절망과 고통만 가득 차올랐다.

내가 바랐던 눈빛, 아이들의 눈동자에 마지막으로 떠올랐던 똑같은 눈빛.

그리고 이 무렵 주위에서 신음 소리를 내는 놈은 내가 상대하는 남자 단 한 명뿐이었다.

"아직도 한참 부족하지만, 아직 진짜 원수가 남아 있지. 그러니까 만약 이 세상에도 저승이 존재한다면 그곳에서도 줄곧 끝없는 고통에 시달리기를 기원한다."

그리고 나는 심검을 【시초의 심검】으로 전환한 뒤 손에 들고 쳐올렸다.

살해당한다는 위기감 때문일까, 아주 살짝 남자의 눈동자에 이성의 빛이 깃들었다.

"끅, 카악, 사, 살려, 끄가아아아아아, 꺼, 헉……."

그러나 나는 도중에 말을 잘라버리고 검으로 정수리를 꿰뚫었다.

"너희가 지껄일 말은 절대 아니지. 그 네 글자 말만큼은, 절대로."

살려줘요, 구원을 바라는 짧은 말조차 아이들에게는 허락되지 않았으니까.

그리고 사흘 후, 드디어 던전 코어에 마력 주입을 끝낸 우리는 더틀러스의 바깥 변두리 숲에서 마력 폭풍을 일으켰다.

불어닥치는 마력 폭풍은 더틀러스 도시 주위를 감싸서 마력 통신에 의한 정보 전달을 차단한다.

마치 거대한 생물이 내지르는 축하의 포효 같았기에 나는 저절로 미소가 지어졌다.

"그래, 성대하게 불어닥쳐라. 그 녀석의 전부를 엉망진창으로 짓밟기 위해."

자, 그론드.

……근사한 미래 예상도는 이미 눈앞까지 닥쳐들었다.

"너는 기필코 내 손으로 죽이겠다. 그론드."

☆

"으응, 꺄앙~ 가랑이가 찢어버리겠어."

노노릭의 앞쪽에는 온몸을 줄칼로 긁어낸 듯한 시체가 나동그라져 있었다.

이 장소에서 참극이 벌어진 이후 제법 시간이 경과했다는 것은 피가 말라붙은 정도와 평범하게 심장을 꿰뚫려 살해당한 시체의 상태를 보고 알 수 있었다.

아직 피비린내가 사라지지 않은 그 장소에서 일어났던 사건. 그것을 상상만 해도 노노릭은 오싹오싹 흥분이 몸을 타고 도는 느낌을 받았다.

“흠흠~ 대체 어떻게 한 걸까~. 어떤 도구를 썼을까. 노노도 갖고 싶어라~.”

콕콕 손가락으로 시체를 찌르자 힘줄이 많은 인육 특유의 퍽퍽한 살점 감촉이 손가락에 전해졌다.

“두 명……. 아니, 세 명이겠네.”

노노릭은 새삼 주위를 둘러보며 중얼거렸다.

“찌른 상처만 잔뜩 낸 사람, 약품을 쓴 사람, 그리고 이 시체를 만든 사람…….”

시체 상태에서 참극을 만들어 낸 인간의 수를 노노릭은 정확하게 산출했다.

“음후훗, 어떤 사람이 저지른 걸까? 노노도 배우고 싶은걸. ……아앙, 임무만 아니면 지금 당장 찾으러 갈 텐데……. 그래도, 분명 머지않아 만날 수 있겠지?”

누가 저지른 짓인지 노노릭은 알 수 없었지만, 이런 부류의 패거리가 지나치게 원한을 산 끝에 무참하게 살해당하는 것은 드문 사례가 아니었다.

그러나 야생 짐승의 직감 비슷한 능력으로 노노릭은 그 누군가와 만나게 되리라 확신했다.

"아저씨에게 말하면『찾아내라』고 시킬 테니까 언젠가는 만날 거야."

얼굴에 떠오른 표정은 마치 백마 탄 왕자를 꿈꾸는 소녀처럼 달콤하다.

"헤헷, 기대된다. 열심히 일해야지~! 랄라라~!"

소녀처럼 아름다운 소년은 베레모를 쓴 머리에서 흘러내리는 금발을 사뿐히 나부끼며 밤의 빈민가를 헤엄치듯 걸음을 뗐다.

미소녀, 너저분한 빈민가. 기묘하다 싶은 조합이건만, 그럼에도 노노릭이 풍기는 죽음의 내음은 그 위화감과 간극을 메울 수 있었다.

☆

"뭐라고?! 그 말이 사실인가!!"

노노릭에게 말을 들었을 때 나는 무의식중에 거친 목소리로 외쳤다.

『그론드 골더트』라고 서명을 막 마친 서류가 필압을 못 이기고 구멍이 뚫려버렸지만, 그런 사소한 데 신경 쓸 여유도 없었다.

"꺄앙, 에잇, 아저씨 너무 난폭하잖아. 막 밀어붙인다고 여자아이가 기뻐하진 않거든?"

"그딴 농담을 받아줄 시간은 없다!! 그보다 지금 한 말은 사실인가?!"

자신의 몸을 감싸 안듯 팔을 두르고 특별 주문한 소파 위에서 아양을 떠는 노노릭에게 고함질렀다.

"아휴, 아저씨는 성격이 참 급하다니까. 먼저 잘 애태우지 않으면 여자아이의 몸은 삐쳐서 달아나버리는걸."

"괜한 군소리는 집어치워라! 『라무네』의 취급을 맡겨 놓았던 일당이 몰살당했다는 말은 사실인가?!"

"응, 뭐, 맞아. 내 눈으로 확인했거든. 독약에 죽은 시체라든가 같은 편끼리 싸운 것처럼 서로 검을 맞찔러 나자빠진 시체도 있었고. 아, 영상 결정에 기록해서 갖고 왔는데 볼래?"

그렇게 노노릭은 푸른 결정을 꺼내 들더니 내 대답을 기다리지 않고 영상을 방의 하얀 벽면에 투사했다.

'……이런, 끔찍하군. 어지간히 큰 원한이 있어도 이렇게까지 과감하게 저지를 사람은 적다.'

재생되는 영상 속에 수많은 시체가 나동그라져 있다.

몸의 온갖 관절과 관절이 반대 방향으로 꺾여서 기괴한 오브제로 전락한 시체.

서로가 든 검을 복부에 맞찔러서 숨이 끊어져버린 시체.

인간의 형태였음을 알아볼 수 있을 뿐 얼굴부터 온몸에 걸쳐 무엇인가에 녹아내린 듯 자색으로 변색되어 있는 시체.

그리고 목부터 아래 온몸의 피부가 뜯겨 나가서 검게 변색된 살점이 노출되고 머리를 관통할 만큼 큰 자상과 함께 눈물 자국이 남아 있는 얼굴을 지닌 시체.

얼굴을 판별할 수 있는 상태로 남은 시체에서는 공포와 절망으로 한껏 일그러진 표정과 임종의 순간 흘렸을 눈물 자국이 뚜렷하게 찍혀 있었다.

"있지, 있잖아! 시체들 중 여기 제일 가까운 데 있는 리더 같은 사람 말이야, 엄청나게 재밌는 방법으로 죽인 것 같거든♪ 영상 결정이라 세세한 부분까진 잘 안 보이겠지만, 이렇게 말야~ 뭔가 엄청 작고 들쭉날쭉한 칼날이 온몸의 피부를 먹어 치운 것처럼 상처가 났어. 노노, 처음이야. 어떻게 고문했을지 짐작이 안 돼. 저절로 가랑이가 홧홧 달아올랐어."

"……이게 어찌 된 일인가."

지끈거리는 머리에 손을 가져다 대고 하늘을 우러러 위를 쳐다보며 의자에 몸을 기댔다.

'노노릭이 집착을 보이는 저 시체, 틀림없이 『슬럭스』의 우두머리였던 남자군.'

저 처참한 표정을 짓고 죽은 얼굴이 마치 다른 사람처럼 보이기도 했지만, 약간이나마 남아 있는 용모는 분명 『라무네』 제조 및 밀매를 총괄하던 남자가 틀림없었다.

"에잇, 젠장맞을!! 이래서는 또 돈이 될 만한 약을 찾아내는 단계부터 다시 시작해야 되잖나!!"

판로는 딱히 문제없다만, 그럭저럭 신뢰할 만한 제조책을 찾아내는 건 귀찮은 작업이었다.

『조생강약』을 사용한다는 정보는 파악한 터라 우리 상회에서 독자 제작하는 수단도 가능은 한데, 그래서는 만에 하나의 사태가 발생했을 때 변명의 여지가 사라져버린다.

더러운 장사는 벌이가 좋은 만큼 리스크를 잘 조절하지 않을 경우에 큰 타격을 받는다.

역시나 거듭 돌아봐도 『슬럭스』의 괴멸은 몹시 분했다.

'자료가 없다고 했지. 음, 설마…….'

"앗~ 아저씨! 지금 노노를 의심했어!!"
"으음!!"
사고에 의심을 떠올렸던 순간, 과실의 즙을 닦아 내는 데 쓰는 수건이 안면을 향해 날아왔다.
"확실히 노노는 약물 종류는 안 좋아하지만, 일거리 주는 고용주에게 민폐 끼치는 줄 뻔히 알면서 없애버리진 않는단 말야! 나빠, 나빴어! 흥!"
"……알겠다, 알겠어. 내가 잘못했다."
'거참, 정말이지 웬 감이 저리도 날카로운가.'
노노릭이『라무네』같은 마약을 싫어한다는 것은 알고 있었다. 따라서 노노릭이 일부러 직접『라무네』의 자료를 폐기한 게 아니겠냐는 가설이 스쳐 지나갔다만, 그 사고를 정리하기에 앞서 노노릭이 내 속내를 읽어 낸 듯싶었다.
"뭐, 괜찮아. 그럼 또 올게, 아저씨♪"
살래살래 손을 흔들고 노노릭은 방에서 나갔다.
잠시 지나서 똑똑, 문 두드리는 소리가 방 안에 울려 퍼졌다.
"들어와라."
"실례하겠습니다, 주인님."
철컥, 문고리가 돌아가고 방에 걸음을 들여놓은 인물은 페그너였다.
"주인님, 아직 불확실하나 유념하는 게 좋을 소식이 하나 들어왔습니다."
"뭔가?"
"어디까지나 불확실한 정보입니다만, ……조만간에 화폐 개혁이 실시된다는군요."

"뭐라고?!"

나는 무의식중에 벌떡 일어섰다.

만약 정말로 이것이 맞는 정보라면 중대 사건이다.

화폐 개혁이란 요컨대 금화 및 은화 따위를 다시 주조해서 금속의 순도를 변경하는 정책이다.

예를 들어서 같은 금화일지라도 제국 금화와 왕국 금화는 함유된 금의 비중이 서로 다르다. 따라서 자연히 왕국과 제국은 금화 한 장의 가치가 달라진다.

즉 금속의 순도를 내린다면 액면상 같은 숫자의 금화를 보유했어도 실질 자산은 상대적으로 감소하는 셈이다.

"그 말은 사실인가?! 정보의 출처는 어디지!!"

"실은 제 친척이 왕도 재무부에 근무합니다. 마력 폭풍의 영향으로 준동한 마물 때문에 가도가 봉쇄되기 직전 편지가 도착했습니다만, 그런 동향이 보인다는군요. 큰 사건에 대비하여 미리 정한 암호와 희소 잉크를 써서 작성된 문장으로 받은 정보인지라 신빙성은 제법 높다고 여겨집니다."

"그런가……."

놀라움에 사로잡힌 것도 일순간, 다시 깊숙이 사고에 잠겼다.

만약 지금 듣게 된 소식이 사실이라면 조속히 손을 써야할 사안이다.

화폐 개혁은 과거에도 왕국이 재정난에 빠졌을 때 시행한 전례가 있다. 기존 화폐에서 금과 은의 함유율을 낮춤으로써 발생하는 몫을 왕국의 예산으로 전용하는 방법이었다.

'……확실히, 지금 상황이라면 화폐 개혁을 결단한들 이상할 게 없겠군…….'

무엇을 위함인지는 모르겠으나 요즘 왕국은 요란하게 돈을 써 댔다.

내 상회에 이백 가까운 수인 노예를 주문했던 이력도 있고, 상당한 고가로 돈을 쏟아부어서 높은 등급의 매직 아이템을 닥치는 대로 사들였다.

돈이 된다면 뭔 까닭이든 상관없다만, 그렇게 많은 돈을 쓴 이상 국가일지라도 예산 부족에 시달릴 수밖에.

"제길, 요즘 들어서 귀찮은 일이 유난히 많군."

나는 머리를 벅벅 긁다가 마음을 안정시키고자 미지근하게 식은 차를 마셨다.

왕국에서는 아직 잘 알려지지 않은 찻잎이지만 녹색 액체의 독특한 풍미와 떫은맛이 마음에 든다.

아울러 이 차를 마시면 묘하게 마음이 진정되기기도 하고.

"어디 보자……."

한 모금 마셔서 마음을 가라앉히고 다시 사고에 잠겼다.

물론 본심을 말하자면 화폐 개혁 따위 거부하고 싶다. 개혁이 이루어질 경우 이전의 화폐를 못 쓴다.

교환 기한이 지나도록 숨겨서 갖고 있으면 발각된 시점에서 전부 국가에 몰수당한다.

금속 자체의 가치가 줄어들지는 않기에 금과 은으로 수중에 남겨 놓는 게 목적이라면 아무에게도 들키지 않을 장소에다가 보관해 두는 방법도 있겠지만, 그냥 귀족이라면 몰라도 돈을 써서 돈을 만들어 내는 상인에게는 손해가 너무나 크다.

다소 자산 가치가 감소하더라도 순순히 응하는 게 훗날의 더욱 큰 이익으로 연결된다.

"흠, 손해가 될지 이득이 될지. 어떠한 이권을 내어 주는가, 거기에 달려 있군……. 아무튼 상품을 화폐로 바꿀 필요가 있겠어."

자산 가치의 감소를 꺼리는 귀족 및 상인을 달래기 위해 국가도 당연히 보상책을 마련한다.

즉 대량의 화폐 교환에 응했을 경우 국가는 이권을 할당해주게 된다.

물론 정보의 출처를 확인하는 과정은 거쳐야겠지만, 다양한 각도에서 검토해 봐도 화폐 확보보다 더 나은 대책은 없을 터이다.

"……쳇, 마력 폭풍만 멎는다면 당장에라도 확인할 수 있었을 텐데."

알레시아 왕녀는 이전부터 친교를 쌓아 둔 거래 상대이다. 이런저런 더러운 의뢰도 수락해야 하지만, 거기에 대한 보답으로 이런 상황이면 대단히 쓸 만한 정보원이 되어준다.

다만 마력 폭풍의 영향 때문에 통신 마도구를 쓰지 못하는 터라 애당초 왕녀에게 연락을 취할 방법이 없었다.

마도구를 운반하려고 해도 장거리 통신 마도구는 간단히 운반할 만한 크기가 아닐뿐더러 지맥과 관련이 있는 구조로 제작되기에 쉽사리 위치를 바꾸기는 어렵다.

더욱이 말하자면 도시 바깥에도 이용 가능한 지맥은 있지만 장거리 통신 마도구를 운반하면 당연히 이목이 끌린다.

언제나 주변 상황에 눈을 번뜩이는 상회가 복작거리는 곳이 이 도시다. 너무 눈에 띄는 행동은 피하고 싶다.

"……뭐, 되었다. 페그너, 일단 매입을 잠시 다른 상회에 넘겨주고, 인도할 곳이 확정되어 있는 상품을 제외하고 다 팔아 치워서 화폐를 확보해라. 다소 과감하게 밀어붙여도 좋다. 이유는, 그래, 제국에 신규 시점을 내기 위해서 화폐를 모아야 한다 둘러대도록."

"네, 그리 실행하겠습니다, 주인님."

나는 책상에서 한 통의 편지지를 꺼냈다. 왕녀에게 화폐 개혁이 진행되는 게 사실인지 확인해달라는 내용의 글귀를 쓴 다음 그론드 상회를 표시하는 말과 망치 문양의 인장으로 봉랍했다.

"거기, 누구 있는가!!"

"넷, 부르셨습니까."

"이 편지를 전이 결정을 써서 이웃 도시의 지부로 보내라. 급편이다."

보통은 연락 한 번에 고가의 전이 결정을 쓴다는 건 말이 안 되지만 이번에는 사태가 사태였다.

전이 결정이라면 발송처의 주변 영향을 받지 않고 편지를 보낼 수 있다. 또 고작 편지 한 통인지라 최하급 전이 결정으로 족하기도 하다.

답신도 전이 결정으로 받을 수 있다면 좋을 터인데 마력 폭풍이 도시를 뒤덮고 있는 동안은 불가능하다.

"알겠습니다."

방에 들어온 부하에게 편지를 건네고 지시 내리자 곧 예를 갖춘 뒤 방에서 나갔다.

"흠, 답신이 올 때까지 아무리 빨라도 7일은 가만 기다려야겠군."

"예, 그 정도가 한계이겠지요."

대강 추측한 예측 일자에 페그너가 맞장구를 쳤다.

들었을 때는 조바심부터 났지만, 곰곰이 검토해보니 어쩌면 경사일 수도 있겠다.

급히 확보하는 돈 정도로 특권을 획득할 만한 금액을 마련하지는 못한다지만, 사전에 정보를 얻고 움직일 수 있다면 거칠 것이 없다.

다른 상회도 많은 정보망을 갖고 있을 터이나 이렇듯 마력 폭풍의 영향에서는 물리적으로 봐도 마도구 통신의 측면으로 봐도 정보 획득은 어려우리라.

"그 밖에 정보를 알아냈을 법한 상회가 있겠나?"

"아니요, 제가 편지를 수령했을 때 다른 편지는 보지 못했습니다. 가능성은 거의 없을 겁니다."

좋아, 이대로 가면 틀림없이 이 도시에서 받을 특권은 내 상회의 차지가 되겠군.

어떠한 특권이 부여될지는 알 도리가 없지만, 어쨌든 나쁜 내용은 아닐 것이다.

"잘만 하면 이번 기회에 또 나의 상회가 확장되겠군. 언젠가는 이 도시의 전부를 내 상회가 독점할 날도 올 테지. 그렇게 되면 지금은 이쪽이 눈치를 살펴야 하는 대상회의 회주 놈들도, 상업 길드의 망할 늙은이도, 아무도 나를 방해하지 못한다. 내 수중에는 더 많은 돈이……. 와하하하핫!!"

마치 주위에서 금화가 잇따라 솟아나는 듯한 감각에 휩싸인 채 나는 무의식중에 너털웃음을 터뜨렸다.

……그 광경을 한 마리의 쥐가 보고 있는 줄도 모르고.

☆

“응, 좋아. 그론드는 멋지게 우리 뜻대로 움직여주는군.”

쥐 1호와 연결했던 감각 공유를 끊고 마침 혼자 있었던 숙소 방에서 나는 중얼거렸다.

계획은 순조롭게 진행 중이라 자평할 수 있겠다.

쓰레기가 뭣도 모른 채 파멸의 길을 따라가고 있다.

가득 흘러넘치는 감정을 조금이나마 단속하기 위해 살짝 고개 숙인 채 얼굴 한쪽을 오른손으로 감싸 숨겼다.

“그래, 그러면 된다, 그론드. 네 욕심이 가리키는 대로……. 큭큭큭.”

토실토실 살쪄라, 토실토실 살쪄라.

주는 먹이를 걸신들린 듯 먹어 치우고 뒤룩뒤룩 풍선처럼 욕망을 부풀려라.

그렇게 비대화된 욕망을.

얇게, 얇게, 껍질 벗기듯 바삭바삭 깎아 내다가.

마지막 순간 들쑥날쑥한 발톱 끝으로 할퀴어 찢어발겨줄 테니까.

그러니까.

“자, 더욱더 간절하게 너의 지저분한 황금색 꿈을 좇아 다녀라. 너 때문에 파멸했던 아이들처럼, 모든 것을 잃어버리도록 갈증을 선사해주마. 큭큭큭, 하하하핫!!”

나는 더는 못 견디고 앉아 있던 침대에 몸을 던지며 유열의 홍소를 터뜨렸다.

☆

나, 카이토가 초등학교 4학년이었던 여름방학 때.

장기 휴가를 이용해서 부모님과 알고 지내던 분의 자택에 초대받았던 적이 있었다.

벌레 잡기, 여름 축제, 강에서 물놀이 등 이리저리 놀러 다녔는데 마지막에는 항상 『일하지 않는 자, 먹지도 마라』라는 격언에 따라 당근 및 양배추 같은 다양한 야채의 씨뿌리기 작업을 도와야 했다.

뭐, 무슨 말을 하고 싶냐면.

"씨뿌리기 작업은 수가 많아지면 갑자기 귀찮아진다니까."

라스트 스테이지의 예비 조사를 다녀온 날 이후 며칠이 지났다. 몰래 잠입한 상점의 수가 열 곳을 넘어가자 현실 도피 비슷한 소리가 절로 나왔다.

무기점 및 도구점 등등 하나의 분야만 전문으로 운영하는 장인 기질의 상점은 장사의 규모가 별로 크지 않은 까닭에 움직이는 돈의 양도 적었다.

그런 관계로 돈을 숨기는 방식이 각각 달라서 나와 미나리스, 슈리아가 흔적을 남기지 않고 찾아내려면 시간이 꽤 걸린다. 그런 곳은 슬라요시에게 맡겼다.

슬라요시라면 아주 자그만 틈만 나 있어도 침입이 가능할 뿐 아니라 많은 숫자로 분열해서 단기간에 많은 장소를 탐색할 수 있다.

다른 곳에서 사들인 상품을 자기 점포에서 판매하는 방식 말고도 장인 기질의 상점을 대상 삼아서 원자재를 중개하는 것 또한 상회의 업무 범위다.

상점과 상회의 차이가 애매한데, 기본적으로 이렇듯 원자재 중개업을 하고 있는가 아닌가가 기준이 된다.

그리고 손님과 작은 금액을 주고받는 데서 머무르는 상점이 아니라, 다수의 상점과 제법 규모가 있는 거래를 하는 상회는 일정 이상의 목돈을 빈번하게 출납한다.

게다가 대부분의 상점은 시민을 상대로 장사하기 때문에 사용하는 화폐는 동화부터 은화가 가장 많다. 아울러 적당한 고액을 주고받으려면 매수도 역시 방대해질 수밖에 없다.

이 세계에 현대 사회만큼 섬세한 화폐 제조 기술은 물론 없기에 한 장 한 장이 크고 두꺼운 화폐를 몇천 장 단위로 쌓아 놓아야 한다.

필연적으로 화폐가 점유하는 공간은 상당한 부피를 차지하게 되고, 어느 상회든 돈과 단가가 높은 귀금속 및 귀중한 마도구 따위를 관리하기 위해 금고실을 만들게 된다.

방 하나를 통째로 금고 대신 사용하는 곳이라면 흔적을 남기지 않고 재빨리 이탈하기도 쉽다.

그런고로 나는 지금 이렇게 어느 상회의 축축하고 어둑어둑한 지하실에서 마대 자루를 뒤져 화폐를 짤랑짤랑 꺼내고 있었다.

미나리스와 슈리아가 심문으로 알아낸 목록을 따라 미리 확인한 매수의 화폐를 둥글 주머니 속에 수납한다.

"은화 백사십다섯 장~ 은화 백사십여섯 장~ 은화 백사십일곱 장~.

음, 은화는 이제 다 됐군. 다음은 대동화가 이백육십두 장, 동화가 삼백 장인가."

한 장 한 장 꼬박꼬박 매수를 확인해서 필요한 매수만 딱 훔쳐 가지고 간다.

이때 한 장이라도 매수를 잘못 헤아리면 계획의 효과가 반 토막이 나버리니까.

귀찮다고 대충 처리할 순 없는 노릇이고, 한 번 한 번의 헤아림이 곧 그놈에게 절망을 보여주기 위한 열쇠가 된다.

바짝바짝 뿌리를 뻗어 파먹고 들어가는 절망의 씨앗은 땅속을 기어가다가 조용히 그론드의 발치를 뒤덮어 싹튼다.

그놈은 눈앞에 드리워져 있는 황금색 과실에 정신이 팔려 발치에서 피어오르는 꽃 따위는 전혀 개의치 않을 것이다.

……그렇게 다리에 휘감기는 꽃이 자신의 목숨을 빨아 마시는 맹독의 꽃이라는 생각은 전혀 하지도 못한 채.

"자, 이제 전부 다 됐군. 유폰 상회는 끝."

정확하게 규정 매수를 추려서 한꺼번에 마대 자루에 넣고 겉면에다가 상회의 이름을 썼다. 그 마대 자루를 둥글 주머니에 집어넣고 일어섰다.

"오래 머무를 곳도 아니지. 후딱 나가보실까."

나는 금고실에서 바깥으로 나와 금속제의 견고한 문을 닫고 중앙의 붉은 문양에 손을 가져다 댔다.

"『클로즈』."

찌잉, 작게 마력이 울리는 소리와 함께 금고실의 잠금장치가 잠겼다.

상회의 잠금장치는 랭크에 따라 달라지지만, 대부분의 금고실은 최소한 물리 · 마법 결계를 활용한 강화와 탐지 및 자동 경보 기능이 부가되어 있다.

보통 장치를 해제하기 위해서 해당 금고실에 대응하는 열쇠 역할의 마도구가 있고, 어느 상회든 대부분은 상회의 회주가 항상 직접 소지한 채 갖고 다닌다.

아무래도 그런 열쇠를 직접 훔쳐 낸다거나 또한 우리의 흔적이 남지 않도록 조치하려면 지나치게 많은 수고가 든다.

그러나 견고한 구조로 제작된 금고실도 이번 마력 폭풍으로 기능에 빈틈이 발생했다.

그 빈틈을 이용하면【마수선의 갈고리 칼】로 MP 소비를 절약하면서도 금고실로 침입할 수 있었다.

남은 것은 미나리스의 독을 써서 금고실 앞에 선 채로 선잠이 든 경비원에게 해독의 향을 맡게 해주면 된다.

"좋아, 끝이다."

이제 몇 분만 지나서 깨어나면 선잠을 잤던 기억도 잊어버릴 것이다.

나는 주위에 혹시 인기척은 없는가 확인하면서 상회의 뒷문을 통해 바깥으로 나와 혼잡한 거리의 복판에 섞여 들었다.

"자, 어서 옵쇼, 어서 옵쇼! 오늘은 포션이 싸다, 싸!! 어이쿠, 거기 형씨! 마물 토벌 긴급 의뢰를 받았군? 그러면 우리 포션을 사 가게나!"

대로에서 보니 상회는 제법 활기가 있는 듯 보였다.

착실하게 쌓아 올린 재산과 인맥으로 겨우 평범한 상점에서 상회로 막 발돋움한 곳이라고 훔치러 들어가기 전에 언뜻 듣기는 했다.

"오, 이봐. 잠깐 서봐. 거기 형씨 말이야!!"

"……응? 나 말야?"

막 나온 상회를 별생각 없이 바라보던 때 상회의 판매원이 이쪽을 콕 짚어 손짓하며 말을 붙였다.

"덩치는 별로 대단찮은데 복장을 보니까 역시 모험가 맞지? 그러면 우리 포션을 좀 사봐. 좋은 품질로 잘 갖춰 놨거든."

그렇게 말한 뒤 판매원 일을 하는 여성은 손에 든 포션병을 찰랑 흔들었다.

"흠, ……하하, 확실히 품질 좋은 HP포션이군."

감정을 써봤더니 『하급 HP포션, 품질(상)』이라고 나왔다.

"와, 우리 하급 포션의 질을 알아본 거야? 뭐야, 차림새랑 달리 신출내기는 아니구나?"

"그렇지, 뭐. 경험은 제법 쌓았거든. 혹시 MP포션도 판매하나?"

"물론이지, 실력 좋은 약사와 계약했다고. 회복 포션부터 능력 강화 종류까지 빠짐없이 갖춰 놓았단 말씀!"

잠시 가게 안으로 들어간 판매원이 MP포션을 들고 나왔다. 그쪽 포션도 감정 결과 높은 품질로 판명됐다.

회복 계통의 포션은 목숨과 직접 관련되는 아이템이다. 대강 제작할 수가 없는 물품인 만큼 확실한 품질을 보장하는 상인은 높은 평가를 받는다.

아마도 진짜 정직하게 장사를 해서 번성한 곳이겠다.

"그럼 그것을 열 개쯤 주겠어? 가격은 얼마야?"

"뭐야, 손이 크잖아! 전부해서 은화 열 장이야."

나는 내 소유의 은화를 꺼내 값을 치르고 나무 상자에 든 MP포션을 건네받았다.

"구입 감사합니다! 또 자주자주 찾아주십쇼!"

"그래, 생각나면 또 올게."

팔랑팔랑 손을 흔들고 나는 다시금 걸음을 뗐다.

속까지 정말 바깥 면과 똑같은지는 알 수는 없다지만, 오랜만에 기분 상쾌해지는 상인을 봤다. 그러나…….

"미안하군, 돈은 전부 다 끝나면 돌려줄 테니 열심히 장사하라고."

그렇게 생각하면서도 망설임을 느끼지는 않았다.

미안하다는 생각은 한다. 그러나 미안한 탓에 망설일 만큼 내 복수는 헐하지 않았다.

반드시 죽인다, 기필코 죽인다.

복수에 불필요한 살육을 마구 저지를 뜻은 없지만, 필요하다면 무관계자라도 얼마든지 밟아 부수겠다.

올바르지 않음은 잘 안다. 그럼에도 올바름만 따라서 살아갈 수 있었던 나는 이미 사라졌다.

진정 필요하다면 그 죄악감마저 감수한 채 나아가겠다고 결심했다.

평범했던 용사는 이미 사라졌다.

"음, 아차차."

괜한 데 사고를 할애하다가 주변에 미처 신경을 못 쓰고 말았다.

툭, 가벼운 소리를 울리며 누군가와 부딪혔다.

"윽!!"

"꺅!!"

앞쪽에서 마치 군복 같은 복장을 입고 베레모를 쓴 금발의 소녀, 아니, 소년이 엉덩방아를 찧었다.

슈리아와 비슷하게 몸집이 작은 그 녀석은 고양이를 연상케 하는 치켜 올라간 눈매의 용모를 갖고 있었다.

"아우, 아파라. 앞에 좀 봐, 바보야!!"

"……."

내 눈앞에 나타난 자는 노노릭이었다.

"이런 귀여운 애를 들이받았겠다? 베여 죽어도 불만은 못 늘어놓겠네?"

뾰록, 볼을 부풀린 채 불만을 늘어놓는 모습은 흡사 천진난만한 소녀 같았다.

뭐, 달려 있어야 하는 물건이 잘 달려 있다는 건 본의 아니게 확인한 경험이 있는 터라 남자라는 사실에 의심의 여지는 티끌만큼도 남지 않았다. 확인 방법은 굳이 떠올리고 싶지도 않다만.

그러나 이미 잘 아는 사실인데도 이렇게 가까운 곳에서 보면 이 녀석이 남자라는 게 믿기지 않는다.

"미안하다. 잠깐 딴생각 좀 했어. 잘 가라."

일순간 당황했다만 이 녀석은 나라는 사람을 알지 못한다.

언젠가 이 녀석도 그론드를 해치우기 전에 어떻게 처리해야겠지만, 지금은 아직 때가 아니었다.

이 자리에서는 아무것도 모르는 얼굴로 가만히 물러나는 게 좋겠지.

"앗! 잠깐, 기다려, 오빠!"

"……뭐야?"

막 떠나려던 참에 노노릭이 버럭 소리치기에 걸음을 멈췄다.

이대로 무시한 채 가버릴까 잠깐 고민했지만, 이쪽의 눈을 똑바로 주시하며 불러 세우기도 했고 이대로 떠나기는 아무래도 좀 부자연스럽다고 판단했기 때문이었다.

"여자애를 막 넘어뜨리고 말 한마디로 때운 채 가버리는 거야? 사죄에 성의가 안 담겼잖아~!!"

'아주 뻔뻔하군. 누가『여자애』냐, 이 자식아. 아무 말이나 주워섬기지 마라.'

"후유, 어쩔 수 없지."

맛있는 냄새를 풍기는 근처 노점에서 향긋하게 구워 낸 수수께끼 고기 꼬치를 샀다.

"자, 이거 줄 테니까 화 풀어라."

"에잇, 참. 간식으로 대충 넘어가려고? 여자애를 전혀 다룰 줄 몰라! 왜 이런 상황에 꽃 가게가 아니라 하나도 멋없는 군것질 가게를 선택하는 거야. 오빠, 동정이지!!"

"……뭐 어쩌라는 거야, 너하곤 상관없잖냐."

"앗, 지금 진짜로 울컥한 거야? 음후훗, 귀여워라~!"

놀리며 웃는 노노릭이 할짝 입술을 핥고 표정을 바꿨다.

"저기, 노노가 이것저것 가르쳐줄까? 오빠한테는 특별히, 이런저런 경험을 만들어줄 수 있는데?"

"사양한다. 왜 나한테 자꾸 집적거리냐."

"왜냐면 오빠한테 무척 좋은 냄새가 나거든. 이런 냄새야, 억누르고 있지?"

"윽!!"

그것은 품에 안겨서 등을 더듬는 듯한 오싹하고 강하게 피어오르는 피의 향.

앳되다는 표현마저도 어울릴 법한 용모를 지녔건만, 질척질척 배어든 향은 죽음으로 유희를 즐기는 자의 내음.

살기, 혹은 전의와도 다르다. 피에 굶주려 살육을 즐기는 악마 같은 기척. 감지한 순간 곧바로 경계 자세에서 전투 태세로 의식이 전환된다.

"아핫, 거봐, 역시나! 이렇게 살짝 흘렸는데도 금방 반응하잖아."

"……무슨 소리냐?"

흉포했던 기척은 금세 갈무리됐다. 함정에 빠졌음을 깨달은 나는 내심 혀를 차면서 의식을 다시 경계 수준으로 돌려놓았다.

"시치미 떼지 않아도 된다니까. 노노도 사실 동류니……."

"『닥쳐라.』"

"……아!!"

스스로도 놀랄 만큼 내 입에서 낮고 묵직한 목소리가 나왔다.

"누구 마음대로 동류 취급이냐. 우리 말고 우리의 동류는 아무도 없다."

이 녀석과 비슷하게 비정상적인 측면이 우리 내면에 있다는 것은 분명하다.

죽이고 죽이고 죽이고 싶은 심정을 주체할 수가 없다.

모든 것 전부를 충동에 따라 부숴버리고 싶어지는 거뭇하게 물든 먹색의 격정.

그러나 단지 비슷할 뿐이다. 동류라는 말을 듣는 건 도저히 용납할 수 없었다.

'음, 아차, 이런 곳에서 딴짓할 때가 아니잖아. 미나리스와 합류해야지.'

막 열기를 띠는 감정을 식혀주는 타이밍으로 찍찍스케에게서 감각 공유를 통한 연락이 들어왔다.

"……."

나는 더 이상 이야기할 필요도 없었기에 발길을 돌려서 홀로 떠나갔다.

☆

"누구 마음대로 동류 취급이냐. 우리 말고 우리의 동류는 아무도 없어."

오빠가 말을 내뱉은 순간, 오빠의 어둡고 검은 눈동자 깊숙한 곳이 물웅덩이의 바닥에서 솟구쳐 올라오는 진흙 같은 빛깔로 탁해졌다.

벌컥 쏟아져 나온 검은 기척은 역시 노노가 원한 반응이었다.

그대로 오빠는 말없이 혼잡한 거리에 섞여 사라졌다.

"으음~ 좀 많이 괴롭혔나 봐. 재미없어라. 노노, 차였어."

모처럼 오랜만에 진짜로 즐길 수 있을 사람을 발견했는데 조금 유감이야.

여기 도시도 살짝 질린 참이라서 그론드 아저씨와 관계를 끊어버리기 전에 즐길 수 있겠다 싶었는데.

오빠에게 받았던 노점 먹거리를 덥석 먹으며 그론드 아저씨가 마련해준 근거지를 목적지 삼아 걸어갔다.

"노노랑 같이 와주면 진짜 이것저것 다 가르쳐줬을 텐데."

이것저것 기분 좋은 일이랑…… 그리고, 그 탁한 욕망을 채울 수 있게 가능한 한 고통스러운 모습을 볼 수 있는 살인 방법이라든가.

"그래도 역시 안 됐겠지? 뭔가 처음부터 경계하는 분위기였고……. 혹시 일 때문에 죽인 상대의 가족이었나? 그래도, 그랬으면 노노한테 화냈을 텐데……."

보통 길모퉁이에서 우연히 부딪혔다고 이런 귀여운 여자아이를 『경계』하는 사람은 없다.

그렇지만 노노에게 적의가 쏠린 건 마지막 잠깐뿐이었다. 꾹 눌러 참았을 뿐 누군가에게 분명히 품고 있었던 살의가 노노에게 방향을 돌려 쏟아지지는 않았다.

"그래도 그래도, 아까워라. 우물우물, 그 느낌이면 절대 레벨이 두 자릿수도 안 될 텐데."

손에 든 빵을 먹으며 깡충깡충 시시한 사람들 사이를 누비고 길을 나아간다.

정말 아까웠다. 살짝 새어 나왔을 뿐인데도 노노의 등줄기가 오싹오싹해지는 순도 높은 살의는 좀처럼 보기 어려웠다.

살인의 쾌락에 빠져서 자기 자신을 잃어버리는 인간은 많지만, 그런 녀석이 흩뿌리는 옳은 살의와는 비교할 필요도 없는 순흑색의 의지.

"그래도, 아무리 강한 마음을 갖고 있어도 힘이 없다면 짓밟혀서 죽고 끝나버리잖아?"

입속에 집어넣은 마지막 한 입은 살짝 조미료가 많아서 짠맛이 났다.

"자, 일하자, 일하자."

마침 배도 채웠겠다, 먹은 다음은 운동을 해서 탄력 있는 몸을 유지하지 않으면 고문하는 데도 밤일하는 데도 지장이 발생한다.

배의 군살은 만국 공통으로 낭자 아이의 적이니까.

손에 묻은 소스를 날름날름 핥아 먹고는 마지막으로 입술 주변을 핥았다.

휙휙 길을 따라서 조금씩 익숙해지는 오탁 뒤섞인 공기의 방향으로 걸어간다.

지저분한 도시의 쓰레기장은 돌아다닐 때마다 기분이 좋다.

밝은 세계의 물은 너무나 달고 깨끗해서 줄곧 잠겨 있으면 가슴속이 불타올라 허덕거리게 된다.

그럴 때면 못 견디게 피를 맛보고 싶어졌다. 그래, 지금처럼.

"응, 좋아. 여기야, 여기!"

도착한 곳은 시시하고 지루하고 매캐한 냄새가 풍기는 쓰레기들의 소굴.

짓이겨 뭉개기에는 아주 적당한 장난감이 굴러다니는 장소.

살해와 고문과 기분 좋은 운동만이 노노에게 살아 있다는 실감을 준다.

『……아앗! ……그만…… 흐윽.』

『이년, 얌전히 있어! 헤헤헷.』

문 너머에서 들리는 건달의 목소리.

가장 즐겁게 뭉갤 수 있는 상대.

"……음후훗, 실례합니다앗~!!"

뭔가 시큼한 냄새가 나는 불결한 공기.

거기에 담배 연기 그슬린 냄새가 뒤섞여 있는 어둑어둑한 공간에 옛 기억이 자극된다. 불길이 솟아나는 듯 피와 살점에 열기를 불러일으켰다.

"아앙?! 누구냐, 이 몸은 한창 바쁘시단 말이다!!"

"오, 제법 귀엽잖아. 뭔가 볼일이 있나? 아가씨."

"으힛, 내 취향에 딱 맞는군. 그래그래, 오빠가 놀아주랴? 괜찮아, 이 녀석을 쓰면 금방……. 으힛, 히히히."

방 안에 있던 몇 명의 남자들.

담배를 물고 의자에 앉아 있는 놈, 기름진 고기를 물어뜯는 놈, 카드를 들고 노름을 즐기는 놈, 기타 등등.

그야말로 가장 밑바닥에 들러붙어 있는 음식물 쓰레기들의 집합소, 그중 가장 눈에 띄는 중앙에서는 고블린 같은 불쾌하고 탁한 목소리의 주인이 꾀죄죄한 여자아이의 위에서 몸을 덮쳐누르고 있었다.

"뭐, 뭘 하러 왔는지 모르겠는데. 아, 아무튼 저질러버려도 되는 거지? 으히힛."

"엥~? 뭐야, 뭐야? 돼지 아저씨가 맨 먼저 상대해주려고?"

성큼성큼 걸어오는 오크 같은 남자에게 말을 건넸다.

"돼, 돼지라고오?!"

"아이고, 하필 저 소리를."

"이봐, 토길!! 귀한 미인이니까 당장 망가뜨리지는……. 이런, 전혀 안 듣는군."

"쳇, 뭐야. 금방 망가져버리겠어."

"이봐, 전부터 궁금했거든. 저 녀석, 왜 그 대사만 들으면 정신이 나가는 거야?"

"첫사랑한테 『돼지는 사절이야.』라며 차였다더라."

껄껄, 천박하게 울려 퍼지는 웃음소리는 이 장소와 무척 잘 어울렸다.

"누, 누누누, 누가 돼지냐아아앗!! 내가 어디를 봐서……."

"괜찮아, 돼지 아저씨. 노노 취향이니까 특별히 자안뜩~ 놀아줄게. 그러니까……."

"어엉? 꺽?!"

철썩, 바늘로 물풍선을 찌른 것처럼 붉은 액체가 남자의 두 다리에서 쏟아졌다.

"카아아아아아아아아아아아아!!"

"거기서 잠깐, 가만히 바닥에 누워 있자?"

털썩, 남자가 옆으로 쓰러지자 아연한 분위기가 장내에 퍼져 나갔다.

"어라, 왜 그래? 에이, 뭐야, 빨리 놀아줘. 아하핫."

"네, 네년!!" "꼬맹이가!!" "어디서 보낸 년이냐!!"

순식간에 얼음 녹듯이 요동쳤던 공기가 살갗에 끈적하게 달라붙는 피 같은 질감을 띤다.

"전부, 전부 다 놀아줄게. 잔뜩 공들여서 놀아줄 테니까 노노의 가랑이가 젖어버릴 만큼……."

딱, 따닥, 몇 자루의 소검을 지면에 떨어뜨렸다.

"몸속 깊숙이 울려 퍼지는 목소리로, 울어줄 거지?"

부글부글 끓어올라서 의식이 전환된다. 취기가 도는 기분이다.

피바다의 바닥에 잠기려면 무엇보다도, 누구보다도 깊숙하게.

그곳이 가장 고통의 비명 소리를 잘 들을 수 있는 장소니까.

"흠흠~ 앗. 찾았다, 찾았어!"

부스럭부스럭 방 내부를 뒤지다가 드디어 칼집이 딸린 검을 찾아냈다.

나무가 달라붙은 외형의 칼집이 있는 검이다. 분명히 그론드 아저씨에게 의뢰받은 마검이었다.

"우훗~ 이제 새 장난감이 2인분이닷~."

검을 도구 주머니에 넣고 주위를 둘러보면 마음껏 난장을 친 흔적이 남아 있었다.

피가 축축한 날의 습기처럼 방 안에 충만했다.

여기저기에 나동그라져 있는 시체는 본인의 몸에서 잘려 나간 스물한 개의 막대기를 자기 주둥이로 물고 있다.

스스로 보기에도 제법 괜찮은 취향이었다.

하나하나 정성 들여서 입속에 처박아 웅얼거리는 비명을 들었을 때는 배꼽 깊숙한 곳 주변이 찌릿찌릿 울렸다.

노노, 오랜만에 자화자찬해도 좋은 수준으로 해치웠어. 데헷.

만족스럽게 둘러보는 방 안에 울려 퍼지는 것은 뚝, 뚜욱, 시체에서 방울져 떨어지는 피 소리와.

"아아아아아아아아아악!! 죽어, 죽어엇!!"

……이미 죽음을 맞이한 시체에 장난을 치던 도중에 깨져 나갔던 날카롭고 뾰족한 의자 다리의 끝부분을 거듭거듭 내리찍는 소리와 여자아이의 거친 숨소리뿐이었다.

텅 빈 눈을 오로지 분노 하나로 채운 여자아이는 미친 사람처럼 내내 시체를 망가뜨렸다.

"『미워?』" "『용서 못 하겠지?』" "『그러면 죽여버려야지.』"

"『안 죽이면, 안 죽이면, 안 죽이면, 평생 이대로잖아?』"

노노의 나지막한 속삭임.

잠시 동안 여자아이의 행동을 바라보며 만족스럽게 한 차례 고개를 끄덕거린 뒤 가만히 혼자 바깥으로 나왔다.

"착한 일 하면 기분이 좋다니까. 음후훗!"

길을 걷다가 의상에 마력을 공급해서 놀이 중에 튀어서 묻은 피를 제거했다.

피 냄새가 멀어지고 흥분이 가라앉은 다음의 고요한 쾌감이 몸을 채워준다.

"아~ 역시 즐거워. 랄라라~."

달성감과 비슷한 도취에 몸을 흔들거리며 새로 받게 될 장난감을 어떻게 가지고 놀까 궁리했다.

오늘은 새 장난감을 가지고 놀 더욱 재미있는 방법이 떠오를 것 같다.

☆

"이봐, 빨리 좀 다녀."

어둑어둑한 뒷골목, 그론드 상회의 부하는 약속 시간보다 늦게 나타난 상대에게 짜증을 감추지 않고 타박했다.

깊이 후드를 뒤집어쓴 특징 없는 남자가 나타났다.

주위를 살피며 주뼛주뼛하는 모습이 남자의 소심함을 대변해준다.

"미, 미안하다. 사, 사람들 눈을 피한다고 애를 좀 먹어서."

"그 목록은 갖고 왔겠지?"

"그, 그럼. 이게, 그 현상으로 피해 보고가 올라온 상회 및 상점, 행상인의 목록 사본이다."

후드 남자가 꺼내 든 문서를 그론드 상회의 부하가 받아 들었다.

"좋아, 여기 약속했던 보수다."

"오오, 오랜만에 괜찮은 여자를 살 수 있겠군. 히, 히힛."

"……이런 녀석이 관청의 자료를 편하게 볼 수 있는 위치에 있다는 게 세상 참 모를 일이라니까."

실실거리며 웃는 후드 남자를 그론드의 부하는 약간 기분 나쁘게 쳐다본다.

"난 간다, 또 무슨 일 있거든 잘 부탁하지."

더 이상 한곳에 있기 싫었는지 자꾸 실실거리며 웃는 남자를 남겨두고 그론드의 부하 남자는 빠른 걸음으로 떠나갔다.

"히힛, 히히힛. ……음. ……이제 됐겠죠."

인기척이 사라진 그 장소에서 남자는 웃음을 멈췄다.

마치 다른 사람처럼 표정이 빠져나간 채 중얼거리자 몸이 물커덕일렁이더니 남자는 토끼 수인 여자로 모습이 바뀌었다.

"후유, 이만큼 조작이 버거우면 좀 지치는군요."

"고생 많았어, 미나리스. 일단 MP포션이라도 좀 마실래?"

"주인님."

어두운 곳에서 나타난 자도 역시 로브를 단단하게 두르고 있는 남자.

손에 든 병 속에는 푸른 액체가 가득 담겨 있었다.

"딱히 MP 소비가 늘어난 게 아니니까 괜찮습니다."

"그런가. 어쨌든 간에 이제 또 한 단계 계획이 진척됐어."

남자는 입가를 끌어 올리며 심술궂은 미소를 지었다.

"예, 그렇지요. 주인님 쪽의 경과는 어떻습니까?"

"아, 뭐, 트러블도 있었지만 대체로 잘 진행 중이야. 자세한 내용은 숙소로 모이고 나서 말해줄게."

조금 미묘한 표정을 지은 남자는 살짝 모호하게 대답을 했다.

"알겠습니다, 주인님. 이쪽도 순조롭게 진행 중입니다. 자꾸 슈리아가 단것과 고기에 한눈파는 게 난점입니다만."

"하하하, 슈리아답군. 괜찮아, 너무 긴장한 채 행동해도 오히려 의심을 살 뿐이니……."

"그게 아닙니다. 배가 다 차서 제가 애써 만들어준 식사를 못 먹는다는 걸 용서할 수 없습니다."

"아, 그쪽이었어……."

헛다리를 짚은 남자가 툭 푸념했다.

"주인님도 군것질은 적당히 자제해주세요?"

"네, 네에……."

수인 여자가 생긋 웃음 짓자 남자는 식은땀을 흘리며 어색하게 미소를 지어 보였다.

☆

슈리아는 지금 바깥에 자리를 마련해 놓은 가게에서 혼자 밀을 염소 우유로 묽게 반죽해 얇게 구워 낸 다음 벌꿀의 단맛을 더한 간식을 먹고 있습니다.

일하는 와중 카이토 님에게 불려 갈 때까지 기다리는 동안 휴식 겸 남몰래 군것질을 하는 거예요.

"냠냠~ 이 맛이어요. 간식은 몰래 먹어야 더욱 각별한걸요."

미나리스 씨가 노점이라면 눈을 치뜨니까 카이토 님과 몰래 숨어서 군것질을 한 적도 있습니다.

몰라 몰라 비밀 데이트여요.

그리고 데이트 후 미나리스 씨는 삐친 척 카이토 님에게 치근치근 달라붙어요. 그야말로 일석이조예요.

다만 가끔은 미나리스 씨가 진지하게 삐치니까 너무 지나치면

NG지만요.

“일하는 짬짬이 단것. 이게 바로 지고의 사치여요.”

말하면 말하는 대로 마련해줬던 유미스 언니의 저택에서는 잊을 뻔했던 하루하루 일과 속 짧은 즐거움.

속박과 부자유의 존재 덕분에 문득 떨어지는 한 방울의 쾌락을 더욱 깊숙하게 맛볼 수 있어요.

“후유, 맛있었어요.”

접시 위에 놓여 있었던 요리를 다 비우고 후아, 숨을 내쉬었습니다.

카이토 님께서 이런저런 곳에 씨앗을 뿌리러 다니는 동안 슈리아와 미나리스 씨는 그 씨앗이 싹틀 수 있도록 어떤 소문을 퍼뜨리는 역할을 기꺼이 맡았습니다.

이렇게 여러 작업을 하는 게 옛날에 작은 마을에서 살았을 때 어머니와 셀미와 함께했던 수확제 준비처럼 즐겁습니다.

미리 준비한 여러 과정이 결실을 맺는 날을 꿈꾸며 두근두근하는 기분은 지금도 옛날도 변함없어요.

그 무렵과 아주 살짝 다른 건 기대하는 축제가 훨씬, 훨씬 더 자극적인 절규가 터져 나오는 행사로 바뀌었다는 것뿐.

“앗, 씨앗을 뿌린다는 표현, 어쩐지 엄청 야하네요!!”

“……또 무슨 바보 같은 소리인가요, 슈리아.”

“아, 미나리스 씨. 어서 오셔요.”

퍼뜩 생각이 닿았던 말을 입에 담았을 때 뒤쪽에서 미나리스 씨의 목소리가 들렸습니다.

일순간 덜컥 놀랐습니다만, 접시를 아까 종업원이 치워준 덕에 증거 인멸은 이미 완료입니다.

“바꿔치기는 무사히 성공하였어요?”

“네, 마력 폭풍 때문에 조금 힘들었습니다만, 환술을 써서 예정대로 서류를 손에 잘 들려줬죠. 주인님의 계획대로 진행될 겁니다.”

슈리아의 앞쪽에 앉은 미나리스 씨가 기분 좋게 웃습니다.

“와! 잘되었네요! 우후후~ 노력이 결실을 맺는 그날을 어서 맞이하고 싶어요.”

“그러게요. 정말 주인님께서도 용케 이런 생각을 떠올리시는군요. 저라면 평범하게 붙잡아 고문하는 방법이 고작이었을 겁니다.”

“저도, 저도요. ……실은, 슈리아는 설명 들어도 여기저기 모르는 부분이 있었어요.”

미나리스 씨의 말에 고개를 연신 끄덕이다가 슈리아는 고개를 갸웃거렸습니다.

“애당초 『화폐, 개혁』? 그게 왜 야단법석이 날까요? 금화는 결국 금화 아니어요?”

“그럼요, 맞는 말이에요. 다만 금화의 가치를 보장하는 요소는 금화에 포함된 금의 분량 및 주조 기술, 나아가서는 배후에 있는 국가의 권위니까요. 금의 함유량을 줄인다는 건 국가 재정이 궁지에 처했다는 증거입니다. 즉 금화의 신용도가……. 지금 한 말은 이해됐나요?”

“어라, 에헤헤? 이해요?”

슈리아, 어려운 이야기는 잘 몰라요.

카이토 님도 대단하지만, 설명을 잘 이해할 수 있는 미나리스 씨도 대단하네요.

"으음, 이게 이해가 안 된다는 겁니까……. 그렇군요, 소중한 주인님께서 혼자 쓴 식기와 아무래도 좋은 다른 사람들까지 마구 쓴 식기는 같은 식기여도 컬렉션 랭크가 다르지요?"

"아앗, 이제 살짝 좀 알겠어요!"

"그런 겁니다. ……자, 다시 일을 시작하죠. 아, 먼저 저녁 식사 재료를 보러 갈까요?"

"앗, 고기, 고기를 먹고 싶어요!"

"그렇습니까? 그럼 오늘은 생선 요리를 하죠. 아무래도 슈리아는 제 요리보다 가게 디저트를 더 집착하는 것 같아요. 제게 말없이 몰래 혼자서 즐길 만큼요."

"흐앙?!"

어, 어째서 들켰어요?! 접시는 벌써 치웠는데!!

"수인의 코를 속이기는 쉽지 않아요, 슈리아."

콕, 미나리스 씨는 슈리아의 코끝을 만졌습니다.

"아웃, 미나리스 씨~. 용서해주셔요~."

"안 들립니다, 정말 못살아."

일어서서 휙 걸어가버리는 미나리스 씨를 저도 허둥지둥 따라 일어나 좇아갔습니다.

☆

해가 저물기 이전의 주점. 저와 슈리아는 술잔을 기울이고 있었습니다.

보통은 이제부터 막 사람들이 모여들 시간대입니다만, 주점 안 여기저기에 이미 자리를 잡은 사람들 사이에서 웃음소리가 들려옵니다.

마력 폭풍에 의한 가도 주변의 마물 활성화 및 마법 조작 난이도 상승은, 강한 모험가에게 호위를 의뢰할 만큼 여유가 충분하지 않은 행상인들이 어쩔 수 없이 도시에 남아 있게 만들었습니다.

오락이 적은 세계에서 시간을 때울 방법이라면 술, 여자, 혹은 도박.

주점에 많은 인간이 모여드는 것은 자연스러운 흐름이라 말할 수 있겠습니다.

“그러니까, 상인에게 원한을 품은 유령 남자가 닥치는 대로 금화를 훔쳐 간다는군요.”

“그 밖에도 정령님의 장난이라는 얘기도 들은 적이 있어요.”

“핫핫핫. 과연, 그렇군.”

왁자지껄 소란스러운 주점 안에서 또 하나 웃음소리가 겹쳐졌습니다.

“딱 좋은 술안주군. 정말 정령님이며 유령 따위의 소행이라면 어쩔 도리가 없겠다만, 이래저래 조심하도록 하지. 재미있는 괴담이었어, 아가씨들.”

“아뇨, 저희처럼 작은 행상인은 이렇게 정보 교환이라도 해야 살아남을 수 있으니까요. 대상회에서 보기에는 푼돈이어도 저희에게는 큰 타격인걸요.”

“그렇지, 사라졌다는 금액은 각각 다르다지만, 나도 빨리 내일 거래를 마친 뒤 이 도시는 작별하고 제국으로 돌아가야겠어. 거참, 왜 하필 이런 시기에 마력 폭풍이…….”

대화 상대로 고른 행상인 남자는 한숨을 쉬었습니다.

"아, 제국으로 가는 가도는 마물이 활발해져서 많이 위험하겠네요."

"맞아, 위험하다고. 게다가 내일 거래 상대가 말이야, 실은 방금 전 아가씨 이야기에 나온 그론드 상회거든."

"어머, 정말이세요?"

"그래, 물론 그 규모의 대상회가 흑막이고, 대상회의 입장에서는 푼돈인데 굳이 위험을 무릅쓰면서 회수한다는 소문은 좀처럼 안 믿기지만……. 요즈음 상품 매입을 꺼린다더라고."

"……어째서요?"

"제국에도 지점을 내겠다던가? 현금을 막 모은다나 봐. 이 시기라면 괜찮은 값에 사준다는 계산으로 갖고 온 물품인데, 애당초 매입조차 안 해줄 수도 있다니까 아주 불안하지. 아이고, 운도 없어라. 꿀꺽, 꿀꺽, 푸핫."

행상인 남자는 나무잔에 담긴 술을 쭉 들이켰습니다.

"아차, 미안하군. 푸념하자는 게 아닌데. 음, 내일 마지막 거래가 끝날 무렵에는 가도를 안전하게 다닐 수 있게 수습이 되면 좋겠군."

"매장을 갖고 있는 상점이나 상회라면 모를까, 저희 같은 행상인은 안심할 만한 수준의 호위를 고용하는 것도 큰일이니까요."

여유가 없는 행상인은 호위를 고용하는 비용만 쳐도 제법 큰돈입니다.

하물며 이 상황에서는 확실하게 안전을 확보해줄 수준의 호위를 고용하기는 어렵겠죠. 누구든 목숨은 아까운 법이니까요.

"분명 괜찮을 거예요. 다른 장소에서 마력 폭풍을 만난 적도 있었는데요, 아주 오랫동안 지속되는 현상은 아니어요."

"오, 그런가? 그렇다면 내일을 기대하며 오늘은 해가 떨어지기 전에 숙소로 돌아가야겠군. 어떻게든 갖고 온 상품을 판매 못 하면 큰 손해를 볼 테니까. 기합 단단히 넣어야지."

"서로 큰일이지만 열심히 하죠."

"힘내보아요!"

"그래, 아가씨들도 잘해봐. 자매끼리 행상인이라니 여러모로 힘들 텐데 열심히 해."

드르륵, 일어선 행상인 남자는 술안주로 주문했던 소금 간 삶은 콩 나머지를 서둘러 집어먹었습니다.

그렇게 떠나려다가 멈춰 서더니 남자가 볼을 긁적거리며 이쪽을 봅니다.

"이, 이봐, 혹시 괜찮다면 말이야. 나와 같이 장사를……."

"미안합니다, 제게는 이미 몸도 마음도 혼까지 다 바친 분께서 곁에 계십니다."

"이런저런 체험을 바친 사랑스러운 주인님이 이미 계시어요, 그러니까 사양할래요."

"……그런가, 괜한 소리를 했군."

털썩, 어깨를 떨어뜨린 채 남자가 떠나갑니다.

웬 불쾌한 발언이냐고 쏘아붙일 뻔했습니다만, 역시 자제하는 게 맞겠죠.

애써 기운을 쏟아 거래에 성공한들 모든 매상을 통째로 잃어버리게 될 행상인에게 모진 소리까지 더 쏟아붓기는 꺼림칙합니다.

"자, 다음 주점으로 이동할까요?"

"네! 가요, 가요!"

과일 과즙을 넣은 물의 대금을 탁자에 두고, 점원에게 가만히 말을 건넨 뒤 주점 바깥으로 나왔습니다.

해가 떨어지기 직전의 도시는 석양에 붉게 물들었습니다.

이제부터 주점은 더욱더 떠들썩하게 달아오르겠죠.

"자, 다음은 어느 주점을 가볼까요?"

"흠흠, 저곳에 좋아 보여요."

슈리아가 가리킨 곳은 어느 조그만 주점이었습니다.

"저곳은 안 됩니다. 식당을 겸하는 곳 같군요. 음료만 주문하면 다소 부자연스러워요."

"으으, 저렇게 맛있는 고기 냄새는 드물단 말이에요."

"이미 디저트를 먹었잖아요. 저녁 식사를 못 먹게 될걸요. 아니, 살찝니다."

"꺄악?! 그, 그 말은 꺼내면 반칙이어요!! 성장기니까 살짝 과식해도 문제없단 말예요!!"

"후후훗, 농담입니다. ……뭐, 저녁 식사를 남긴다면 어쨌든 벌을 주겠지만요."

"아흑……. 미나리스 씨가 혼내준다면, 오히려 포상……."

"진짜 저녁밥 굶어볼래요?"

"자, 잘못했어요."

정말이지 이 아이는.

주인님께서도 슈리아의 마음 바닥에서 참 귀찮은 성벽을 파내셨습니다.

"아무튼 조건에 맞는 주점을……."

"뭐야, 아가씨들, 술집 찾아다니는 거냐? 딸꾹."

"""……."""

말을 붙인 사람은 붉은 얼굴의 남자였습니다.

"그럼 말이야, 딸꾹, 나랑 같이 마시자고. 방해꾼 안 들어오는 멋진 업소를 알거든. 딸꾹, 딸꾹."

딸꾹질을 주체 못 하고 치근덕거리며 다가드는 남자에게서 강한 술 냄새가 감돕니다.

"……후유, 정말이지, 이런 인간은."

"꼴불견이어요."

슈리아와 티격태격할 때와 다르게 이번에는 진심으로 한숨을 쉬었습니다.

"가죠, 슈리아."

"네. 가요, 가요."

술주정꾼은 상대하면 상대할수록 더욱 기어오릅니다.

따라서 쳐다보지도 않고 완전히 무시한 채 술주정꾼 남자를 우회하는 길로 진로를 변경했습니다.

"앗, 이봐! 왜 무시를 하고 가시나! 나는 C랭크 모험가 고룬다 님이시다!! 말 걸어주면「꺅~ 멋져라~!!」하고 기뻐해야지!!"

"……C랭크가 자랑이어요? 송사리 냄새가 너무 지독해서 웃음도 안 나와요."

"뭐, 저희도 파티 랭크는 C지만요."

“오? 방금 뭐랬냐? 아, 그렇군. 역시 이 몸이 멋있어서 반했나. 딸꾹. 헤헤, 귀여운 녀석들이군.”

뭔가 착각이라도 한 듯 엉겨 붙으려고 다가오는 남자 때문에 불쾌감이 솟구칩니다.

뭐, MP 소모나 술을 마시고 취해서 한 행동으로 타박하지 않는다는 게 주인님의 불문율 비슷한 규칙인지라 저도 슈리아도 본받아서 특별히 손을 쓸 뜻은 없었습니다.

다만 저 남자가 지나치게 과한 행동을 하지 않았을 경우입니다만.

“아차차, 손이 미끄러졌네.”

“아?!”

취한 남자가 사고인 척 엉덩이에 손을 뻗었습니다. 당연히 가만히 만지도록 놓아둘 리가 없었고, 몸을 비틀어서 손길을 피했습니다.

“이게…….”

단지 꼴불견이라고 느꼈던 수준의 낮은 불쾌감이 단번에 적의로 형태를 바꿉니다.

‘이 몸은 전부 주인님의 소유인데, 이 남자가……!!’

게다가 감히 주인님께서 마음에 들어 하시는 제 꼬리를 만지려고 하다뇨……!

네, 만 번 죽어 마땅합니다. 만 번은 죽어야 마땅합니다!!

“아앗, 미나리스 씨, 폭발해버렸어요.”

슈리아가 옆쪽에서 뭐라 중얼거립니다만, 지금은 먼저 해야 할 일이 있습니다.

아무리면 죽일 순 없는 노릇이겠습니다. 그래도 지금 상황이라면 팔 한둘쯤 잘라버려도 문제는 없겠죠.

“뭐야, 왜 피하냐. 아차차, 또 손이 미끄러…….”

제게서 미처 억제하지 못한 살기가 분명하게 새어 나오는데도 눈앞의 남자는 취기 때문인지, 혹은 살기에 반응하지도 못하는 송사리인지 다시 손을 뻗었습니다.

마력 폭풍의 영향도 있어 이 자리에서 곧장 마법을 구축하기는 어렵습니다.

그러나 저 뻗치는 손을 잘라 내는 데 마법은 필요 없습니다.

‘목숨은 붙여드리죠, 다만 조금은 따끔한 맛을 보여주겠습니다.’

그렇게 허리의 검에 손을 가져가려고 한 순간이었습니다.

“이런, 참, 술에 취해서 여성에게 손을 대려 하다뇨. 도저히 가만 볼 수가 없군요.”

덥석, 남자가 뻗은 손을 붙잡은 자는 한쪽 팔로 식자재가 든 봉투를 안고 있는 여윈 체구의 노인.

페그너 릴루트가 여기에 나타났습니다.

술주정꾼의 말썽질에 뻔뻔스럽게 끼어든 흑색 집사복 차림의 여윈 노인은 요주의 인물 중 한 명입니다.

지금은 점점 확대되는 소란 때문에 구경꾼이 모여들어서 어느 틈인가 원이 형성됐습니다.

이것도 별로 달가운 상황은 아닙니다.

“으앗, 뭐 이리 불쾌한 우연이 있대요?”

“정말 동감입니다.”

작은 목소리로 슈리아와 대화하면서 바라보는 방향에는 쓰레기

돼지 그론드의 심복, 페그너 릴루트가 서 있습니다.

페그너는 인자한 노인인 척 미소를 머금은 채 술주정꾼이 뻗으려고 했던 손을 붙잡고 있었습니다.

'하필 이런 때 나타나서 방해하는군요, 후유.'

역시 지금 상황에서는 술주정꾼에게 품은 분노를 잠시 한쪽에 치워 둘 수밖에 없겠습니다.

저는 슈리아와 눈짓을 주고받아 뜻을 확인한 뒤 일단 말없이 추이를 방관하기로 결정했습니다.

"뭐냐, 너, 늙은이가 손 잡아줘도 전혀 안 기쁘단 말이다. 딸꾹, 놔!! 이 몸께서는, 여자를 만지고 싶으시다!! 딸꾹!"

"이런, 원. 진정하십시오. 사내가 술에 취해도 되는 건 소중한 친구나 반려를 잃었을 때뿐입니다."

"뭔 헛소리냐!! 에라, 놓으라니까, 늙은이!"

"흠, 어쩔 수 없군요."

"뭐라고? 아야, 아야야얏, 아파, 아프다고오!!"

깊이 주름이 새겨져 있는 가느다란 팔이 우두우둑 소리를 울리는 굳센 힘을 발휘합니다.

말투부터 상당히 취한 기색이었던 남자도 더는 주정질을 못하고 살짝 취기가 가신 얼굴로 허둥지둥 노인의 팔을 뿌리치려고 했습니다.

"놔라, 놓으라니까, 으억?!"

그러나 결국은 손을 뿌리칠 힘이 모자랐고, 마지막에는 페그너가 먼저 힘을 빼냈습니다.

붙잡혀 있던 팔을 갑자기 풀어주자 술주정뱅이 남자는 자기 몸을 못 가누고 엉덩방아를 찧었습니다.

으음, 이런 상황을 뭐라 표현했던가요……. 아, 기억났습니다. 『쌤통』입니다.

"이제 좀 취기가 가셨습니까?"

"네, 네놈."

어디까지나 침착하게 말을 붙이는 페그너를 보고 술주정꾼은 괜히 더 분노를 자극받았나 봅니다.

"이놈이고 저년이고 나를 깔보는군!! 쳐 죽여주마!!"

엉덩방아를 찧은 아픔과 충격으로 다소 취기가 가신 듯싶습니다만, 그럼에도 심하게 만취했던 탓에 판단력이 둔해졌겠죠.

분노가 솟아 자제심이 날아갔었던 제가 할 말은 아마도 아니겠습니다만, 성질 급하게도 술 취한 남자는 다짜고짜 허리에 매달아 둔 검에 손을 가져갔습니다.

"처먹어라아아앗!!"

"후유, 이런, 참."

페그너는 당황하는 기색도 없이 침착하게 한숨을 쉽니다.

'음, 빠르군요.'

무엇을 했나 직접 목격할 수 있었던 사람은 이곳에서 몇 명 안 되겠지요.

페그너가 허리에 매단 장검을 눈에 보이지도 않을 빠르기로 뽑아 들었던 순간.

"너무 느립니다."

챙, 금속이 금속을 잘라 날려버리는 맑고 날카로운 소리가 아주 짧은 순간 울려 퍼졌습니다.

그다음 남은 것은 유난히 느릿하게 보이는 동작으로 검을 칼집에 납검하는 페그너와.

"헉? 어?"

중간부터 절단되어 빙글빙글 공중을 날아가는 검의 절반과, 부러진 검의 자루를 쥐고 얼빠진 표정을 짓고 있는 술주정꾼 남자뿐이었습니다.

"뭐, 뭐, 뭐……."

눈앞의 광경을 차마 이해할 수 없었는지 구멍을 뚫을세라 스스로 손에 든 검을 쳐다보는 술주정꾼은 이번에야말로 완전히 취기가 가신 듯 보였습니다.

술기운이 올라 붉었던 얼굴이 온통 창백한 납빛으로 바뀌었고, 숨쉬는 방법마저 잊어버렸는지 입을 뻐끔뻐끔 움직입니다.

"아무래도 술은 깬 모양이군요."

"그, 그래……. 미, 미안하군."

이제야 상황을 파악하고 취기가 가신 남자가 겁에 질린 모습으로 사죄하는 모습은 마치 목숨을 구걸하는 듯 보였습니다.

"아뇨, 아닙니다. 누구든 실수는 저지르곤 하죠."

칼부림 따위는 마치 일어나지도 않았다는 태도로 노인은 웃었습니다. 그 위선적인 모습을 목격한 제 내면에서 페그너에 대한 분노가 겹겹이 쌓여 올라갑니다.

"검을 망가뜨려서 죄송할 따름입니다. 변상금은 이 금액이면 괜찮겠습니까?"

"어, 음?"

페그너는 도구 주머니에서 금화를 한 장 꺼내 들었습니다.

얼떨결에 떠안는 모양새로 금화를 받아 든 남자는 당혹감을 숨기지 못했습니다.

이런 분쟁에서 무기 가격을 변상한다는 게 보통은 말도 안 되는데다가 금액도 몹시 이상합니다.

남자가 썼던 검은 어떻게 봐도 고가의 물품은 결코 아니었고, 금화 한 장의 가치를 지니지 못한다는 게 명백하니까요.

"자, 오늘은 이만 숙소로 돌아가시지요. 아울러 이제부터 술은 과음하지 않게 주의하시기를 권합니다."

"음, 아, 그래."

길을 터주는 구경꾼들 사이로 민망하다는 듯이 머리를 긁으며 남자는 걸음을 옮겨 떠나갔습니다.

그것을 계기로 멀리서 소동을 쳐다보던 구경꾼들도 차차 해산합니다.

"……."

……정말이지, 마음에 들지 않습니다.

이 촌극 자체도, 술에 취해서 자제력을 잃었다지만 더러운 손으로 저를 만지려고 했던 주정뱅이도, 흥미 본위의 우월감에 잠겨서 강 건너 불구경 하듯 소동을 지켜보던 구경꾼들도.

그리고, 무엇보다도.

"어디 다치지는 않으셨습니까? 아가씨들, 아무래도 상황이 심상치 않아 본의 아니게 끼어들었습니다."

어떤 표리도, 악의도 없이 강압적인 선행을 쌓아 올리는 이 남자가.

그런 페그너의 행동이 무엇보다도 마음을 물결치게 합니다.

"……네, 쓸데없는 짓을 저질러주셨습니다."

정신을 차렸을 때는 이미 입에서 혐오의 말이 쏟아져 나왔습니다.

이때 적당히 답인사를 남긴 뒤 떠나는 것이 가장 좋은 선택임은 알고 있었습니다만, 감정이 그 선택을 허락하지 않았습니다.

"이런, 엄격한 분이시군요. 그러나 그 남자가 특별히 악의를 갖고 한 행동은 아니었잖습니까. 그러니까 이만 용서해주시면 안 되겠습니까?

"그 남자라면 죽일 마음은 없었습니다만."

"팔 하나쯤 잘라버리겠다는 의향은 갖고 계셨겠지요?"

"그래서 뭔가 문제라도?"

"예, 저는 별로 유혈을 좋아하지 않는지라."

"……."

생글생글 온순한 표정을 무너뜨리지 않은 채 눈앞에 있는 노인의 태도가 더욱 신경을 건드립니다.

마음에 안 듭니다, 마음에 안 듭니다, 마음에 안 듭니다!

"자기 마음대로 뻔뻔하게 끼어들어선 도대체 무슨……."

"미나리스 씨!"

그때 작은 목소리로 이름을 부르며 슈리아가 제 메이드복의 소매를 잡아당겼습니다.

……예, 알고 있습니다. 더 이상 이곳에서 분쟁을 일으키는 것은 현명한 행동이 아닙니다.

"후, 알겠습니다. 이만 가죠."

저희는 발길을 돌리고 등을 보였습니다.

"기다려주십시오. 외람되오나, 뭔가 곤란한 사정이 있다면 제가 말씀을 들어드리지요."

그러나 감정을 꾹 삼키고 물러나고자 했던 제 걸음이 멈췄습니다.

"두 분은 아직 젊습니다. 그렇게 마음에 가시를 세우지 마십시오. 이 세계에는 의외로 많은 선의가 함께하고 있답니다."

"……선의? 이 세계에?"

등 뒤에서 들려오는 목소리에 불쑥 혼잣말이 흘러나왔습니다.

"예, 안 좋은 사건만 자꾸 일어나는 게 아닙니다. 무슨 일을 겪으셨는지는 모르겠습니다만, 마냥 분노에 휩싸여서 세계를 원망하기보다는 조금 더 힘을 빼고 살아가는 게 행복해질 수 있는, 음?!"

"그렇군요, 확실히 선의가 가득한 세계였죠."

누군가를 의심하지 않아도 살아갈 수 있었던 세계.

아름다운 외형만 골라내서 만든 연약한 유리 세공과 같은 세계.

그날까지 저는 분명히 그런 세계에서 살았습니다.

"……."

저는 제자리에서 다시 한 번 빙글 몸을 돌린 뒤 정면으로 마주 보고 섰습니다.

감정을 눌러 죽이고자 굳히고 있던 무표정이 가만히 미소의 형상을 짓습니다.

"제 이름은 미나리스입니다. 다시 만날 날까지, 기억해주시기를."

최상의 미소와 함께 가볍게 메이드복의 치맛자락을 들어 예의를 갖춥니다.

그리고 또 천천히 돌아서서 이번에는 정말로 멈춰 서지 않고 그 자리를 뒤로했습니다.

"어휴, 못써요!"

잠시 후, 확실하게 페그너에게 목소리가 들리지 않을 위치까지 떨어진 다음 슈리아가 소리 높였습니다.

"……미안합니다, 슈리아."

굳이 슈리아에게 지적받지 않아도 쓸데없는 짓을 저질렀다는 자각은 갖고 있었습니다.

조바심 내지 않아도 조만간 결판을 낼 상대이니까 우발적으로 만난 이런 상황에서 굳이 기억이 남을 만한 분쟁을 일으킨다거나 인상 깊은 발언을 남기는 행동은 부적절했습니다.

그러나 도저히 견딜 수가 없었었습니다.

무엇 하나도 원망하지 않고 아름답게 살아갈 수 있는 세계.

그런 세계가 갈라져 생긴 균열에서 새어 나오는 검고 더러운 악의를 이해하지 못한 사이에 제 세계는 철저하게 짓밟혔었죠.

제 손에 남은 것은 부서져서 예리하게 몸을 상처 입히는 세계의 파편과 질척질척한 감정뿐이었습니다.

그것을 아무것도 모르는 저 노인이 다 안다는 듯한 말투로 언급했습니다.

저런 얼굴로 선행을 쌓아 나가는 한편, 보이지 않는 곳에서는 그런 아름다운 세계에서 살 수 있었던 사람을 아무렇지도 않게 더러운 땅속 깊숙이 끌고 내려가는 악행의 한 축을 거듭니다.

『이 세계에는 의외로 많은 선의가 함께한다』니요.

『힘을 빼고 살아가야 행복해질 수 있다』니요.

너무나 가볍게 말을 늘어놓습니다.

전부가 다 우스꽝스럽습니다. 주체할 수 없는 불쾌감을 낳는 촌극이었습니다.

그 행동이 어느 남자를 떠올리게 만드는 탓에 더더욱 견디기 어렵습니다.

"행동이 비슷했어요. 제 아버지와."

누군가가 곤경에 처하면 도움의 손길을 내밀고, 웃으면서 친절을 베풀고, 누구에게나 선량한 사람이 되고자 했던 작자.

제 아버지는 그런 인간이었습니다.

마을에서 의지가 되는 존재였던 제 아버지를 다정한 아버지로 알고 살았습니다.

존경할 만한 아버지로 알고 살았습니다.

……그날, 자신의 입장이 위태로워졌던 순간에 저와 어머니를 외면하고 내버렸던 순간까지는.

"저런 식으로 주정뱅이가 소란을 부리면 중재에 나선다거나, 거들먹거리는 얼굴로 다른 사람에게 도리를 논한다거나……."

"……페그너는 미나리스 씨의 아버지가 아니어요."

"맞아요, 알고 있습니다. 다만, 용납할 수 없을 뿐입니다."

물론 알고는 있습니다.

그러니까 때가 오기를 기다리도록 하죠.

저 남자가 그론드의 곁에 서 있는 이상 위선자의 가짜 거죽이 벗겨지는 순간은 별로 멀지 않았으니까요.

☆

"제 이름은 미나리스입니다. 다시 만날 날까지, 기억해주시기를."

등줄기를 얼음 혓바닥이 핥아 올리는 듯한 감각에 어떻게든 관점을 바꿔달라고 설득하려던 말이 멈췄습니다.

그사이에 마치 세계의 전부를 증오하는 듯한 분위기였던 2인조 소녀는 인파에 섞여 사라졌습니다.

'이런, 참, 저도 나이를 먹었군요. 저러한 소녀들의 살기에 위축되다니……. 아뇨, 제가 노쇠한 이상으로 저 소녀들의 살기가 강렬한 밀도를 갖고 있었던 까닭입니다.'

그토록 불순물이 섞이지 않은 강렬한 살기를 이미 전장에서 물러난 저는 오랫동안 느끼지 못 했습니다.

아울러, 저런 부류의 감정은 잠깐 마주쳤던 제 말로 어떻게 되는 게 아니라는 사실을 물론 알고 있었는데도.

"……자기 행위를 후회하지도 않는 주제에 올바른 도리를 논하다니요. 제가 너무나 오래 살았나 봅니다."

자신이 한심스러워 숨을 내쉬고 멈췄던 걸음을 다시 떼어 놓았습니다.

인간은 망각하는 생물입니다.

옛날, 그토록 증오하여 죽인 형에게 품었던 원한을 저는 이미 희미하게만 떠올릴 수 있을 따름입니다.

기억을 더듬어 나간 곳에 배어 있었던 잔향은 이미 어렴풋하게 사라지려 하고, 주위 전부를 증오했던 자기 자신마저 다른 사람처럼 여겨집니다.

……물론 제가 복수를 결국 완수했기 때문이겠습니다만.

"그 아이들에게도 제가 만났던 큰주인님처럼 비슷한 상대가 나타나주면 좋겠군요."

모든 격정을 쏟아 낸 다음 무엇을 하면 좋을까 알 수 없었던 저를 거두어주셨던 큰주인님.

지금은 돌아가시고 안 계신 큰주인님의 뒤를 이어서 그론드 도련님, 아니, 주인님은 부쩍부쩍 상회를 확대해 나갔습니다.

조금 과하게 금전에 집착하는 면도 있습니다만, 그 집착이 그론드 상회를 커다랗게 키워 냈습니다.

큰주인님께서 마지막으로 남겼던 『그론드 상회를 가장 큰 상회로 만들어달라』는 바람대로 말입니다.

그 목표도 이제 한 걸음 남았습니다. 이번 화폐 개혁에서 이권 확보에 성공한다면 그론드 상회는 도시 안에서 크게 한 걸음을 더 앞서 나가는 존재가 될 수 있습니다.

그렇게 되면 그론드 상회의 지위는 굳건한 반석 위에서 안정되겠지요.

……그래서 더더욱 신중하게 임해야 합니다.

그 때문에 정보 수집을 나선 와중에 저런 소녀들과 마주칠 줄은 몰랐습니다만.

'그나저나, 역시 무엇인가 불길한 낌새가 느껴집니다.'

이리저리 수집한 정보 가운데 신경 쓰이는 내용은 전혀 없었습니다.

그에 반하여 제 감정은 잔물결을 치고 있습니다.

이유는 딱히 찾아볼 수 없건마는, 그럼에도 톱니바퀴 틈에 모래가 끼어들어 간 듯한 이 기묘한 위화감을 떨칠 수 없었습니다.

"……이런, 너무 생각에 빠져 있었군요."

정신을 차렸을 때 보인 것은 그론드 상회에서 소유하는 건물 중 하나.

거래 상대에 대한 정보 기록 및 정리, 장사의 수단이 되는 약점을 강점으로 만들기 위한 장소.

"오, 페그너 씨 아니십니까. 또 오셨군요?"

"예. 잠시 볼일이 있습니다."

건물을 경비하고 있는 모험가에게 가볍게 인사를 나눈 뒤 건물 안으로 들어섭니다.

주인님의 분부대로 눈치채이지 않게 많은 화폐를 모으기란 제법 어려운 과제인지라 요즘 이렇듯 거듭 이곳을 방문해서 거래의 조정을 수행하곤 합니다.

이번 방침 때문에 바쁜 사람들 틈을 걸어갔습니다.

"음, 괜찮습니까? 안색이 좋지 않군요."

"아, 페그너 님."

그때 어딘가 멍한 기색으로 안색이 나쁜 사내를 발견하고 말을 건넸습니다.

'이 사람은 분명……. 상거래와 관련된 기록 및 관리 업무를 맡겼었지요.'

"하하하, 어쩔 수 없죠. 다른 도시에 신규 지점을 내려면 대량의 금전이 필요하잖습니까. 갑자기 받은 지시라 놀랐습니다만, 급료만큼 제 몫은 해야죠."

지친 미소를 띠고 남자는 웃었습니다.

이번에 내린 방침 때문에 급히 거래 예정이 바뀌었고, 누구든 바삐 돌아다니고 있습니다.

몸 상태가 안 좋은 인원이 발생하는 것은 어쩔 수 없겠지요.

"이 냄새는, 약을 드십니까?"

"네, 요즘 집 근처 도구점에서 질 좋은 포션을 싼값에 들여오더군요. 피로 해소를 도와주는 포션을 약간 좀……. 아주 싼값은 아니라서 항상 마시지는 못합니다만."

"그렇습니까?"

되묻는 말에 살짝 의문이 섞였습니다.

왜냐하면 이 남자에게 어렴풋이 남아 있는 냄새는…….

"이런, 죄송합니다. 아직 업무가 남아 있어서요."

"음, 아, 그렇군요. 힘내십시오."

그렇게 말을 남긴 뒤 남자는 빠른 걸음으로 떠나갔습니다.

제3장 탑 허물어지는 소리

【○월 ×△일】

마침내 주인님께서 시설을 완성하셨습니다.

이전부터 계획 내용은 들어 두었고, 이 노골이 썩기 전 최후의 큰 일이라기에는 너무 과분합니다.

왕녀께서 소개해주신 용사 소년 덕분에 저도 아직 여유가 있는 동안에 병사의 육성을 담당할 수 있겠습니다.

정말 감사할 뿐이지요.

내일은 예의 고아원 아이들이 시설에 들어옵니다.

일단은 따뜻한 요리로 맞이해야겠지요.

극소량의 『라무네』를 섞어 넣은 따뜻한 요리로.

그다음은 먼저 체력 다지기, 반항심을 근절하는 과정부터 시작합시다.

【○월 ×△일】

역시 아이는 환경에 적응하는 속도가 무척 빠릅니다.

이곳에 데려왔던 당초는 불안에 떨며 울기만 했던 아이도 1주일쯤 지나자 전부 소용없음을 깨달았습니다.

이곳에 오고 1주일 동안 식사와 취침 이외의 모든 시간은 산을 이리저리 뛰어다니는 훈련 중입니다.

아무리 늦어져도 상관없지만, 지정한 경로를 벗어나거나 다리를 멈추면 채찍질입니다.

다시 지시받은 대로 달릴 때까지 거듭거듭 쉴 새 없이 채찍을 때립니다.

반항심 때문에 거역하는 경우는 채찍질 이후 초라한 식사와 짧은 수면 시간만 허락한 뒤 오직 사죄를 강요, 또다시 채찍질을 실시했습니다.

그렇게 머리와 몸에 「명령에 복종한다」가 최우선 원칙이자 고통에서 벗어날 수 있는 유일한 방법임을 주입합니다.

훈련 뒤 주는 하루하루의 식사에는 분말 상태의 『라무네』를 극소량 섞어 넣었습니다.

약의 독성은 거듭 복용함으로써 저항할 수 있습니다. 그리고 무엇보다 행복감이 동반된 의존성은 훈련을 더욱 값어치 있는 과정으로 만들어줍니다.

훈련을 열심히 하면 맛있는 식사를 먹을 수 있다고 아이들은 학습합니다.

그렇게 먼저 아이들을 짐승과 같은 지경으로 끌어내립니다.

아무것도 없이 텅 비는 지경까지, 자기 의사로 무엇이든 결정할 수 없는 지경까지.

약과 조련, 사탕과 채찍.

그렇게 텅 빈 아이들을 충실한 병사로 탈바꿈시키겠습니다.

【○월 ×△일】

도무지 지시를 따르지 않는 고집 센 아이들이 있습니다.

맨 처음 데려왔던 고아원 아이들 중 몇몇.

트리아라는 이름의 소녀를 필두로 용사 소년과 특히 사이좋았던 아이들.

본래 아이들을 돌봤던 고아원의 여성은 알 수 없는 사유로 실종됐다고 가르쳐줬습니다.

그러나 아이들은 아무리 제가 「그 여자는 너희를 버리고 떠나갔다」라고 주입해도 「그럴 리 없다」라며 마음을 굽히지 않을뿐더러 「언젠가 용사님이 구해줄 거야」라고 믿었습니다.

어찌나 잘 따르는지 샘이 납니다.

뭐, 정작 용사님께서는 지금쯤 본격화된 마족과의 전쟁에 열중하느라 이곳에서 멀리 떨어진 곳에 있습니다.

게다가 이 장소는 용사님 본인 덕분에 벌어들인 자금으로 건설된 곳입니다만, 사실대로 말해도 거짓말로 치부할 테니까 괜히 반항심만 자극하겠지요.

식사에 섞어 쭉 섭취시켰던 『라무네』의 효과가 제대로 나타나고 있는 데다가 어차피 아이입니다.

조금 엄격히 통제하면 반항심도 조만간 사라지겠지요.

【○월 ×△일】

오늘은 다른 고아원에서 새로운 아이들을 들여왔습니다.

이번에는 제국에서 온 고아들입니다.

그에 따라서 예전부터 그론드 상회를 섬겼던 고용인들을 직원으로 새롭게 증원했습니다.

아무러면 처음의 열 명, 아니요, 지금은 둘이 완전히 망가진 탓에 여덟 명입니다만, 그렇게 소수 인원이라면 어쨌든 간에 스물을 넘는 아이들을 돌봐야 할 텐데 저 혼자서는 감당이 안 됩니다.

따라서 감시 역할과 평소의 식사 담당으로 도움을 받을 계획입니다.

여성분들은 아이들에게 주는 사탕의 역할입니다. 아이는 모성을 바라는 법이니까요.

그리고 이제부터 『라무네』가 들어간 요리를 만들어 먹이는 것도 여성 직원들의 업무입니다.

물론 저 역시 정신의 완성 정도는 쭉 관찰하겠습니다만, 여성 직원들은 보다 상세하게 정신을 주시하도록 업무를 줘야겠지요.

이제 슬슬 맨 처음 데려왔던 아이들에게는 본격적인 살인 방법을 습득시켜야 할 때입니다. 노노릭 님처럼 제어 불능의 수준까지 망가진다면 의미가 없죠.

판단력을 잃은 인형이어서는 돌발적인 상황에 대응을 못 하는지라 사용할 수 없는 말이 되어버립니다.

이상적인 목표는 명령 수행을 다시없는 기쁨으로 받아들이는 병사를 만들어 내는 것.

자기 판단력을 지니는 한편으로 명령과 약에 거역하지 못하는 형태가 이상적입니다.

그런 병사를 육성할 수 있도록 앞으로도 신중하게 계획을 진행합시다.

【○월 ×△일】

오늘은 주인님께서 시설에 시찰을 나오셨습니다.

아이들의 완성도를 보고 싶다 하시기에 얼추 훈련 따위를 살펴보고 다닌 뒤 추후의 이야기를 나누며 저녁 식사 자리를 가졌습니다.

마침 좋은 기회였기에 주인님의 제안대로 실행하고자 합니다.

완성도를 보기 위해서『라무네』를 제조하는 건달 패거리가 정기적으로 개최하는 쇼에 아이들을 내보내기로 했습니다.

먼저『라무네』로 완전히 판단력을 잃은 대전 상대를 죽이게 하는 단계부터.

이 정도는 수월하게 해내지 못하면 곤란합니다.

그때 제가 떠올렸던 생각은 여기까지였습니다만, 주인님은 다소 부족한 감이 있다 여기셨나 봅니다.

「다음은 아이들끼리 겨루게 하지. 뭘, 절반쯤 죽어 나간들 문제는 없다. 얼마든지 다시 보충할 수 있는 데다가 하급품이나 불량품을 선별하기에는 딱 적당하잖나.」

그렇게 주인님의 권위 있는 한마디에 서둘러 상잔을 추가했습니다.

뭐, 조금 빠른 감도 있습니다만, 어차피 언젠가는 실행할 계획이었습니다.

결과적으로 이제껏 돌본 아이의 숫자는 대략 절반까지 줄어들겠습니다만, 곧 보충 인원이 추가될 테고 좋은 훈련이 되겠지요.

【○월 ×△일】

아무래도 제 마음이 아직 약했나 봅니다.

예의『트리아』라는 이름의 소녀를 중심으로 탈주를 계획하는 아이가 나타났습니다.

당연히 놓칠 리 없었기에 전원 포박했습니다만, 이는 중대한 사태입니다.

아무것도 하지 못하고 스러지는 인생을 보낼 처지였던 주제에 이해되지 않습니다.

일부러 삶의 목표까지 부여해줬건만, 굳이 기대를 배반하고 도망치다니요…….

아무튼 추후 훈련은 더욱 엄격하게 조정할 필요가 있겠습니다.

【○월 ×△일】

마왕으로 전락한 용사를 토벌하라는 명령이 대륙 각국에서 쏟아졌습니다.

용사가 마왕을 토벌해서 이용 가치가 사라진 만큼 이제는 제거할 심산이겠지요.

용사는 마왕 토벌이 끝나면 그론드 상회에서 거의 독점하고 있는 이세계 기술을 널리 퍼뜨리겠다고 발언한 적이 있습니다.

주인님께서 막대한 이익을 거둬들이는 기술을 시궁창에 내버릴 수도 없기에 어찌 대응하시려나 염려했습니다만, 역시 상황이 이렇게 흘러가는군요.

그는 역할을 부여받은 뒤 자기 사명을 온전하게 완수했습니다. 더는 여한도 없을 테지요.

마왕은 마족 및 일부 마물을 거느렸던 탓에 각국에 두려움을 안겨 줄 수 있었습니다만, 개인에 불과한 용사 한 명이라면 머지않아서 국가의 힘에 짓눌릴 겁니다.

【○월 ×△일】

병사 육성은 순조롭습니다.

평범한 아이에서 저희 쪽의 명령을 충실하게 따르는 병사로 자라나고 있습니다.

긴 시간을 들여 배어들게 한 『라무네』.

지금은 이미 식사에 섞어 넣지도 않고 평범하게 알약을 주고 있습니다.

당연히 아이들도 그게 마약이라 불리는 약임은 잘 알고 있습니다만, 이미 의지의 힘으로 어떻게 될 의존 단계는 지나갔습니다.

훈련 시간 이외에도 『라무네』를 얻기 위해서 자주 훈련을 수행하는 아이가 늘었습니다.

정기적으로 주는 분량 이외에 『라무네』를 손에 넣기 위해서는 훈련 때 좋은 성적을 거둘 수밖에 없으니까요.

일부는 다른 인원에게서 『라무네』를 빼앗으려고 하는 아이도 나타났습니다.

몹시 바람직한 경향입니다. 약으로 속박했다지만 저희 쪽의 지배를 보다 쉽게 받아들이게 만들기 위해서도 저희가 아닌 사람에 대한 무조건적인 의심은 더욱더 깊어지는 것이 바람직합니다.

【○월 ×△일】

순조롭게 진행 중이던 계획에 몇몇 문제가 발생했습니다.

『라무네』의 독성과 의존성에 견디지 못한 개체가 나타났습니다.

처음부터 미리 예상했던 문제입니다만, 상상 이상으로 제어가 어렵습니다.

그러나 암살자의 기량은 제법 괜찮은 수준에 다다랐습니다.

그로부터 몇 번인가 고아 보충은 이루어졌습니다만, 나중에 들여온 개체일수록『라무네』의 독을 못 견디고 망가지는 비율이 높습니다.

역시 맨 처음 아이들은 아주 적은 양부터 적응시켰기에 강한 저항력을 갖췄을 테지요.

그렇다 해도 신중한 투약을 계속한들 병사로서 완성될 무렵에는 남은 수명이 길어야 3년, 짧으면 1년에 불과합니다.

뭐, 예정대로『라무네』와 관련된 좋은 자료를 수집할 수 있었던 만큼 아무 문제도 없겠습니다.

맨 처음의 피험체는 사실상 실험을 위한 아이들이었으니까요.

【○월 ×△일】

주인님께 병사들을 빨리 실전 수준으로 끌어올려달라는 요망을 전달받았습니다.

이유인즉 이곳 근처까지 용사가 도망쳐 왔기 때문입니다.

일단은 시험 삼아서 모든 전력을 용사에게 투입하라는 지시입니다. 분명 나약한 용사라면 아이들을 상대로 허망하게 거꾸러질지도 모르겠습니다.

그렇다 해도 지금 이대로는 능력치가 너무 부족한지라 도저히 당할 방도가 없겠습니다.

문제를 보고하자 「이번 한 번의 전투로 망가져도 좋다」라고 말씀하셨습니다.

확실히 『라무네』의 개량에 성공한 지금에 이르러서는 초기부터 돌봤던 아이들은 더 이상 무가치합니다.

시작품치고 나쁘지는 않아도 완성품이라기에는 완전한 실패작.

그럼에도 『라무네』의 재료가 되는 『조생강약』을 다량 섭취한다면 용사에게 칼날을 박아 넣을 수 있는 능력치는 아마 확보가 될 겁니다.

어차피 신체는 이미 엉망진창이죠.

오래 살 수 없다면 하다못해 불꽃처럼 자기 목숨을 흩날리는 것도 구원이 아니겠습니까.

목적도 없는 공허한 인생 따위, 살아갈 가치가 없는 법이지요.

☆

따딱따딱, 불길이 번져 나가며 건물이 타오르는 냄새.

기술은 거기에서 중단됐다.

어딘가 멍하게 보이는 시야 안에서 내가 손에 든 자료는 그대로 불길 속으로 사라졌다.

떡갈나무로 만든 책상.

역시 여봐란듯이 책상에 놓아둔 또 한 장, 이름이 쭉 쓰여 있는 목록.

처음에는 피험자가 된 아이들의 목록인가 싶었는데 아니었다.

"페그너, 오로우리, 레디아, 아들런, 시비, 보디, 주드, 모니카……."

그렇군, 이곳에 이 자료를 남긴 자가 페그너인지 그론드인지는 모르겠지만, 어지간히도 내가 미운가 보군.

친절하게도 『용사, 카이토 님께』라고 쓴 목록에 기록된 내용은 이 시설에서 일했던 직원들의 이름.

그론드의 부하 및 고용인이었던 사람들.

모르는 이름에 섞여 얼굴이 머릿속에 떠오르는 이름도 있다.

그 남자는 언제나 언행이 정중했다. 그 여자는 밝은 성품이었고.

뻔한 도발이다.

이 작자들을 죽이러 간들 오히려 내가 죽어 나가게 될 것이다.

그러니까 이 자리에서 이 자료를 읽어 나간들 의미가 없다.

의미는 없는데도 그만둘 수가 없었다.

그리고 마지막에는 나를 비웃으려는 것처럼 실패작이라고 써 놓은 아이들의 이름.

"……."

목록을 바깥으로 가지고 나가고 싶지는 않았다.

그렇지만 목록에 쓰여 있는 이름을 잊고 싶지도 않았다.

따라서 나는 건물이 허물어지기 직전까지 단지 가만히 목록의 이름을 주시했다.

☆

삐걱, 가볍게 몸을 내던지듯 앉았던 의자가 작게 소리를 낸다.

“쳇, 빌어먹을 놈들. 아주 시건방을 떠는군.”

방금 전까지 응접실에서 상대했던 인물은 그론드 상회와 상당히 깊은 관계에 있는 소규모 상회의 대표였다.

보통은 거래를 마친 뒤 가벼운 인사말로 끝났을 회담이건만, 그러나 이번에는 평소와 다른 양상을 띠었다.

이유는 명쾌하다. 이쪽이 거래로 지불했던 금전 및 상품이 홀연히 사라져버렸기 때문이란다.

원인을 추적하려도 해도 단서가 전혀 없는 관계로 책임 추궁의 방향을 잃어버린 상회는 급한 대로 거래의 관계자였던 우리 상회에 책임을 요구했다.

“절반은 보전해달라는 게 도대체 웬 망발인가. 아무리 거래 직후라지만 관리는 저쪽의 관할이건만.”

다 끝난 사안에 불만을 토한 까닭은 상대의 요망을 받아들여서 손실에 대한 보전금을 건네줬기 때문이었다.

실제로 지불한 것은 손실액의 2할쯤 되는 상품이었지만, 별로 허용하고 싶지 않았던 추가 지출이다.

웬만한 거래 상대였다면 딱 잘라 퇴짜를 놓을 소리였다.

거래 후 곧장 일어난 사건이어도 관리 책임은 이미 저쪽 상회로 옮겨 간 만큼 법적으로도 이쪽에서 책임질 필요는 없다.

그럼에도 수락한 까닭은 그 상회가 평범한 거래처가 아니라 떳떳

하지 못한 장사를 위한 상대였기 때문이다.

비합법 노예, 금지된 약물, 난획을 규제하는 마물 소재 및 출처 불명의 마도구 등등 공공연하게 처리할 수 없는 몇몇 거래를 하는 데 중용했던 상대다.

규모는 물론 우리 상회와 비교도 되지 않는다만, 그렇다고 소홀히 할 수는 없는 까다로운 상대이기도 했다.

언젠가 거래 상대가 아닌 완전히 지배하에 거둬들여야 할 터이나 지금은 아직 시기가 적절하지 않다.

"……후, 어차피 머지않아 내 수중에 되돌아올 돈이다. 게다가 제멋대로 도산이라도 하면 곤란하지."

그 상회의 뒷세계 연줄은 상당히 넓다. **노노릭을 잘라 낼** 때를 위해서라도 성세를 유지한 채 버텨줘야 했다.

노노릭은 분명 쓸 만한 인재지만, 언제까지나 길러줄 뜻은 없었다.

소모되는 돈은 별반 문제가 아니다.

그 녀석은 등에 탄 사람을 죽일 수 있는 야생마다. 자신에게 매달아 놓은 이성의 사슬을 가지고 노는 야생마.

녹의 맛이 섞인 혼돈의 물줄기를 찾아다니는, 제어가 불가능한 피에 굶주린 짐승.

그 녀석에게 주는 노예도, 악랄한 의뢰도, 진정한 의미에서 놈을 만족시킬 순 없다.

내 앞에서 향락적으로 행동하는 모습은 마치 무료함의 바다에 빠져서 허우적거리지 않기 위하여 아득바득 괴로워하는 듯 보인다.

놈의 이빨이 언제 이쪽을 노리게 될지 짐작도 가지 않는다. 능력은 확실해도 리스크가 너무나 컸다.

계약은 어느 쪽이든 원하는 때에 해제할 수 있다는 것이 조건이기도 했다.

평범하게 계약을 중단하고 놓아준다면 장난감에 흥미를 잃어버리는 어린아이처럼 어딘가로 훌쩍 사라지겠지.

그러나 대뜸 긷어 낸다면 뒷세계에 대한 영향력이 떨어져서 추후의 거래에 지장이 발생한다.

타이밍을 정확하게 가늠할 필요가 있다. 적어도 그 녀석들의 수법 및 연출을 송두리째 확보할 때까지는 이쪽에서 노노릭을 잘라낼 수가 없었다.

“내 판단은 틀리지 않았다. 분명 필요한 투자였다.”

스스로를 타일러 중얼거리고 지불했던 금전에 대해 매듭을 지었다.

상인은 돈을 굴려서 돈을 벌어들이는 법. 앞을 내다보고 쓴 돈은 결코 낭비가 아니다.

‘그 녀석들도 우둔하지는 않다. 체면을 지키기 위해서 무슨 방법을 써서라도 원인을 색출할 테지. 저절로 돈이 사라진다는 게 말이나 되는가. 그 누군가에게 이번 대가를 받아 내주마!’

그리고 잠시 후.

업무에 집중하던 때 방문 두드리는 소리가 들렸다.

“아저씨~. 예쁘고 착한 노노가 찾아왔어요~♪”

“……좀 조용히 못 하겠나. 시끄럽군.”

“앗~ 그런 말을 해도 될까~? 이거 봐, 주문했던 물건이야.”

방에 들어온 노노릭이 도구 주머니에서 꺼낸 물건은 낯익은 검집에 꽂혀 있는 검, 【엽석의 칼】이었다.

검을 휙 공중에 띄웠다가 노노릭은 내 책상 위에 내려놓았다.

중량감이 느껴지는 소리와 함께 눈앞에 검이 놓였다. 역시 일전에 잠깐 봤었던 위조품과 비교도 되지 않는 질 좋은 마력을 두르고 있었다.

"오호, 과연 일 처리가 빠르군. 이만한 품질이라면 분명 진짜 【엽석의 칼】이겠어."

내게는 마법을 다루는 재능은 없지만 대신 마력의 질 따위를 감지하는 눈은 공들여 길러왔다.

그 경험이 지금 보고 있는 마검은 위조품이 아닌 진품임을 알려준다.

"제대로 약속했던 장난감, 준비해줘."

"안심해라, 연줄이 있는 노예상에 건넬 소개장과 범죄 노예라면 두 명을 살 만한 돈을 준비해 뒀다. 나중에 부하에게서 받아 가라."

"와아~!! 이번에는 너무 빨리 망가뜨리지 않게 조심해야지~."

"마음대로 해라, 지금은 그보다……."

딸랑딸랑, 종을 울려서 고용인에게 페그너를 불러오도록 지시했다.

"부르셨습니까? 주인님."

"페그너. 이 물건을 제국에 보낼 수단을 마련해라."

공손하게 인사를 올린 뒤 방에 들어온 페그너에게 검을 맡겼다.

"분부대로 실행하겠습니다. 그러나 현재는 마력 폭풍의 영향 때문에 마물 다수가 제국으로 연결된 가도를 막고 있는지라 무사히 전달하려면 시간이 제법 걸립니다."

"그래, 그 건도 있었지……. 마력 폭풍 자체는 가라앉고 있다지?"
"엥, 벌써 가라앉는 거야? 빙글빙글 효과가 막 바뀌어서 재미있었는데~."
"제 경험으로 말씀드리면 이제 곧 수습이 될 겁니다. 마력 감쇠를 보건대 길어야 1, 2주일이라 짐작됩니다."
페그너는 거기에서 일단 발언을 멈췄다가 다시 입을 열었다.
"열흘 뒤 길드가 가도에 이상 발생한 마물들의 토벌을 실시한다는군요. 출발은 그때까지 미루는 게 좋을 듯싶습니다."
"……열흘이라. 흠, 마침 잘됐군. 대상회와 강매 거래를 벌일 필요도 있다. 그러한 작업을 마무리 짓는 대로 제국에 향하도록 하지. 페그너, 그때까지 검은 자네가 보관해 두게."
"알겠습니다, 주인님."
"아, 맞다. 한 가지 더 아저씨한테 알려줄 말이 있었는데."
막 떠올렸다는 듯이 노노릭이 꺼낸 말소리에 약간 떨떠름한 표정이 지어졌다.
"또 무슨 일이 있나?"
"응응, 뭔가 말이야, 아저씨가 운영하는 가게의 악평이 사람들 사이에서 돌아다니던데?"
"뭐라고?"
내 떨떠름한 표정은 자연스럽게 더욱 떨떠름한 표정이 됐다.
"뭐라더라~ 요즘 여기저기 매장이나 상회에서 돈이 휙 사라지는 사건이 일어났잖아?"
"……그래, 일단 보고를 받았던 적은 있군."

훑어봤던 보고서에는 요즈음 몇몇 영업 중에 있는 매장에서 금전이 소실되는 사건이 일어났다고 했다.

도시의 치안 경비대에 은밀하게 손을 써서 극비리에 입수한 피해자 목록에는 열네댓가량의 이름이 올라 있었고, 그중 대부분은 우리 상회와 무관계한 곳이었다.

이쪽과 직접 거래 관계에 있는 상회 및 상점의 이름은 두세 군데로 소수인 데다가 치안 경비대도 몸을 움직인 만큼 당분간 관망하기로 결정했었다.

소식을 들었을 때는 곧 붙잡히리라 생각하고 넘겼지만, 범인이 어지간히도 대단한 수법을 사용한 듯 치안 경비대 녀석들은 단서 하나 발견하지 못했다던가.

"곧 해결될 줄 생각했다만……. 경비대 놈들, 세금이니 뭐니 돈은 쥐어짜 가져가는 주제에 제대로 일할 능력도 없다는 건가. 무능한 놈들."

크게 표면화가 안 되었다 뿐 실제로는 경비대가 파악하고 있는 이상으로 피해자 수가 많을 것이다.

도적단의 습격을 받아 무력으로 빼앗겼다면 동정의 여지도 있겠지만, 도시 한복판에서 상인이 금전을 도둑맞았다는 것은 관리 체재가 제대로 갖춰지지 않은 것은 아닌지 의혹을 사게 되기에 상인의 신용에도 문제가 발생한다.

피해 자체가 아주 큰 금액이 아닌 까닭에 치안 경비대 놈들에게 차마 신고를 못 한 인물도 적지 않았다.

그래서 더더욱 목록에 오른 피해자의 숫자에 비해 소문 퍼지는 속도가 빨랐을 테지.

“그게 말이야~ 『유령의 소행이닷~!』라든가 『정령의 저주닷~!』라든가 그런 소문에 섞여서 이번 사건의 흑막이 그론드 아저씨네 상회라는 소문이 돌고 있거든~.”

“뭐라?”

저도 모르게 멍청한 목소리를 내고 말았다.

“잠깐, 어째서 그런 소문이 돌지?”

“사라져버린 돈이 최근에 아저씨네 상회에서 받은 돈이라던데? 다들 횡설수설 자기 말만 하니까 자세히는 잘 모르겠지만.”

요컨대 그건가? 우리 상회가 사전에 화폐에 수작을 부려 지불금을 회수했다고 말하고 싶은 것인가?

“아저씨, 요즘 좀 무리해서 현금을 긁어모았잖아? 이미 박살 났지만 마약이라든가 그런 거 대충 눈치챈 사람도 있거든. 아저씨네 상회의 평판은 거센 파도에 휩쓸려서 출렁출렁 퐁당이야. ……조금 위험하지 않을까~?”

흐흥~ 고양이가 쥐를 괴롭히는 표정으로 노노릭이 웃는다.

“이봐, 그 표정은 그만둬라. 불쾌하군.”

“미안~? 혹시 화났어?”

그렇게 말한 뒤 이번에는 깔깔 웃음을 짓는 노노릭.

“우리 상회가 흑막이라니? 웃기는 소리. 피해자 목록에는 우리와 전혀 거래가 없는 상점 및 상회의 이름도 있잖은가!”

“쪼끄만 상회에는 경비대 오빠들을 어떻게 할 돈이 없잖아~. 어쩔 수 없는 게 아닐까?”

불쾌해서 쏘아붙였을 때 배를 붙잡고 깔깔거리다가 몸을 뒤로 젖히며 노노릭이 되받아쳤다.

"애당초 우리가 지불한 금전인 줄은 어떻게 안다는 거지? 우리와 전속으로 거래를 하는 상점이라면 모를까, 굳이 거래 상대별로 금전을 나눠 보관할 리 없잖나."

"그게 말이야, 사라진 돈은 아저씨네랑 거래해서 받은 몫의 돈뿐이라던데? 다른 돈이 잔뜩 있어도 동화 한 장까지 딱 맞춰서 가져간대."

"뭐라고? 그게 도대체."

"사실인가 아닌가 제쳐 놓더라도 소문 퍼지는 속도를 봐서 누군가가 의도적으로 퍼뜨린 건 맞아. 게다가 이게 또 재미있는데, 음, 스믹스? 어라, 시럭스였나?"

"『슬럭스』 말인가?"

"맞아, 맞아! 그 재미없는 사람들!! 거기를 박살 낸 것도 소문을 퍼뜨린 것도 아마 똑같은 사람이 한 짓이야."

"……정말인가?"

"응응, 뭐랄까, 엄청 능숙하게 정체를 숨겨 놓아서 아직은 정보 수집 중인데 노노가 여자의 감을 이러쿵저러쿵 더해서 낸 결론이야. 이게 말이야, 절대로 틀리지는 않았을 거야."

노노릭은 정보 수집 도중이라면서도 절대적 확신을 지닌 표정으로 웃은 뒤 살짝만 눈웃음치며 입가를 끌어 올렸다.

"아저씨를 되게 미워하는 사람이 있나 봐?"

"도대체 어디의 누구인가? 이만한 짓을 할 수 있는 녀석에게 그런 큰 원한을 산 기억은 없는데! 빌어먹을, 제기랄!!"

짜증이 솟구친다. 실체를 내보이지 않고 내 방해를 하는 존재가 더없이 성가시다.

"주인님, 한잔 드시지요."

"음, 고맙네."

쓱, 때마침 페그너가 건넨 홍차에 입을 가져갔다.

평소보다 살짝 강하게 코로 스며든 향기가 짜증스러웠던 사고를 달래주며 마음을 진정시켰다.

"……후우. 아니지, 이 상황은 오히려 좋은 시금석이 되겠어."

정말 신용을 떨어뜨렸다간 추후 계획에 큰 지장이 발생할 만한 대형 상회는 우리와 마찬가지로 독자 정보망을 써서 이번 사태의 추이를 파악했을 것이다.

당연히 맨 먼저 정보를 확보할 곳은 치안 경비대이고, 피해자 목록을 확인하면 당장 소문의 진위를 판단할 수 있다.

시험 대상은 소규모부터 중간 규모의 상회.

이번 사태는 각 상회가 얼마나 제대로 된 정보망을 갖고 있는지 시험하기에 딱 적당하다. 고작 이만한 정보도 확보하지 못한 채 소문에 놀아난다면 미래가 없는 상회라 간주해야겠지.

"노노릭, 너는 흑막을 찾아내다오. 어쨌든 아무 근거도 없는 소문이라는 사실을 증명하려면 우리도 한몫 거들어야 할 테니까 말이다."

"네에~! 일이다, 일, 랄라라~♪"

폴짝, 날아오르듯 소파에서 일어난 노노릭은 무엇이 즐거운지 기분 좋게 콧노래를 흥얼거리며 바깥으로 나갔다.

"페그너, 현금은 얼마나 모였나?"

"네, 다소 과하게 압박을 가한 부분도 있습니다만, 이제 몇몇 대규모 상회와 거래를 잘 마무리하면 대강 목표했던 금액은 달성되리라고 판단됩니다."

"그런가. 그럼 계속해서 보유 상품의 매각을 진행해주게."

"알겠습니다. 그러면 이만 실례하겠습니다, 주인님."

페그너는 평소처럼 미려하게 예를 갖춘 뒤 노노릭과 대조적으로 조용히 방을 뒤로했다.

"후우, 이 차를 다 마시면 나도 업무에 집중해야겠군."

컵에 남은 홍차를 입에 가져다 대고 그론드는 잠시의 휴식을 즐겼다.

☆

그래, 그러니까 그것은 붕괴가 시작되는 소리.

허상의 가치를 나타내는, 싸늘하게 빛나는 가치를 지닌 돈을 줄곧 쌓아 올려서 그 녀석은 더욱더 높이 더 높은 장소를 바라며 위를 올려다봤다.

따라서 나와 미나리스와 슈리아는 눈치채이지 않도록 은밀하게 하나하나, 탑이 흔들리지 않도록 기반에 있는 파편을 빼냈다.

어떤 사건이든 낙차가 크면 클수록 제 몸을 때리는 충격이 더욱 강해지니까.

탑을 무너뜨리는 시기는 놈이 다음 단계를 쌓아 올리는 순간, 저항할 틈도 없이 허물어버리기로 결정했다.

그리고 이게 마지막 파편.

최초로 커다랗게 울려 퍼지는, 와해가 시작되는 탑의 소리.

놈이 탐닉하며 쌓아 올렸던 기반이 허망하게 무너지는 붕괴의 소리.

나는 놈의 탑에서 빼낸 파편을 손에 담았다가 짤랑짤랑 아래로 떨어뜨렸다.

"자, 축제 준비는 이제 끝났다. 그론드, 너에게도 맛보여주마. 이제껏 소중하다고 믿었던 가치관이 갈기갈기 찢겨 나가는 그 순간을."

전부 다 모조리 얼어붙는 싸늘함과 질척질척하게 녹아드는 용광로 밑바닥이 너의 관이다.

"네가 아주 좋아하는 화폐의 바다에서 결국 익사하게 될 거다, 그론드."

떨어뜨리는 순간에 울려 퍼졌던 금속의 탁한 소리가 몹시 기분 좋게 우리의 귓가에서 메아리쳤다.

☆

"후우, 이제 자잘한 거래는 끝났군."

나는 쌓아 둔 마지막 서류에 사인해서 겨우 서류의 산을 걷어 내고 한숨 돌렸다.

업무에 일단락을 짓는 기분 좋은 달성감을 느끼는 한편, 자꾸 예상과 달리 흘러가는 사태의 추이 때문에 쌓이는 불만을 달래야 했다.

"그거참, 어느 상회도 예상 이상으로 귀가 어둡군. 내 눈도 상상 이상으로 흐려졌다는 말이 되는가……."

우리 상회와 거래에 쓴 화폐는 사라진다. 그딴 소문을 진지하게 받아들였던 상당수의 소·중규모 상회. 결국은 그들 대부분이 우리 상회와 거래를 중단하고 손을 떼겠다는 뜻을 전했다.

개중에는 꽤 눈치가 빠른 줄 알았던 상회도 있었던 터라 도무지 실망을 금할 수 없다.

결국 지금 단계에서 거래를 끊지 않은 곳은 피해가 없는 대상회, 그리고 우리 상회가 달콤한 이득을 내어 주는 한편 가볍게 약점을 쥐고 있는 상회뿐이었다.

"흥, 이리된 이상 끌어모은 돈으로 이권을 얻은 다음에는 너덜너덜해지도록 이익을 쥐어짜주마."

이권만 확보하면 형세는 휙 바뀐다.

많은 상회가 나의 그론드 상회에 무릎걸음으로 다가들리라.

그러나 지금은 상대가 우리와 계약을 끊고자 하고 있다. 손바닥을 뒤집어서 우리와 다시 계약하고자 든다면 당연히 그에 걸맞은 대가를 쥐어짤 수 있겠지.

'현 상황은 대단히 거슬리지만, 훗날을 감안하면 이익으로 연결된다.'

마력 폭풍도 수습되는 상황이고, 그 영향으로 가도를 봉쇄할 만큼 늘어났던 마물도 길드가 퇴치할 것이다.

정보 전달 수단이 회복되면 화폐 개혁의 소식도 곧 퍼져 나간다.

그에 맞춰서 우리의 거래 기록 일부와 피해 보고서 일람의 정보를 흘리면 이 바보 같은 소문도 곧 근절할 수 있을 것이다.

'관할 상회에서 현금을 회수했고, 다소 융통성을 발휘할 수 있는 상회에서도 현금을 선납받았다. 다른 대상회도 우리가 이토록 앞서 나가는 상황에서 경쟁하려고 들지는 않을 터.'

보통 화폐 개혁은 결정 후 신속하게 실시되는 것이 관례다.

그렇다면 화폐 개혁이 이미 다른 도시에서는 시작되었을 가능성도 부정할 수 없다.

현 상황에서 나의 상회를 앞지르기에는 명백하게 시간이 부족한 만큼 우리의 단독 승리는 확정적이었다.

"회주님, 오카리아 상회, 후기네 상회, 무나이트 상회에서 회담 요청이 들어왔습니다."

"뭐라고?"

이름이 거론된 곳은 모두 빠짐없이 도시의 지배자 격 상회.

우리 상회와 매일같이 격전을 벌이는 눈에 거슬리는 경쟁 상대였다.

규모는 우리와 동등…… 아니, 우리보다 조금 더 힘을 갖고 있는 상회.

화폐 개혁의 이권을 노릴 만한 위치에 있기에 경계해야 하는 몇몇 상회였다.

"내용은?"

"그게, 임시로 추가 거래를 하고 싶다고……."

'이 시기에 추가 거래라니……?'

"거래 내용은 뭐라던가."

"으음, 매입을 요청하겠답니다. 식량과 무기류 세트, 포션 종류를 대량으로 구입하고 싶다는군요. 이유는 며칠 뒤 계획되어 있는 마물 토벌의 수요를 맞추기 위해서이고요."

"그런가, 알겠다. 자네는 일단 퇴실하게나. 검토할 사안이 있군."

"네, 이만 물러나겠습니다."

가볍게 인사를 올린 부하가 말없이 방을 뒤로했다.

고요함이 감도는 방 안에서 빙글 의자를 돌려 일어선 다음 등 방향의 창문 너머로 거리를 둘러본다.

"큭큭큭, 와핫핫핫!!"

그러다 더는 못 견디고 웃음을 터뜨렸다.

"좋아, 좋아, 좋았어!! 이제 정말로 우리 상회가 이권을 얻는 건 확정이다!"

곧이곧대로 해석하면 이번 마물 토벌에서 한몫 벌어보겠다는 뜻이겠지만, 하필 상품 매입을 우리 쪽에 요청할 리 없었다.

분명 마물 토벌로 수요는 늘어났겠지만, 그 수요를 그렇게 큰 규모의 상회가 직접 조달하지 못할 리 없잖은가.

이번 거래의 목적은 명백하게 현금을 넘겨주는 데 있었다.

'그 상회들도 화폐 개혁의 정보를 입수했겠지. 그리고 급히 손해를 줄이기 위해 우리에게 머리를 숙이러 왔단 말인가……. 큭큭큭.'

대량의 화폐와 맞바꿔서 얻을 수 있는 이권.

분명 막대한 부를 낳는 달콤한 과실이지만, 막상 획득하기에는 상응하는 리스크가 뒤따라온다.

보유하고 있는 화폐의 가치가 바뀌기에.

즉 화폐를 많이 보유하면 보유할수록 더한 악영향을 받는다는 뜻이다. 요컨대 다른 상회는 이권을 획득할 수 없다고 이미 체념했다는 뜻.

탄탄한 정보 수집 능력을 갖고 있는 대규모의 상회가 헛소문을 믿었을 리가 없으니 달리 어떤 이유이겠는가.

그러니까 그 손해를 줄이고자 우리 상회의 환심을 사겠다는 목적 때문에 굳이 거래를 제안했을 것이다.

“이제껏 놈들 때문에 여러 번 고배를 마셔야 했지. 크크크, 약점을 깊이 찔러서 거래해주마.”

각각 상회주의 낯짝이 굴욕에 일그러지는 광경만 떠올려도 웃음이 나올 것 같다.

이제 곧, 이제 곧 여기에서 내다보이는 도시가 내 손에 들어온다.

이 도시를 왕래하는 모든 돈에 내 입김을 불어넣을 수 있다.

나는 이 도시의 생명을 거머쥘 수 있다!

바로 내가 이 도시의 전부를 자기 뜻대로 뒤흔들 수 있다!!

“크크크크, 하핫핫핫!!”

그렇게 나는 참지 못하고 또 웃음을 터뜨렸다.

“아이고, 조금 기다리셨겠습니다. 저희 그론드 상회로서도 부끄러워서 진땀이 날 지경입니다그려.”

내가 일부러 천천히 시간을 두고 찾아간 곳은 오카리아 상회, 후기네 상회, 무나이트 상회, 각각의 회주가 기다리고 있는 응접실이었다.

“아니, 아닙니다. 그리 오래 기다린 것도 아니니까요.”

"그, 그렇지요."

"……상회의 회주 직위를 맡아보려면 바쁠 수밖에요."

일제히 이쪽을 돌아보는 인물들은 모두 얼굴에 상인다운 가면을 달고 있었다.

그러나 이놈이고 저놈이고 안쪽 맨얼굴에 떠올라 있을 굴욕의 표정이 비쳐 보여서 몹시 통쾌하다.

"자, 시간은 금이라는 말도 있잖습니까. 어서 거래를 시작합시다."

스스로도 정말 뻔뻔한 발언이라고 혀를 내두르며 대화를 진행했다.

"그래, 그쪽에서 요망하는 물품은 어떻게들 되십니까?"

"……예, 이쪽이 오카리아 상회의 주문서입니다."

조바심을 훌륭하게 감춘 채 오카리아 상회의 회주는 서류를 건넸다.

"이것이 본인의 후기네 상회에서 제출하는 주문서요."

"……무나이트 상회다."

다른 두 사람도 마찬가지로 주문서를 건넸다.

"흠흠."

식량, 철제 무기 및 방어구, 하급부터 중급 HP포션과 MP포션, 각종 능력치 강화약부터 상태 이상 해제약.

'……예상보다 주문 수는 적고 단가도 싸군. 아마 사전에 담합을 했으렷다?'

세 장의 주문표에 기재되어 있는 주문 숫자도 단가도 수치가 예상보다 꽤 적었다.

짐작건대 사전에 협의를 거쳐 우리 상회에서 매입할 양의 비율과 가격을 정한 뒤 찾아왔겠지.

대상회라는 우리 쪽에서도 주문에 대응 가능한 숫자에는 한계가 있다.

그 전부를 독점하려고 들면 가격은 점점 솟구칠 테고, 상대 세 상회에게 있어서 달가운 일이 아닐 터이다.

'뭐, 당연한 판단이군. 나라도 그랬겠지. 아니, 그럴 수밖에 없다.'

자기 상회의 이익을 고려했을 때 가장 좋은 선택임은 분명하니까.

그러나…….

"흠, 어느 주문서도 말이 안 되는군요."

""""뭐라고?!""""

풀썩, 세 장의 주문서를 내던지다시피 놓아버렸다.

"주문 숫자는 괜찮습니다. 어떻게든 우리 쪽에서 대응할 수 있는 분량이니까. 그러나 금액에 문제가 있습니다. 하다못해 조금 더, 이 정도 웃돈은 얹어주셔야겠습니다."

다시 주워 든 주문서에 펜을 들고 수정한 뒤 세 사람에게 돌려줬다.

"그론드 회주, 이 금액은 아무래도 억지가 좀 심하지 않소?"

"그, 그렇고말고. 우리가 앞서 제시한 가격도 시세에서 충분히 웃돈을 얹은 금액이 아니외까."

"맞습니다, 횡포가 너무 지나치군!"

주문서를 쓱 확인한 세 사람은 수정 내역을 보고 당황해서 소리 높였다.

"음? 횡포라뇨? 저는 이래 봬도 양심적이라고 여기는 바입니다만. 도시가 봉쇄되어 어느 곳이든 상품이 달리는 상태입니다. 그리고 누구든 목숨은 아깝지요. 그야말로 날개 돋친 듯 상품이 팔릴 겁니다. 가도를 틀어막고 있는 마물들을 거의 다 토벌한다고 쳐도 마력 폭풍의 영향 때문에 당분간 마물은 많아지겠죠. 재고를 걱정할 필요도 거의 없잖습니까."

입에서 흘러나오는 말은 몹시도 매끄러웠다.

거짓말과 허식을 능숙하게 구사함으로써 상대를 구워삶는 게 상인의 할 일이다.

늘어놓는 내용이 진실이라면 더더욱 술술 입에서 말이 쏟아진다.

"하하, 부럽습니다. 저는 지점을 낼 준비 때문에 당분간 재고보다 현금을 필요로 합니다만, 상인으로서는 바라 마지않을 장사 기회입니다그려."

하하하핫, 웃음을 터뜨렸다.

"그렇다 해도 저희 쪽 또한 적은 상품을 조금조금 판매하기보다는 먼저 재고를 처분해서 이익을 확정하는 게 여러모로 활동이 편해지겠죠. 이렇게 하면 저도 여러분도 서로 이익을 얻을 수 있지 않겠습니까?"

""""……큭!!""""

히죽 웃어 보이자 셋 모두 상인다운 얼굴이 일순간 벗겨져서 그 안쪽의 굴욕에 번민하는 맨얼굴이 드러났다.

당연하다. 조금 전 발언은 거짓이 아니지만, 서로 이익을 거둘 수 있다고 쳐도 금액이 이래서는 큰 차이가 벌어진다.

사실상 무료 노동을 해달라는 요구와 거의 다름없었다.

'그러나, 그럼에도 너희는 거절을 못 할 테지?'

이 말은 명령에 가까웠다.

무릇 패장은 말이 없는 법.

항복 선언을 하러 온 이자들은 우리 쪽의 비위를 맞춰줄 수밖에 없다. 우리 쪽의 환심을 사는 데 성공만 하면 앞으로도 쭉 달콤한 꿀을 받아먹을 수 있는 가능성이 대단히 높아지니까.

"……아, 알겠습니다. 우리 후기네 상회는, 이 가격과 수량으로 계약하겠소이다."

"……오카리아 상회도 마찬가지요."

"무나이트 상회도 동의하지."

오오, 오오! 이자들의 저 얼굴만 봐도 이제껏 겪은 다소의 고생 따위는 휙 날아가는 기분이구나.

완전 승리다! 사실은 지금 당장에 이 자리에서 소리 높여 웃고 싶었다.

물론 본심은 겉치레로 숨겨야 하는 법. 어떠한 상황에서도 거래 도중 가면을 벗고 기뻐한다는 것은 상인으로서 말도 안 되는 추태다.

"오오, 제 뜻을 알아주시는 겁니까. 그럼 주문서에 서명을 부탁드립니다."

숫자를 바꿔 쓴 주문서를 다시 세 사람의 앞에 내밀었다.

세 회주들이 주문서에 서명을 하기 위해 몸을 구부려서 글자를 써넣는 모습은 마치 나에게 무릎을 꿇는 듯 보였다.

기분이 좋군. 정말 기분이 좋아.

전원의 머리가 수그러져 있는 틈에 저절로 내 얼굴이 미소의 형상을 띠며 비뚤어졌다.

그렇게 내 눈앞에서 이 녀석들이 패자가 된 증거가 만들어진다.

중요한 것은 체결된 주문 계약으로 얻을 수 있는 이익 따위가 아니다.

이토록 이쪽에 유리한 상거래를 이끌어 냈다는 것, 그 사실이 가장 중요하다.

보통은 절대로 말도 안 되는 거래를 성립시켰다는 전례는 이 도시에서 상회가 차지하는 위치의 격을 뚜렷하게 나타내준다.

이것은 나의 그론드 상회가 이 도시의 정점에 서는 의식…….

그 순간, 뿌득, 무엇인가 어딘가에서 삐걱거리는 소리가 들린 것 같았다.

'……뭐냐. 뭔가, 이 감각은.'

이제껏 상인으로 살아오던 중 몇 번이고 느낀 적 있는 경보음.

논리가 아니다. 찌릿찌릿 등골 깊숙한 곳이 타오르는 듯한 초조감.

뭔가 잘못 판단해서는 안 되는 선을 결정적으로 밟고 넘어섰다는 감각.

'이상하군. 어째서? 뭐가 문제란 말인가?'

눈앞에 있는 것은 꼴사납게 고개를 숙이고 있는 불쌍한 패배자들.

손안에 있는 이 현실은 어떻게 생각해도 문제가 없다. 나는 이렇듯 승자로서 군림하고 있기에.

그러나 머릿속 생각과 달리 마음속 잔물결이 멎질 않는다.

이 감각이 터져 나오는 때는 기본적으로 누군가에게 속아 넘어가거나 무엇인가를 잃기 직전의 상황이다.

"그론드 회주, 그러면 한 통을 그쪽에, 나머지 한 통은 우리가 갖고 돌아가겠소."

오카리아 상회의 회주가 작성을 마친 서류를 내밀자 다른 두 곳 상회의 회주도 서명을 마친 주문서를 내밀었다.

'설마, 이것인가? 주문서에 뭔가 속임수라도 있단 말인가?'

보통 상거래에서는 계약서를 두 장 작성하여 각각 한 장씩 보관한다.

어느 한쪽의 변심 때문에 계약이 무시되지 않도록.

나는 계약서를 받아 들고 옷 안쪽 주머니에 은밀하게 넣어 둔 마도구로 계약서에 뭔가 장치가 되어 있지는 않나 확인했다. 그러나 어떤 이상도 발견하지 못했다.

"뭔가 부족한 부분이라도 있습니까?"

"아, 아닙니다, 아무것도 아닙니다. 자, 이제 계약은 완료됐습니다."

한 장씩 회수한 계약서를 수령한 뒤 부하에게 건넸다.

계약서를 받아 든 부하는 서류를 보관하기 위해 방에서 퇴실했다.

막힘없이 거래를 끝냈는데도 불구하고 역시 가슴의 고동은 진정되지 않는다.

'어째서냐……. 도대체 무엇을 간과한 거지?'

어쩌면, 단순한 노파심인가.

고대했던 성과를 이루어 냈다는 고양감이 불안감을 부추겼을 뿐인가.

"자, 그러면 다음 달분의 거래 계획도 정리하십시다. 우리는 바쁜 사람입니다. 굳이 또 다른 날을 잡는다면 더없이 어리석은 짓이죠."

마음속은 어쨌든 간에 나는 상인이다.

처리해야 할 일은 처리하겠다. 예정대로 대화를 진행하자.

세 상회는 저마다 독자적인 강점을 갖고 있었다.

오카리아 상회는 능력치를 일시적으로 강화하는 포션을 취급하고, 후기네 상회는 무기 및 방어구 등 금속 장비 분야에 뛰어나며, 무나이트 상회는 질 좋은 휴대 식량 및 마도구 판매에서 앞서 나가고 있다.

그에 반하여 내 상회는 이렇다 할 전문 분야는 없다만, 다방면의 판로를 갖고 있기에 모자란 분야가 존재하지 않는다.

그간 각 상회가 우위를 점한 물품을 융통받는 대신 각 상회가 서툰 분야의 소모품을 싼값에 거래했었다.

'격은 확실하게 갈렸다. 쇠뿔도 단김에 빼랬다고 지금 재차 압박을…….'

그러나, 그때 앞쪽에 앉아 있는 세 명의 남자는 곤혹스럽다는 듯이 얼굴을 마주 볼 따름이었다.

그 행동의 의미에 내가 의문을 표시하기도 전에 세 사람을 대표하여 무나이트 상회의 회주가 입을 열었다.

"……자네, 도대체 무슨 소리를 하나? 더 이상 그론드 상회와 거래를 할 리가 없잖나. 아니, 애당초 아직껏 이 도시에서 장사를 할 심산이었단 말인가?"

"……예?"

나도 모르게 쏟아 낸 자신의 목소리, 그때 내가 서 있는 발아래의 일부가 차르륵 허물어지는 소리가 났다.

귀에 들려온 말을 의미를 지닌 말로서 이해할 수가 없었다.

뭐냐, 뭔 소리를 한 건가?

"이 도시에서 자네 상회에 물품을 팔 상회나 상인이 누가 있겠나. 그 사실을 모를 리 없을 터인데? 무엇 하나도 증거는 밝혀내지 못했다 한들 이렇듯 모든 상황이 자네들의 개입을 나타내주고 있지. 어떤 바보든 거래를 피할 수밖에."

"무, 무슨 소리요?! 도대체 웬 말인가!!"

"뭐긴 뭐겠나. 화폐 소실 사건을 말하는 게지. 우리도, 이쪽 두 분 상회의 관할은 물론 얼마간 힘을 갖고 있는 상회에도 닥치는 대로 손을 뻗쳐 놓고 이제 와서 의뭉을 떨 필요도 없잖은가."

무나이트 상회의 회주가 한 말에 오카리아 상회와 후기네 상회의 회주가 고개를 끄덕거린다.

끼기긱, 마치 톱니바퀴 사이에 이물질이 끼어들어 간 것처럼 사고가 멈췄다.

뭔가 해야 한다고 생각하면서도 뭘 하면 좋을지 알 수가 없다.

"솔직히 그론드 씨가 장사를 관두는 날이 올 줄은 상상도 못 했소이다……."

"내버려 두십시오. 저도 믿기지 않는 심정입니다만, 아무것도 손을 못 쓴 채 여기까지 왔다면 앞날도 뻔하잖습니까. 모든 재고를 처분하고 제국에서 작위와 영지와 이름을 손에 넣어다가 편안한 은거 생활을 누린다든가 그런 계획이 아니겠습니까?"

한탄인지 모멸인지 모를 시선으로 오카리아 상회의 회주가 나를 본다.

수많은 거래를 반복했던 관계다. 저 말에 장사를 내던져서 실망했다는 모멸의 의미가 포함되어 있음이 뼈저리도록 전해진다.

"자, 잠깐, 잠깐만. 무, 무슨 말씀들입니까?"

이상하다, 이상하다, 이상하다. 여기 세 상회가 사건의 피해자 목록 정보를 확보하지 않았을 리 없다.

내가 확보했던 피해자 목록에는 대부분 대상회에 미치지 못한 규모로 경영을 지속해왔던 중소 상회의 이름밖에 없었다.

우리 쪽을 포함하여 여기 세 상회처럼 힘을 보유한 상회는 어디도 피해를 받지 않았을 텐데.

"울화가 난들 우리도 긍지와 체면을 고수한다고 더 이상의 피해를 감수할 수는 없지. 그러니까 이렇듯 여기에 백기를 들고 온 거요. 그론드 상회와 거래해서 얻은 화폐를 돌려주기 위해."

"무, 무슨 황당한 소릴. 당신들은, 우리 상회가 얻게 될 화폐 개혁의 이권에 빌붙기 위해, 무릎을 꿇은 게……."

"허? 화폐 개혁? 그게 도대체 웬 말인가?"

무의식중에 되물은 내 말에 돌아온 것은 의아한 표정으로 대답하는 반문뿐.

대화가 어긋났다. 정보가 맞물리지 않는다.

'아, 아무튼, 어떻게든 매입 계약을 유지 못 하면 큰일이 난다!'

구두 계약은 법적 효력은 없다만, 우리쯤 되는 큰 상회라면 평소 거래의 물량도 곧장 준비할 만큼 소량이 아니었다.

그러니까 계약서를 교환하기 이전 단계에서 말로 합의를 보지 않으면 추후 상황이 바뀌었을 때 갑자기 준비하기는 거의 불가능하다.

평소처럼 다른 도시의 각 상회에 물품을 공급하기로 계약도 이미 체결했다.

만약 매입에 실패한다면 위약금을 지불하다가 큰 손실을 입게 된다.
"자, 잠시만 기다려주십시오. 아무래도 중대한 인식의 차이가 있는 듯싶습니다."
"인식의 차이? 무슨 뜻입니까?"
"""……?"""
후기네 상회의 회주가 의아해하는 표정을 짓고, 나머지 두 회주가 얼굴을 마주 바라본다.
아무래도 뭔가 사태가 이상하다는 것은 이쪽의 분위기를 보고 짐작했는가 보다.
"예, 일단, 진정하시고 대화를……."
바로 그때였다.
똑똑, 문 두드리는 소리가 나고 부하가 입실했다.
"뭔가! 지금은 한창 중요한 거래 중이다!!"
"그, 그게, 저, 저쪽에 계신 세 상회의 소속분들께서 시급하게, 각각의 회주님께 드릴 말씀이 있다며."
주뼛주뼛 보고를 올리는 부하.
"흠, 우리 쪽 직원도 지금이 한창 거래 중임을 모를 만큼 경우가 없지는 않소. 그럼에도 굳이 찾아왔다는 것은 어지간히 큰일일 터. 입실 허가를 내주시구려."
허가하면 큰일이 난다.
상인의 감이 속삭여도 요청을 거부할 패가 내 손에 없다.
"예, 예에. 상관없습니다."
별수 없이 그렇게 답할 수밖에 없었다.

실례합니다, 각각 말을 꺼내며 방에 들어온 자들의 험악한 기세가 남긴 눈동자가 나를 향한다.

그 눈빛이 한층 더 불안감을 자극했고, 그럼에도 무엇 하나 대응책을 마련할 수 없다는 것이 초조감을 부추겼다.

그리고 각각의 상회주에게 다가가서 용건을 귓속말한다.

그 순간, 세 회주의 눈이 부릅뜨였다. 이쪽에 일제히 쏟아지는 시선에서 방금 전『일단 대화를 나눠보자』라는 분위기는 티끌만큼도 느껴지지 않았다.

"……하하, 알겠군. 전부 연기였다는 말인가."

"시, 시간을 지연시키자는 수작이었군. 게다가 굳이 이 시기에 발각되도록!!"

"아무리 그래도 성질이 너무 고약하군!! 이리 대놓고 조롱을 당할 줄은 몰랐다!!"

셋 모두 온몸에서 숨김없는 노기를 쏟아 냈다.

더 이상 아무것도 대화를 나눌 뜻은 없다는 기세로 일어나서 떠나가려고 한다.

"기, 기다려주십시오! 도대체 무슨 일이 발생한 겁니까?!"

"이리도 뻔뻔할 수가. 지금 막 우리 금고에서 돈이 사라졌다고 보고를 받았다. 게다가 정확하게 그쪽과 거래해서 얻은 매상과 같은 액수가 말이지."

"뭐라고요?!"

"허허, 거참. 이번 건은 이쪽의 완패군. 조사한들 어차피 증거는 아무것도 안 나올 테지. 이제 우리는 자네 상회와 거래에서 쓴 화폐를 잃어버리고도 방금 전 계약을 이행해야 하는 처지가 됐어."

"에잇, 제기랄! 안 그래도 이번 마력 폭풍의 영향으로 길드에 헐값으로 물품을 막 넘겨준 참이건만! 적자가 이만저만이 아닙니다!"

"이 손실을 메우려면 얼마나 많은 시간이 걸릴지……."

"아닙니다, 기다려주십시오! 제 말을……!!"

"끈실기군!! 더는 꼴도 보기 싫소! 얼굴을 마주하는 자리도 이번이 마지막인 줄 아시오!"

진저리가 난다는 듯이 마지막으로 방을 뒤로한 후기네 상회의 회주가 버럭 고함지르더니 쾅, 커다란 소리를 내며 방문을 닫았다.

"……."

나는, 마치 얼어붙은 사람처럼 제자리에 못 박혀 서 있었다.

"회, 회주님……."

"……나가라."

"……예?"

"썩 나가라고 말했잖은가, 이 얼간이 놈아!!"

발작하며 소리 높이자 마치 둑이 터진 듯 감정이 흘러넘쳤다.

"힉! 죄, 죄송합니다!!"

쫓아낸 부하가 허둥지둥 방 바깥으로 나가는 모습조차 울화를 부추겼다.

"끄아아아아아아아아아아아아아아아아아아아아!!"

단지 마음속 울화를 가라앉히기 위해 손 닿는 대로 집기를 벽에 집어 던졌다.

금화 몇 장의 가치를 지닌 도자기 장식물이 쨍그랑, 큰 소리를 울리며 산산조각으로 부서졌다.

"헉, 허억."

찍찍, 쥐 울음소리가 들린다.

어디에서 들어왔는지 쥐가 시야 너머로 달려가는 모습이 보였다.

"제기랄, 허억, 흐아아아아아아……."

나는 소파에 주저앉아서 깍지를 끼고 깊숙이 한숨을 내쉬었다.

'사고는 차분하게. 아무튼 다음 대응책을 마련해야 한다.'

"주인님, 급히 말씀드릴 사안이 있습니다."

"오, 페그너. 나도 자네에게 확인하고 싶은 게……."

"……아뇨, 한발 늦었나 봅니다. 이쪽을 확인해주십시오."

"……음? 이거, 피해 목록인가?"

재차 확인해달라 말할 생각이었던 정보를 지시 내리기보다 앞서 페그너가 들고 왔다는 사실에 놀랐다.

"첫 번째는 저희가 확보했던 정보, 그리고 두 번째는 제가 독자 경로로 확보한 정보입니다."

"아니?! 뭐, 뭔가 이게! 전혀 내용이 다르잖은가!!"

쓱, 목록을 위쪽부터 빠르게 훑어봤다.

"아리 상회, 비드 상회에……. 방금 전 세 상회까지! 어떻게 된 건가! 전부 우리와 거래 관계에 있는 곳뿐이잖나!!"

"그리고 한 가지 더 나쁜 소식입니다."

"또 뭐가 있나!"

나는 신음하듯 말을 뱉었다.

"방금 전 세 상회에서도 금전이 사라졌다고 합니다만……."

“이미 아는 사실이다. 방금 막 소식이 들어와서 교섭이 결딴…….”

“아뇨, 더 말씀드려야 합니다. 사건을 접수한 관청에서 무거운 몸을 움직였습니다. 아마도 조만간 감사를 나올 겁니다.”

“뭐라고?! 이렇게 시간 아까운 때에……!!”

관청의 감사를 받는 동안은 뒤가 구린 작업을 진행하기 어려울 뿐 아니라 떳떳한 장사도 중단되어버린다.

이 상황에서는 손발에 칼을 씌우는 격.

“크윽, 젠장! 어쩌다가 이런 처지가……!”

“……거래를 정리하는 부서의 담당자가 이상한 상태였던지라 조사한 결과, 모종의 마법약을 복용한 듯싶습니다. 본인에게는 어떤 일을 당했는지 아무 기억이 없습니다만, 거기에서 정보가 새어 나갔겠지요. 아마도 이번 소동도 예의 그론드 상회를 노리고 있는 인물들의 소행이라 짐작됩니다.”

“쓰, 쓰레기들, 버러, 버러지가아아아아!!”

콱, 분노에 휩싸인 채 종잇장을 구겨뜨렸다.

“노노릭은 뭐라던가! 그 작자들을 색출했나?!”

“……아뇨, 사실은, 며칠 전부터 모습이 보이지 않는지라…….”

“뭐라고? 그노오오옴! 중요한 때에 무엇을 하고 다니는 건가!!”

울화를 주체 못 해서 손을 부르쥐고 탁자에 내리쳤다.

“그놈은 이제 됐다! 페그너, 네가 찾아내라! 그리고 내 눈앞에 납죽 엎드리게 만들어라!!”

“주인님, 진정하십시오. 지금 우선 사안은 그런 게 아니잖습니까.”

그러나 페그너는 내 명령에 따르지 않고 오히려 간언을 올렸다.

"지금 우선시되는 사안부터 처리하십시오. 당신은 그론드 상회의 회주입니다. 그 중대한 입장에서 무엇을 하는 게 가장 올바른가 헤아려주십시오."

"그것은……. 으음, 큭, 제기랄!"

반발하는 분노와 달리 페그너의 말이 옳음을 이성은 긍정한다.

솟구치는 분노를 소화하고자 꽉꽉 씹어서 삼키고 나는 숨을 토했다.

"……페그너, 일단 재고 출하를 당장 중단해라. 그리고 관청 놈들에 대한 대응을 부탁하지. 나는 이 도시의 상회를 뒤져 어떻게든 선계약이 끝난 물량을 매입할 수 없나 접촉하겠다."

"분부대로 따르겠습니다. 재고를 유지하자면 다소 금전을 사용해야 할 텐데 허가해주시겠습니까? 사라진 돈은 거래에 쓴 금전뿐이라고 전해 들었습니다. 잘 달래서 개인에게 돈을 쥐여 주면 욕심에 무너지는 인물도 있을 겁니다."

"그래, 맡기겠네. 이 상황을 타파하는 게 먼저다. 이미 계약한 물품을 확보하지 못하면 우리 상회는 끝장이니까."

페그너는 조용히 예를 갖추고 재빨리 방에서 퇴실했다.

계약을 이행하지 못하는 경우 대체로 위약금을 지불하게 된다. 그러나 본래 이것은 사후에 처리해야 하는 사안이 아니다. 계약을 한쪽의 사정 때문에 이행하지 못하는 것은 상인의 자질이 없다는 판단에 따라, 최악의 경우는 해당 도시의 상인 길드에서 자격을 박탈당할 뿐 아니라 이후 상업 행위가 전부 금지된다.

따라서 위약금으로 상대방에게 돈을 건넴으로써 먼저 이야기를 매듭짓는 게 통상의 방식이었다. 그러나 지금 우리가 지불한 돈이 어째서인지 홀연히 사라져버렸다는 사건이 발생한 상황.

이래서는 위약금을 받으려고 할 리가 없었다.

즉, 현재 상황에서 계약을 끝내 못 지킨다면 나는 이 도시에서 장사를 계속할 수 없는 처지가 된다.

물론 부득이하다고 판단할 만한 모종의 사정이 있다면 상황이 다를 테지만, 거기에 해당될 수 있는 마력 폭풍은 이미 수습되는 형국인 데다 가도를 봉쇄한 마물들도 길드가 토벌전을 벌여 해결해버릴 것이다.

거래 물품의 대금 지급은 화폐 개혁의 이권을 확보한 뒤로 계획했었기에 아직 나중의 이야기이다.

이래서는 마력 폭풍에 의한 일련의 사태가 원인이라는 주장은 먹힐 리 없었다.

추후도 후유증으로 가도의 마물 출현율은 다소 올라가겠지만, 그 정도로는 부득이한 이유로 인정해주지 않을 것이다.

"어디에서 뭘 하는 놈들인지 모르겠다만, 이 빚을 쉽게 갚을 수 있으리라 여기지 마라, 버러지 놈들……!!"

나는 굴욕을 눌러 삼키고 상황을 타개하기 위해 외출용 복장을 걸쳐 입었다.

"예예, 부탁드립니다. 평소 거래 가격의 곱절도 상관없사오니 추가 계약을……."

"후유, 이보쇼, 그론드 씨. 얼마나 더 우리를 바보 취급해야 직성이 풀리려오? 아무리 많이 팔아도 돈이 사라지면 의미가 없잖소! 썩 돌아가쇼!!"

"그, 그러니까, 그것은 근거도 없는 소문이니……!"

"근거가 없든 말든 뭔 상관인가! 막상 우리 상회가 피해를 받았는데! 자, 돌아가쇼. 계약한 대로 나머지 물건만 납품하면 당신네와 거래는 끝이오!"

자, 돌아가쇼, 거의 반강제로 나는 상회에서 쫓겨났다.

"젠장!!"

이제 교섭을 거절당한 게 다섯 번째였다.

납품에 필요한 물량만큼 상품을 갖추기 위해 세 상회에서 매입이 중단된 몫을 충당하고자 다른 상회를 찾아다녔다.

그러나 교섭은 어디에서든 잘 풀리지 않았고, 그뿐 아니라 위약금을 지불할 테니까 앞서 체결했던 거래 계약을 취소해달라는 말까지 꺼내 놓는 형편이다.

『이번 마력 폭풍의 영향으로 마물이 가도를 봉쇄했기 때문』이라고 이유를 대면 반박할 수 없다는 것도 더욱더 상황을 악화시켰다.

'젠장, 젠장, 젠장맞을!! 시세의 곱절을 쳐준다는데! 어째서 아무도 팔아주지를 않나!!'

큰일이다, 큰일이다, 큰일이다!!

'이대로 가면 정말로 이 도시에서 장사를 계속할 수가 없잖은가!'

솟구치는 초조감이, 멀리서 지핀 불길에 바짝바짝 이성이 불살라지는 듯 짜증과 불안감을 쌓아 올렸다.

거래에 있어 냉정함을 잃은 채 감정을 토한들 사태가 호전될 리 없다. 그래서 더더욱 쏟아 내거나 소화하지 못한 분노가 자신의 내면 물밑에 고이는 앙금처럼 자꾸자꾸 내리쌓인다.

"쳇, 오늘은 유난히 덥군."

내리쬐는 햇볕에 투덜거리며 땀을 닦았다.

그러고 보니 오늘은 아침부터 아무것도 배 속에 넣지 않았다.

나는 공복을 채우기 위해 적당한 식당의 포렴을 헤치고 들어갔다.

평소 들어갈 만한 수준의 가게가 아님은 외관을 보고 알았지만, 지금은 배를 채우자고 굳이 먼 장소까지 걸음을 옮길 시간이 아깝다.

그리고 미식은 대체로 조리에 시간이 많이 걸리는 법이었다.

'……음? 뭐지?'

가게에 들어선 순간 이상한 시선이 이쪽으로 향하는 것을 느꼈다.

뭔가 이상한 점이라도 있나 싶어서 몸을 둘러봤지만, 딱히 눈에 띄는 부분도 없다.

'……너무 신경을 썼나. 쳇, 지쳤는지도 모르겠군.'

이런저런 일 때문에 신경이 너무 예민해졌는지도 모르겠다. 그러나 도저히 휴식을 취할 상황이 아니었다. 빨리 식사를 마치고 또 다른 상회에 가서 교섭을 시도해봐야 한다.

"이보게, 주문을……."

"썩 꺼지쇼!!"

"뭐?!"

철썩, 갑자기 물이 쏟아졌다.

"당신네 상회 때문에 우리 쪽 단골 도매상이 큰 손해를 봤다고! 댁한테 받은 돈은 죄다 사라진다며? 밥값을 안 내는 손님은 손님이 아니지! 썩 꺼지쇼!!"

"……."

이때의 나는 분명 상당히 얼간이 같은 표정을 지었을 것이다. 다만 곧바로 분노해서 소리 높였다.

"우, 웃기는 소리!! 내가 누구인 줄……!"

"도둑놈 상회의 두목이잖아!! 자, 어서, 더 이상 가게를 더럽히지 마라!"

"끄악?!"

그러고는 나를 억지로 가게 바깥에 내팽개쳤다.

"가, 감히이이이! 이따위 가게, 내 상회가 손을 쓰면 단숨에 박살 낼 수 있다!! 돈을 쏟아부어서 네년 가게에 압력을 가하는 것쯤……."

"헹, 무슨 헛소리야! 이 도시에서는 이미 댁이 갖고 있는 돈 따위 동화 한 장의 가치도 없다는 걸 어찌 모르시나!!"

퉤, 내뱉듯이 외친다. 나는 혼자서 가게 바깥에 남겨졌다.

『댁이 갖고 있는 돈 따위 동화 한 장의 가치도 없다는 걸 어찌 모르시나!!』

그 말이 귓속 깊숙한 곳에서 메아리쳤다.

가치가 없다? 돈에? 내 돈에, 가치가 없다?

분명, 음식을 사지 못하고, 음료를 사지 못하고, 물품을 매입하지 못하고, 소소한 압력마저 가할 수 없고…….

"마, 말도 안 된다!!"

의식이 부정하기에 앞서 저 말을 긍정할 뻔한 사고를 떨쳐 내고자 말을 내뱉었다.

돈이 가치를 잃는다? 그딴 게, 어디 말이 되는가!!

돈이다, 돈이다, 돈이란 말이다! 세계를 떠받치는 것은 돈의 힘이다.

지금은 다소 곤란에 직면했을지언정 돈이 제 힘의 본질을 잃어버릴 리 없잖나!!

"그래, 그렇고말고. 돈, 내 손에는 돈이 있다. 돈이 있는 한, 문제는 없어……."

빠득빠득, 이 갈리는 소리를 들으면서 나는 또다시 걸음을 뗐다.

그때, 전방에서 특이한 풍모의 3인조가 걸어왔다.

도시 안, 게다가 햇볕이 쨍쨍 내리쬐는 한낮인데도 머리까지 깊숙이 후드를 뒤집어쓴 3인조.

통행이 많은 시간대였기 때문에 아무도 신경 쓰지 않는 기색이지만, 어째서인가 내 눈에 띄었다.

그렇다 해도 뭐가 어떻다는 것은 아니다.

그대로 지나치려고 했던 바로 그 순간이었다.

"아직 멀었어. 아직, 끝나지 않았다."

"……뭐라고?"

고개 돌렸을 때는 이미 3인조의 모습은 보이지 않았다.

들은 기억이 있는 목소리는 결코 아니었다.

그러나 어째서인가 귓가에 남는 인상적인 목소리에서 터져 나오는 이 불길한 예감은 대체 무엇인가.

대답을 찾지 못한 채 나는 제자리에 못 박혀 섰다.

그리고 사흘 뒤.

페그너가 자기 관리하의 금고 속 돈과 함께 그론드 상회에서 자취를 감췄다.

내 귓속에 짤랑짤랑, 쌓아 올렸던 화폐의 탑이 허물어지는 소리가 들리는 듯했다.

제4장 뜻밖의 만남

"……그래, 알겠네. 페그너 씨, 댁한테 꽤 신세도 졌지. 매입 의뢰는 위약금을 받고 해지해주겠어. 우리는 요즘 시끄러운 소실 사건에 피해를 받은 것도 아니니까."

"깊은 배려에 감사드립니다. 그러면 저는 실례하겠습니다."

이렇게 일곱 번째 건.

저는 그론드 상회의 이름을 내세우는 대신 평소에 개인적으로 친분을 쌓아 알고 지냈던 상회를 중심으로 매입 계약의 취소를 요청하며 돌아다녔습니다.

그렇게 또 하나의 계약을 정리한 뒤 잡담 몇 마디도 나누지 못한 채 나왔습니다.

"일곱 건 중 위약금의 제안을 받아들인 곳은 세 곳뿐입니까. 역시 수월하지 않군요."

현 상황을 고려한다면 위약금으로 계약을 물러달라는 요청 따위는 도저히 받아들여줄 리 없습니다. 거절당하는 게 당연한 와중에 세 곳이나 되는 상회가 요망을 받아주었으니 오히려 다행이라고 말할 수 있겠습니다.

'그나저나, 어떻게 계산해도 꼭 마련해야 하는 물자가 그론드 상회에서 보유하고 있는 재고를 훌쩍 넘어섭니다……. 그렇다면 말과

마차, 도구 주머니는 어떻게든 확보할 곳을 또 찾아봐야겠군요.'

계약 위반으로 고소하지 않도록 위약금을 치러서 남은 계약의 이행을 취소하는 것은 절대 수월한 일이 아닙니다.

그렇다면 부족한 분량을 다른 곳에서 조달할 수밖에 없겠지요.

운송량 및 품삯을 감안하면 완전히 적자입니다만, 다른 도시에서 필요한 물건을 갖춰 돌아온다면 적어도 이 도시의 상업권을 잃을 우려는 사라집니다.

마침 점심때이기도 한 터라 저는 근처의 단골 식당에 발을 들여놓았습니다.

가게 내부는 아직 점심시간인데도 손님이 드문드문했습니다.

"오오, 페그너 씨, 점심 먹으러 왔나?"

"예, 잠시 실례하겠습니다."

안면이 있는 점주와 가볍게 인사를 나눈 뒤 지정석처럼 매번 앉았던 평소 자리에 앉았습니다.

"어디, 무엇을 먹어볼까요……."

"오늘은 생선구이 정식을 추천하지, 아주 맛깔나."

"생선구이입니까? 괜찮네요. 그러면 그 메뉴로 주문하겠습니다."

"예이, 생선구이 정식 하나!"

잠시 후 구운 생선의 향긋한 냄새와 함께 왕국에서는 별로 친숙하지 않은 『쌀』이라는 곡물을 익힌 식사가 쟁반에 담겨 나왔습니다.

식사를 먹고 있자니 맞은편 자리를 덜컹, 점주가 차지하고 앉습니다.

"이런, 참, 점주가 손님과 함께 식사를 먹어서 어쩌자는 겁니까."

"뭐, 어때. 마침 나도 밥을 안 먹었단 말이야. 단골 녀석들 오늘은 벌써 다 왔다 갔고, 신규 손님도 이 시간이면 안 와."

"그런 문제가 아니잖습니까……. 뭐, 식사나 하십시다."

이미 오랫동안 비슷한 충고를 해왔습니다만, 당사자가 전혀 신경을 안 쓰는 터라 포기했습니다.

"페그너 씨, 당신이 일하는 상회 말이야. 안 좋은 소문이 좀 돌던데."

"……소문 말입니까?"

"그래, 뭐라더라, 그론드 상회와 거래를 한 상회에서 돈이 훅 사라졌다던가……. 내 변변찮은 가게에도 말이 들린다는 건 상당히 넓은 범위에서 소문이 돌고 있다는 말이잖나? 물론 나는 안 믿네만, 거 괜찮은 거야?"

"아무 근거도 없는 소문입니다만, 낙관할 수는 없는지라 이렇듯 늙은 몸뚱이에 채찍질을 하고 있는 게지요."

"……이봐, 페그너 씨가 그 상회의 선대 회주에게 은혜를 입었다는 것은 잘 알아. 그래도 갚을 만큼 갚았잖아? 은퇴해서 뭔가 취미라도 찾아 즐기는 게 좋을 무렵이지 싶은데."

"어이쿠, 당신에게서 충고를 들을 줄이야. 참 별일도 다 있군요."

"이 바보가! 나는 진지하게……."

"안 됩니다. 더 정확하게는, 무리입니다."

그 말은 매끄럽게 입에서 나왔습니다.

"저는, 이미 자신의 삶을 『이런 방식』으로 결정지어 놓았습니다. 이제 와 지난 결정을 뒤집는다면 이제껏 쌓은 전부가 무위로 돌아가는 셈이지요. 그게 지금의 제게는 더욱 두렵습니다."

"……거참, 만났을 때부터 바뀐 게 없군. 뭐든 다 해내는 주제에 변함없이 죽도록 고지식하다니까."

"칭찬으로 듣겠습니다. 게다가……."

'이번 사태에서, 아마도 가장 처음에 속아 넘어갔던 사람은 저이겠지요.'

"게다가?"

"아뇨, 아무것도 아닙니다. 그러나, 뭐, 은퇴는 안 하더라도 후진 육성에 힘을 쏟을 시기는 온 듯합니다. 평생 현역으로 활동하고 싶었습니다만, 이토록 큰 실책을 저지르게 될 줄은……."

아직 확증은 발견하지 못했습니다만, 일단 틀림없이 이번 소동의 기점은 **그때**입니다.

도저히 의문을 품지 않을 수 없는 부분도 많습니다만, 흑막을 밝혀내면 전부 확인할 수 있겠죠.

"그러면 이만, 또 오겠습니다."

저는 늙었다고 인정할 수밖에 없는 스스로의 쇠퇴, 그리고 아마도 감쪽같이 속아 넘어갔던 자신의 미련함을 저주하며 자리에서 일어났습니다.

자기 실책을 책임지자는 의미에서도 저는 더욱더 매진해야 합니다.

모든 사태가 수습된 이후 제 진퇴야 어떻게든 결정하면 됩니다.

모자를 쓰고 대금을 내려놓은 뒤 가게를 나왔습니다.

제가 직접 움직인 지 오늘로 사흘.

지난 사흘간 친분이 있는 상회뿐 아니라 완전히 관할 아래에 거둬들였던 상회까지 대부분 저희 그론드 상회와 결별을 선언했습니다.

"후유, 그나저나, 정말로 많이 늙었군요."

교섭을 진행하는 짬짬이 이번 사태의 흑막, 그리고 어째서인지 자취를 감춘 노노릭 님을 수색했으나 어느 한쪽도 소재를 알아낼 만한 단서를 발견하지 못했습니다.

흑막을 끌어내서 화폐 소실의 경위를 증명할 수 있다면…….

그때, 그런 생각을 떠올리고 있던 때였습니다.

"찍찍!"

"음? 쥐?"

발치에 바짝 다가들면서 나타난 것은 한 마리의 쥐였습니다.

게다가 평범한 쥐가 아니라 일단은 마물로 분류되는 종류의 쥐.

능력도 외형도 특별한 게 없습니다만, 그럼에도 마물이라는 사실은 분명합니다.

인간에게 바짝 다가드는 이런 행동은 말이 안 됩니다.

"이것은, 편지?"

그 쥐의 등에 붙여 둔 것은 두 번을 거듭 접은 까맣고 작은 종잇조각.

그리고 거기에는 『페그너에게』라고 받는 사람의 이름이 적혀 있었습니다.

"……흐음. 『도시 서편에 있는 유적에서 기다리겠다. 아무에게도 알리지 말고 밤까지 혼자 오도록』."

검은 바탕의 종이에 은색 글자.

써 놓은 글자와 종이의 색은 어떤 장치를 했는지 곧 사라져서 새하얀 종이로 바뀌었습니다. 도시 서편이라면 인접 도시로 가는 가도와 조금 떨어져 있는 장소겠군요.

숲에 둘러싸인 곳, 이름만 유적이다 뿐 전부 허물어져서 잔해의 산으로 화한 폐허가 있는 것으로 기억합니다.

"이런, 참. 도박장은 발을 끊은 지 오래입니다만."

저는 오늘로 몇 번째인지 모를 한숨을 쉬며 냉정하게 계산을 시작했습니다.

이 편지는, 이 상황에서는 기사회생의 한 수가 될 수 있습니다.

기회를 놓칠 순 없는 노릇이지요.

……설령 훤하게 들여다보이는 함정일지라도.

저는 가만히 종잇조각을 주머니에 넣고 지정된 장소를 향해 또다시 걸어 나아갔습니다.

도시를 나간 다음은 얼마간 가도를 따라 걷다가 거기에서 샛길로 빠져나갔고 목적 장소에 도착했을 무렵에는 어둠이 한껏 드리워졌습니다.

황량한 그 장소를 달빛이 비추고 있습니다.

그리고 잔해에 기대어 선 모습으로 세 명의 인영이 거기에 있었습니다.

"당신들입니까? 저를 불러낸 분은."

"그래, 네 말이 맞다."

제가 묻자 중앙에 서 있던 남자가 답합니다. 귀에 와 닿는 목소리가 몹시 삭막하게 들렸습니다.

그리고 양옆에는 언제였던가 거리에서 마주친 적이 있는 두 명의 소녀.

"이런, 참, 세상의 인연이란 정말 알 수가 없군요……."

확실히 예감이 아예 없지는 않았습니다.

사태의 추이에서 느꼈던 끈적하게 휘감겨 붙는 증오. 거기에서 이 소녀들을 연상했던 적도 있습니다.

그럼에도 이때 이 순간에 이르기까지 그 감각을 배제한 채 사고했던 것은 노화에 따른 망령이거나, 혹은 전장을 너무 멀리했던 폐해이거나.

어쨌든 간에 칭찬받을 행적은 못 되지요.

"이리도 멋진 달밤입니다. 반주라도 함께 걸치며 대화 나누고 싶습니다만, 공교롭게도 저 또한 바쁜 몸인지라 곧바로 본론에 들어가도 괜찮겠습니까? 당신들이지요? 그론드 상회를 함정에 빠뜨린 분들."

"……."

제 물음에 대답은 않고 단지 비뚤어진 미소를 짓습니다.

"『어째서』 혹은 『어떻게』를 가르쳐주실 수 있습니까?"

"『어떻게』 쪽은 귀찮으니까 설명하고 싶지 않다만, 『어째서』 쪽이라면 가르쳐주지. 그론드가, 너희가 절망의 나락으로 가라앉는 얼굴을 보고 싶어서다. 하나부터 열까지 전부 다 모조리, 그 목적 하나를 위해 한 짓이니까."

"큭!!"

이미 예상했던 대답.

그러나 예상보다 훨씬 더 어둡고, 깊고, 검고, 순도가 높습니다.

"그렇습니까, 뭐, 물론 쉽사리 실토는 않을 테지요."

일순간의 놀라움, 그러나 짧은 동요를 곧장 마음 깊숙한 곳에 수습하며 정신을 다잡았습니다.

"그러면 하다못해 그 편지를 어떻게 위조했는지 그 한 가지만 답변해주실 순 있습니까?"

"아, 화폐 개혁의 소식을 전했던 편지 말이지? 우수하군, 그게 가짜라는 사실을 알아차리다니."

이름도 모르는 저 남자는 웃으며 「빨리도 알아차렸군」 하고 야유를 내뱉었습니다.

"예, 모든 사태의 기점은 마력 폭풍과 화폐 개혁의 정보를 전한 한 통의 편지. 마력 폭풍도 이제는 던전 코어를 파괴해서 일으켰던 유사적 현상이었다고 판단할 수 있겠습니다. 대단히 박식한 분이시군요."

"칭찬 고마워. 살짝 진한 인생을 살아왔거든."

그는 부정도 않고 넉살 좋게 받아넘겼습니다.

그러나 예상했었던 가능성은 이제 증명됐습니다.

"그 잉크는, 던전 코어를 갈아서 으깬 분말을 섞어 넣은 물건입니다. 문장의 내용도 미리 약속했던 암호가 사용됐습니다. 어느 쪽이든 저의 유일한 혈연자 한 사람에게만 가르쳐준 방식이고 건네준 물건이죠. ……어떻게 주변 정보와 잉크를 확보했습니까?"

"물론 비밀이야. 그래도, 뭐, 짐작은 가지?"

히죽 미소를 짓고 남자는 말했습니다.

"……그렇습니까."

저는 끓어넘치는 감정을 눌러 삼키고자 말을 받았습니다.

"그래서…… 그렇다면 무엇을 위해 저를 이곳으로 불러낸 겁니까?"

"뻔한 질문이군, 복수를 위해서다."

나직이 답한 뒤 이름도 모르는 저 남자는 한층 더 흉포하게 자기 자신을 불사르는 미소를 지었습니다.

"그러니까 너는 여기에서 죽어줘야겠어. 괴롭게 울부짖으며."

큰소리치는 저 목소리는 왠지 모르게 광대의 웃음소리 같은 불안정함을 품은 채 악마의 불꽃처럼 탐욕스러운 열기를 토하고 있었습니다.

"……듣자 듣자 하니까 못 하는 소리가 없구나, 빌어먹을 역귀가."

나는 사고는 냉정하게 유지한 채 마음속에서 끓어넘치는 격정을 몸에 흘려보냈다.

"확인하고 싶은 내용은 다 들었다. 이제부터 네까짓 것들, 손발을 잡아 뜯어준 다음 천천히 캐물어주마. 큭, 각오 단단히 해라!!"

스멀스멀 끓어오르는 피부 표면이 찌릿찌릿 눌어붙는 감각. 달리 말하자면 강자의 증거.

상대는 셋, 이쪽은 하나. 그래서 뭐 어쩌라는 말인가?

수적 우세는 티끌만큼도 놈들의 유리함을 증명하지 못 한다.

두 팔을 흔들어 옷 안쪽에 장치해 놓은 도구 주머니에서 팔꿈치부터 손가락 끝 정도의 길이가 있는 소검을 두 자루 꺼내 쥐었다.

그중 왼쪽 손의 검 한 자루만 곧 역수로 고쳐 쥐었다.

"전원 토막을 내줄 테니까 나란히 서라, 역귀놈들."

"하핫!! 멋진 살기를 쏟아 내는군. 역시 썩어도 『전장의 피투성이 야차』인가."

"……이제 와서는 다 녹슨 이름이다만, 오랜만에 그리 불리는 것도 좋군. 최저 최악의 기분이다."

"크크큭. 그래, 그래야지. 천연덕스러운 낯짝 그대로 죽여줄 만큼 자비롭지는, 음."

그 순간, 귀청을 찢는 날카로운 쇳소리가 예리하게 허공을 베어 갈랐습니다.

"아핫, 아하하하하하핫!! 굉장해, 굉장하구나, 너!! 있지, 있잖아! 어떻게 노노가 몰래 공격하는 걸 알아차렸어?! 이 타이밍이면 절대 반응하지 못할 줄 알았는데!!"

"쳇, 정말이지 짜증 나는 타이밍에 튀어나오는군!! 방해하지 마라앗, 노노리이익!!"

노노릭의 손에 들린 무기는 칼날부터 칼자루까지 하얗게 물들인 백검(白劍).

그 참격을 막아 낸 소년이 손에 든 무기는 대조적으로 피의 붉은색이 섞인 검은빛 일색의 흑검(黑劍).

제 눈앞에서 끼긱끼긱, 소리 높여 웃음을 터뜨리듯 맞부딪치는 두 자루의 칼날 아래에서 한 명의 야성과 한 명의 복수자가 정적을 베어 가르는 고함 소리를 내질렀다.

☆

노노릭의 기척 지우는 솜씨는 정말이지 완벽했다. 굳이 말해주지는 않겠지만「과연 대단하다」라고 갈채를 보낼 수밖에 없겠다.

잔해의 그림자에서 뛰쳐나온 노노릭이 낮은 자세에서 나를 수확하려는 듯 참격을 휘둘러 친다.

슬로 모션처럼 닥쳐드는 백검을【복수의 성검】으로 막을 수 있었던 것은 나타난다면 분명 이 순간이라고 미리 예측했던 덕택이다.

"앗, 읏, 냐앗!"

"에라앗!!"

위에서 치는 참격에 대응하고자 아래에서 맞댄 검.

나는 코등이싸움에서 튕겨 내는 것처럼 심검을 힘껏 휘둘렀다.

노노릭은 이쪽의 힘을 이용해서 몸소 뒤쪽으로 날아 거리를 벌렸다.

고양이처럼 몸을 유연하게 다뤄서 바닥에 다리가 끌리지도 않고 쓱 내려선다.

"아하하! 굉장해, 굉장해!! 밀려나버렸어!"

노노릭은 단 한 순간도 이쪽에서 시선을 떼지 않고 고양잇과를 연상케 할 만큼 번뜩이는 금빛 눈동자에 희열을 빛을 띠어 보였다.

자세가 무너진다면 추가 공격을 펼칠 작정이었는데, 그런 빈틈은 티끌만큼도 존재하지 않는다.

"그래, 뭐, 예측은 했지……. 흐아아, 별수 없군. 페그너는 완전히 두 사람에게 양보할 수밖에 없나."

벅벅 머리를 긁으며 숨을 토했다.

맨 처음부터 대충 예측은 했다지만, 실컷 흥분이 차올랐던 때에 찬물이 쏟아져서 살짝 좀 김이 빠지고 말았다.

"카이토 님, 너무 욕심부리지 마셔요. 마지막에 맛있는 부분을 거의 다 독점하실 테니까 전채 정도는 미나리스 씨랑 슈리아가 즐길 수 있게 내주셔요."

"맞습니다, 주인님. 이런 상황에 인색하게 굴 필요는 없잖아요. 무엇보다…… 저기 저 노인은 제 먹잇감입니다, 주인님."

"……뭐, 다 맞는 말이다. 좋아, 미리 이야기했던 대로 해치우자. 미나리스, 슈리아."

아무래도 노노릭과 싸우기에는 지금 두 사람의 힘이 부족하다.

페그너가 고통스러워하는 꼴을 못 본다는 게 유감이지만 어쩔 수 없겠다. 정말 유감스러워 못 견디겠다만.

"있지, 있잖아~. 이제 얘기는 다 했지? 오빠야~. 노노, 더는 못 참겠어~!"

"시끄럽다, 변태 전투광. 금방 상대해줄 테니까 잠깐 기다려."

딱히 노노릭에게 어떤 원한은 없지만, 복수를 방해한다면 우리의 적이다.

가차 없이 해치워주마.

"누구 마음대로 상황을 정리하는 거냐, 망할 꼬맹이들! 노노릭, 네놈은 끼어들지 마라, 저것들 전부 내 먹잇감이다! 뭣하면 네 녀석부터 쳐 죽여주마!"

"흐응~? 양 거죽을 뒤집어쓰고 있는 줄은 알았지만……. 그래도 유감이네에~. 모처럼 진짜를 찾아냈으니까 가짜 거죽만 잔뜩 뒤집어쓴 모조품을 집어먹고 싶진 않거든?"

"아앙……? 이놈이고 저놈이고 엉덩이 퍼런 꼬맹이 주제에 뭐 잘났다고 큰소리나 치는 거냐, 빌어먹을!!"

페그너의 나지막하게 분노를 드러내는 목소리가 울려 퍼졌다.

그러나 입가에 손을 가져다 대고 상체를 살짝 구부린 노노릭은 불어닥치는 바람에 흔들리는 버드나무처럼 입꼬리를 끌어 올린 채 고혹적으로 미소 지을 뿐 신경 쓰지도 않는다.

"게다가 어차피 다 시들어 가는 쪽에는 흥미가 없거든. 역시 즐기려면 맛나고 신선한 게 좋잖아? 노노랑 하고 싶었음 조금 더 빨리 덤볐어야지."

그렇게 말한 뒤 노노릭은 더욱 그윽하게 미소 지었다.

'……쳇, 눈치챘나. 여전히 터무니없는 감각을 갖고 있군. 이래서 진짜 천재라는 놈들은 감당이 안 된다니까.'

어쨌든 간에 쓸데없는 소리를 늘어놓게 놔두지 말고 여기에서 떼어 놓아야겠다.

뭐, 이미 준비는 완료된지라 이 단계에서 발각된들 어쩔 도리가 없겠지만, 구태여 알려줄 일도 아니니까.

"이봐, 장소를 바꾸자고."

"꺅! 오빠도 참, 노노랑 단둘이 딴 데서 뭘 하려고? 싫어엇~ 눈빛이 짐승 같아서 무서워~!"

"입 다물어라. 너의 쓸데없는 오락에 어울려주느라 애써 마련한 무대를 못 보게 됐단 말이야. 단숨에 쳐 죽이고 되돌아와서 견학할 테다."

"으응~ 그 반항적인 태도. 후후훗, 결정했어~! 망가지지 않을 정도로 잔뜩 괴롭힌 다음 듬뿍 귀여워해줄게. 노노가 아니면 흥분을 못 하도록 만들어줄 거야."

어린애처럼 조그마한 몸으로 마치 남자를 유혹하는 서큐버스처럼 상기된 희열의 미소를 짓는 노노릭.

손에 든 검을 집어넣고 자기 몸을 꽉 껴안는 모습은 진짜 여자아이처럼, 아니, 그 이상으로 요염한 색기를 쏟아 냈다.

"……정말, 지금 당장에 이 자리에서 그 기분 나쁜 뇌를 다 끄집어내고 객사해라."

정말, 어째서 왜 하필 이런 변태나 상대해야 하나.

복수의 흥분이 내려가니까 진짜 좀 봐줘라.

뭐, 몸을 또 움직이면 멋대로 흥분이 차오르겠지만.

더 이상 말을 주고받다가 전투 의욕까지 떨어지는 건 바람직하지 않다.

"기다리라고 말했잖냐, 망할 꼬맹이 놈들, 윽?!"

챙, 채앵!! 또다시 쇳소리가 울려 퍼졌다.

막 걸음을 떼는 나, 일정 거리를 유지하고 있는 노노릭에게 들이닥치려고 했던 페그너의 검을 미나리스와 슈리아의 조종을 받아 움직이는 갑옷 인형이 막아 냈다.

"비켜라, 계집년들!!"

"어머나, 거들먹거들먹 고상한 말씀이나 대충 주워섬기던 누군가와 동일 인물이란 생각이 안 드는군요!"

"말도 얄팍하고, 뒤집어썼던 거죽까지 얄팍하네요!"

'아, 미나리스도 슈리아도 진짜 즐거워 보이는군. 젠장!'

욕심부리지 말래도 부럽기는 역시 부럽다.

나도 페그너를 괴롭혀주고 싶었는데!

노노릭을 상대해 봤자 난 하나도 안 즐겁다고!!

"그럼 뒷일은 두 사람에게 맡기도록 하지. 자, 빨리 가자고."

"난 좋아. 그런데……."

휙, 어떤 예비 동작도 없이 노노릭이 **가속한다**.

"그 장소까지 노노의 공격을 견딜 수 있다면 말야?"

"……이놈의 자식!"

챙, 채앵, 맞댄 칼날에서 또다시 소리가 났다.

"앗, 주인님!" "카이토 님!!"

"정신 팔지 마, 둘 다!!"

""읏!!""

"하아아앗!!"

두 사람의 의식이 이쪽으로 쏠린 순간을 노리고 페그너가 미나리스와 슈리아를 쳐서 날려 보냈다.

그러나 그 덕에 두 사람도 정신을 차린 듯싶다. 두 사람의 의식이 완전히 페그너에게 집중됐다.

"음? 여차!!"

"아하하핫!! 노노도 한눈팔면 싫기는 마찬가지거든?"

"제기랄! 입만 살았군, 빌어먹을 변태 자식이."

"꺄앙, 너무 저항하지 말아줄래~? 나중에 치료할 수 있게 베려면 좀 힘들단 말야."

"뭔 상관이야, 네놈이 죽어."

"○○하고 ××해서 함락시키고~ 듬뿍 △△해준 다음에~. 후후훗, 기대된다~. 쇠사슬을 달아서 여기저기로 막 데리고 다녀줄 테야."

"……이제 싫다, 진짜로 싫다."

오싹오싹 느껴지는 여러모로 의미가 다른 한기 때문에 찔끔 울 뻔했다.

이 부류의 녀석들은 왜들 이렇게 사람 말을 안 듣는 거야?

챙챙, 칼 부딪치는 소리를 울리면서 유적 주변의 숲으로 파고들었다.

"응응! 영문을 모르겠어~. 어째서? 오빠! 레벨! 그 색깔이면 분명한 자릿수잖아?! 어째서 이런 속도와 힘에 대응할 수 있는 거야?!"

챙챙, 캉캉, 칼날 맞부딪치는 소리가 나무들 사이에서 울려 퍼졌다.

마치 시험하는 듯 점점 더 세게 칼을 휘두르는 짬짬이 깊은 희열을 드러내면서 노노릭이 웃는다.

"시끄럽다. 능력치가 실력의 전부는 아니잖냐!!"

'저 눈! 첫 번째 때부터 예상은 했다만, 상대의 레벨을 꿰뚫어 볼 수 있나.'

감정의 하위 호환, 이라고 그렇게 딱 잘라 말할 순 없겠다. 이렇듯 아무 정보도 꿰뚫어 보지 못하는 나와 다르게 적어도 내 레벨은 간파했다는 의미니까.

"능력치가 역량과 꼭 동일하지 않다는 건 알지만, 그게 전부라면 설명이 안 되는걸? 오빠, 진짜로 인간이야?"

"한 방울 불순물도 없이 순도 100퍼센트 인간이다!!"

검을 주고받으며 이쪽도 상대의 역량을 줄곧 가늠했다.

'……전투 중이면 들여다볼 수 있나?『감정』.'

아직 내 역량을 조금씩 가늠하고 있는, 아니, 맛보고 즐기는 단계였다.

나도 여력을 다른 데 돌릴 여유가 있다. 그러나…….

스테이터스

노노릭 Lv불명

Nonorick ??세

성별 불명 인족

HP : ???/??? MP : ???/???

근력 : 불명 체력 : 불명

내구 : 불명 민첩 : 불명

마력 : 불명 항마 : 불명

고유 능력 : 불명

스 킬 : 불명

상 태 : 양호

아니나 다를까. 첫 번째 때와 마찬가지로 스테이터스는 여전히 어둠 속이다.

"으!! 잠깐, 변태! 몰래 소녀의 비밀을 훔쳐보는 건 매너 위반이거든?"

"쳇, 뭔데, 성별 불명은!! 남자잖냐, 이 자식!!"

"어라? 어떻게 알았어? 쳇, 여자애라고 믿는 녀석한테 진실을 가르쳐주는 게 재밌는데~."

여유로운 표정으로 내 감정을 막아 내면서 노노릭이 저런 소리를 지껄여 댔다.

"그래도, 그래도! 그만큼 여유가 있다면 한 자루 더 늘어나도 완전히 여유롭겠네?"

노노릭의 백검이 내 검을 위로 쳐서 보내더니 그 틈을 찌르듯 노노릭은 도구 주머니에서 또 한 자루의 백검을 꺼내 치켜들었다.

"윽, 여차."

"봐! 역시 막혀버렸어."

챙, 쇳소리가 울려 퍼진다.

첫 번째 때의 경험 덕분에 무엇이 올지 알고 있었던 나는 그 검을 【시초의 심검】으로 막아 냈다.

"후후훗, 기대했던 것보다, 훨씬~ 즐길 수 있겠어!!"

할짝, 노노릭이 입술을 핥는다.

그 동작을 시작 신호 삼아서 숲속에 울려 퍼지는 검 소리는 더한 숫자로 더 예리하게 불어났다.

'쳇, 실수했군. 조금 더 실력을 숨기도록 놔두고 싶었는데……. 이

런 장해물 많은 장소에서 그 기술을 쓰면 까다롭다고.'

솔직히 단순하게 검술을 겨룬다면 내가 꽤 우위를 점하고 있다.

내가 누비고 다녔던 고난은 이런 수준이 아니다. 이 녀석과 첫 번째 세계에서 싸웠을 때 정도의 높은 능력치가 지금의 내게는 없지만, 그 정도로 뒤집힐 만큼 허술한 경험을 쌓고 살지는 않았다.

"젠장, 한숨만, 푹푹이군!!"

"앗?! 진짜로 뭐야, 오빠. 노노랑 만난 게 거리에서 마주쳤을 때가 처음이 맞지?"

"『꿈속에서 만난 적 없나요?』 뭐, 이런 거냐? 작업치고는 너무 고루한 표현이군."

"그럼 말이야. ……어째서 그렇게 노노랑 비슷한 검법을 쓰는 거야?"

'……뭐, 당연히 알아보나.'

노노릭의 말이 옳았다.

내 이도류는 노노릭과 전투 중 눈에 각인되었던 기술을 기반 삼아서 자기류로 갈고닦은 결과다.

삶과 죽음이 걸린 대결 와중에 자신의 체격과 전법 및 그 밖에 사용 가능한 기술과 온갖 상성을 맞추고 공격 횟수를 늘리기 위한 효율성 등등을 추구하며 단련해왔다.

이제 와서는 전혀 다른 종류의 검법이라고 말할 수준의 자기류로 개조됐다지만, 기초가 된 동작이 노노릭의 판박이다. 본인이 꿰뚫어 보지 못할 리 없었다.

"글쎄다, 네게 말해줄 이유가 없군!!"

"아앙~ 심술쟁이~!"

그런 소리를 늘어놓으며 두 팔, 두 쌍의 네 자루 검이 불꽃을 흩날린다.

그리고 마침내 사전에 점찍어 놓은 장소까지 다다랐다.

"윽, 에라잇!!"

"앗!! 아야."

크게 거리를 벌리기 위해 가볍게 한 차례 검을 튕긴 뒤 예리함보다 무거움에 중점을 둔 후려치기로 일섬(一閃)을 선사했다.

"아야, 아~ 되게 잘 버티네."

높게 우뚝 선 벼랑과 숲의 경계에 있는 탁 트인 공간.

흔들거리는 잡초가 자라났을 뿐 이곳은 방금 전 유적에서 별달리 멀지 않은 위치에 있다.

그럼에도 도착하는 데 제법 오랜 시간이 걸린 기분이었다.

"그래도 준비 운동에는 딱 좋았어. 이제 슬슬 진지하게 시작해보자, 오빠. 아, 먼저 이름 물어봐도 돼?"

"……카이토다."

대답하지 않는다는 선택지도 분명히 있었다. 하지만 대답은 저항감 없이 튀어나왔다.

검술이 비슷하다는 지적을 받고 첫 번째 세계에서 단 한 번의 진검 대결을 거듭거듭 반추하며 수행했던 나날을 떠올렸기 때문이려나.

답례의 뜻이었을까, 괜한 감정을 품어서일까, 자기 마음의 움직임인데도 잘 모르겠다.

그러나 어쨌든 할 일은 바뀌지 않는다.

"흐응~ 카이토구나. 그러면 부를 때는 카이 군이네? 목걸이 장만

할 때 이름도 잘 써줄게♪"

할짝, 요염하게 입술을 핥아 올리는 노노릭.

뭐, 하다못해 고통을 느끼지 않도록 죽일 때는 단칼에 끝내주마.

"시끄럽다, 입 다물고 덤벼. ……나도 사양하지 않겠어."

탓, 지면을 걷어차는 소리가 거의 동시에 울려 퍼졌다.

챙, 채챙, 쨍, 챙, 쨍겅, 챙, 검 맞부딪치는 폭발적인 소리가 터져 나왔다.

숨을 쉴 틈조차 없이 공기를 찢고 가르는 소리가 난다.

장해물의 방해 때문에 자제했었던 움직임은 그야말로 준비 운동에 불과했음을 분명하게 알 수 있는 격렬함.

이제는 단지 전투에 집중하면 된다.

그래, 의식을 전환한다. 끓어넘치는 것은 단순한 복수와는 달리 솟아오르는 유열.

"크, 하하핫!! 이봐, 대충 싸우지 마라!! 더 빨리 휘두를 수 있잖아!!"

"아하하하하하하핫!! 아직이야, 아직, 아직!!"

자꾸자꾸 몸을 휘도는 피가 열기를 띤다.

기술도 뭣도 없이 능력치로 밀어붙이는 수준 낮은 적과는 다르다.

소수점 단위 시간의 짬짬이 거듭 실행하는 판단 아래에서 단박에 정신이 날아갈 수도 있는 가느다란 실 위의 줄타기.

열, 스물, 서른, 마흔.

거듭되는 칼날 부딪치는 소리에 「더, 더」 부르짖는 본능이 망가져 버릴 기세로 소란 부린다.

흘러넘치는 아드레날린이 감각을 차단하는 쓸데없는 전부를 깎아 없애고, 몸을 달리는 전 신경이 겉면에 훤히 드러나는 감각.

"앗!! 상처, 오랜만, 이야!! 후훗, 하하하!!"

"나도, 마찬가지다!! 하하하핫!!"

내 뺨에 한 줄기, 노노릭의 오른쪽 어깨와 왼팔에 두 줄기의 붉은 선이 그어졌다.

핏, 핏, 서로의 피가 서로의 뺨에 날아들었다.

피부에 닿아 찐득이는 액체가 마치 불이라도 붙은 양 뜨겁게 느껴진다.

""아하핫!!""

올려서 치고, 내리치고, 옆으로 휘두르고, 아래에서 찔러 올리고, 손목을 휘돌려 검을 막아 내고, 목을 꺾어서 칼날을 피하고, 급소로 들이닥치는 예리한 칼을 미끄러뜨리며 받아넘긴다.

귀를 찌르는 쇳소리와 종이 한 장 간격을 치닫는 공기 가르는 소리가 더 흥분을 부추겼다.

제로 거리라고도 말할 수 있는 고속 전투.

마치 식사를 하는 듯 전투의 분위기를 걸신들려서 먹어 치우는 본능의 명령을 따라 검을 휘두른다.

딱히 무엇인가 문제가 될 것도 없다. 요컨대 나도 노노릭도 전투광이었다는 것뿐.

그 감각을 이용하는 나와 푹 잠겨서 즐기고 있는 노노릭.

다른 부분이 있다면 그 정도뿐, 특별히 차이가 없다.

두 번째 세계에 온 이후 어쩔 수 없이 녹슬고 둔해졌던, 피아노선처럼 가는 칼날의 위에 서는 듯한 감각.

정신 차릴 틈 없이 아슬아슬하게 바짝바짝 스치고 지나가는 오싹함이 여분으로 휘감고 있던 모든 것을 바짝 깎아 낸다.

그래, 이거다, 이 감각이다.

이성과 판단이 괴리되어 가는 감각.

마음은 뜨겁게, 사고는 냉정하게? 말도 안 된다.

그래서는 부족하다, 다다르지 못한다.

머릿속은 부글부글 끓어 넘치도록 뜨겁게, 뜨겁게, 오로지 뜨겁게.

페인트도 공방도 이해하기보다 빨리 판단해서.

""아하하하하하하하하하하핫하하핫!!""

서로의 목을 내어놓고 맞부딪치는 칼 소리의 홍소는 검붉은 피를 불사르는 불꽃과 같은 곡조를 연주했다.

복수자가 아닌 이 전장에서는 나도 단순한 전투광에 불과할 뿐.

실성한 사람처럼 정신을 놓고 춤추듯 검을 휘두르며 우리는 한없이 깊은 곳으로 떨어져 갔다.

☆

주인님과 노노릭의 칼날 맞부딪치는 속도가 더욱 빨라지던 무렵에.

페그너와 마주 선 저와 슈리아도 역시 전투를 속행하고 있었습니다.

"으, 라아아아아아아앗!!"

"윽, 흡!!" "크으."

저와 슈리아 두 사람이서 함께 휘두르는 검을 페그너는 고작 혼자서 완벽하게 다 막아 냅니다.

도대체 어디에 저런 완력이 있는 걸까요. 약간 짤막한 소검을 다루는데도 한 번 한 번의 공격이 대검을 휘두르는 듯 무겁습니다.

막은 검의 무게를 감당하지 못하고 저는 후방으로 날려 갔습니다.

그 빈틈을 노려 슈리아가 조종하는 갑옷 인형이 검을 내리 휘둘러도 소용없이 막혀버립니다.

'그렇다면, 이 공격은 어떻습니까!!'

아이스 픽
"『빙침(氷針)』!!"

페그너의 등 뒤와 좌우에서 팔만 한 두께의 날카로운 얼음 가시가 뻗어 나옵니다.

"헛수작 마라, 계집년!!"

좌우의 가시를 미끼로 내세워서 분명 사각으로부터 뻗어 보냈던 얼음 가시는, 그러나 찰과상 하나 입히지 못한 채 훌쩍 회피당했습니다.

윈드 숏
"『풍격(風擊)』!『풍신인(風伸刃』."

"아, 아앗! 마음에 쏙 드는 갑옷이었는데!!"

페그너가 날린 마법의 바람이 측면을 후려쳐서 슈리아가 조종하는 갑옷 인형의 태세를 무너뜨렸고, 동시에 바람 마법으로 칼날을 늘린 페그너의 참격이 반대쪽에서 인형의 동체를 일도양단했습니다.

그러나 가만히 당하기만 할 만큼 슈리아도 만만하지는 않습니다.

"이게! 용서 못 해요!!"

"칫!!"

둘로 갈라졌던 갑옷 인형이 마지막 발버둥으로 팔과 다리의 관절을 최대한 가동시켜서 페그너의 몸에 달라붙습니다.

"미나리스 씨!!"

"알고 있습니다!! 『독무(毒霧)《포이즌 미스트》』!!"

후욱, 한계까지 바짝 숨을 들이마셨다가 페그너를 둘러싸는 범위에 독 연기를 쏟아 냈습니다.

"큭!! 『풍개(風鎧)《블룸 아머》』, 『승람(昇嵐)《업 스톰》』!!"

그러나 페그너는 본인에게 달라붙은 갑옷 인형을 바람 마법으로 뿌리쳤습니다.

제가 발사한 독 연기는 효과를 거두기 전에 페그너의 바람에 쓸려 나가고 말았습니다.

"헉, 허억. 비켜라, 망할 것들아!!"

탁 트인 시야에서 중력에 이끌려 떨어지는 갑옷 인형의 상반신을 페그너가 걷어찹니다.

"크윽!!"

"앗!!"

쿠궁, 금속을 치는 소리와 함께 날려 간 갑옷 인형이 제 방향으로 날아들었습니다.

슈리아가 갑옷 인형을 조종해서 검을 지면에 박아 세움으로써 그 속도를 죽이려고 합니다.

허술해졌던 갑옷의 가동부가 한계를 맞이하여 팔 부분이 떨어져 나갔습니다만, 그 덕분에 이쪽으로 동시에 달려들었던 페그너에게 대응할 여력을 만들 수 있었습니다.

"하앗, 으, 으라아앗!!"

"하아아앗!!"

또다시 울려 퍼지는 쇳소리.

'윽, 까다로운 검이군요.'

페그너의 똑바로 잡고 거꾸로 잡은 두 검은 똑같이 휘두르는데도 전혀 다른 궤도를 그립니다.

그리고 까다롭게도 노련한 검은 빈틈을 내보이지 않았습니다.

몇 단계나 우위에 있는 검술을 구사하는 페그너를 용케 맞상대할 수 있는 까닭은 평소부터 훨씬 강력한 상대와 훈련을 거듭했던 성과입니다.

『잘 들어, 미나리스. 일단은 제일 먼저 눈이야. 상대의 공격을 포착하지 못하면 아예 전투가 안 되겠지. 공격을 정확하게 봤다고 다 피할 수 있단 말은 아니지만, 어쨌든 몇 단계 위의 상대여도 방어전으로 끌고 가서 버티는 정돈 가능할 거야.』

그렇게 주인님과 훈련할 때면 동체 시력에 아슬아슬하게 잡히도록 휘두르는 검을 봐왔습니다.

그 덕분에 유인이며 미끼 삼아서 휘두르는 일격에도 대응할 수 있었습니다.

"『괴뢰빙대(傀儡憑代) · 야옹이, 곰돌이, 단단이』!!"

"으음, 쳇. 뭐냐, 이 녀석들은!"

일제히 덮쳐드는 슈리아의 종자들.

갑옷 인형의 힘을 강화하기 위해서 회수했던 마력을 다시 부여했겠지요.

"거기예요!!"

"제기랄, 큭!!"

그러나 슈리아의 종자들이 가한 공격도, 그 빈틈을 찌른 일격도 아슬아슬한 곳에서 막히고 말았습니다. 정말, 분명히 강합니다.

만전의 상태에서 맞붙었다면 확실하게 패배했을 겁니다.

"헉, 허억, 큭, 헉."

"훗, 어머나, 왜 그러시죠? 방금 전부터 무척 지쳐 보이시는군요?"

그래요, 만약 저 거친 말투로 지껄이는 노인의 몸 상태가 정말 만전이었다고 가정한다면 말이죠.

"비, 빌어먹을 꼬맹이들……. 내 몸에 뭔 짓을 했나!!"

"우후훗, 이미 알고 계시지 않습니까? ……『독』이랍니다."

"말도 안 된다!! 네년들이 마법약을 쓴다는 것을 안 다음부터 상회 관계자의 독 대책은 만전을 기했다! 물론 나 역시!!"

반사적으로 부르짖는 얼굴이 어렴풋이 알아차린 진실에서 눈을 돌리기 위해 일그러집니다.

"아, 멋진 표정이어요, 저 얼굴. 독에 절대로 중독이 안 될 자신이 있나 봐요. 그럼 스테이터스를 보면 되잖아요."

"크윽, 이럴 수가……. 말도 안 된다?! 도대체 어떻게 했지!!"

슈리아의 말을 따라서 자기 스테이터스를 확인한 페그너의 얼굴이 경악으로 일그러집니다.

그리고 초조함에 핏발이 선 눈을 부릅뜨고 이쪽을 향해 소리쳤습니다.

"후후훗, 이제야 뒤집어쓴 거죽의 밑바닥이 좀 보이네요."

기쁘게, 즐겁게 슈리아가 웃었습니다.

분명 지금은 저도 저런 표정을 짓고 있겠죠.

"우후훗, 역시 주인님은 대단하세요. 찍찍스케의 눈으로 확인은 했습니다만, 멋진 독성이네요."

"헉, 극, 허억, 딴소리 말고 대답해라!!"

끝내 발악하며 페그너는 괴롭게 숨을 토했습니다.

"가르쳐줄 의무는 전혀 없습니다만……. 괜찮겠죠, 대답해드리겠습니다."

……그래야 이 녀석이 더한 굴욕을 느낄 테니까요.

"밝게 빛나는 은빛 물을 알고 계십니까? 연금술의 촉매로 사용되며 인간의 체온쯤 되는 열로도 녹일 수 있는 금속입니다. 수은이라고 불리는 금속이라더군요."

저는 주인님께 건네받았던 작은 병을 꺼내 들고 열어서 안쪽에 담긴 무색의 액체를 보여줬습니다.

"이 안쪽에 들어 있는 게 바로 수은으로 만든 다이메틸 수은이라고 불리는 물질입니다. 초대장의 글자는 이것을 써서 착색한 잉크로 작성했습니다."

"다이메…… 수, 은……? 허억, 제길, 그게 어쨌다는 거냐."

"그것이 지금 당신을 침범하고 있는 독의 정체입니다."

"웃기는 소리! 액체 상태여도 엄연히 광물일 텐데? 광물을 어떻게 독으로 쓴다는 건가!!"

그렇습니다, 그게 이 세계의 상식입니다.

광물은 생물이 아니기에 생명 없는 물질은 생명을 지닌 존재와 어울리지 못한다.

몸에서 거두어들이지 않는다면 독은 독으로 작용하지 못한다.

「즉 이 세계에 존재하는 독은 사람이나 동식물이 생성하는 마력 유래의 종류밖에 없어요」라고 슈리아가 말했었습니다.

저 자신도 금속이 독이 된다는 말은 들은 적도 없었습니다만, 주인님께서 『흡착검』으로 그러모은 그것은 아주 소량이어도 하위 마물을 죽여버릴 만큼 강한 독성을 발휘했습니다.

"편지에 쓴 글자는 전부 그 독으로 작성됐습니다. 당신, 증발한 기체를 들이마셨죠?"

광물이 독으로 작용할 리 없다는 페그너의 주장을 상대하지 않고 저는 설명을 이어 나갔습니다.

"편지의 글자가, 광물이…… 독으로? 바보 같은……. 게다가 고작 그만한 양으로……."

"무미 무취, 무게가 느껴지지 않을 만큼 소량으로 내장을 철저하게 파괴하는 독이죠. 우후후, 「독 대책은 만전을 기했다」고요?"

저는 일부러 상대의 신경을 건드리고자 호들갑스러운 웃음을 지어 보였습니다.

"그래서, 당신은 마력에 의지하지 않는 독에 대처할 방법을 갖고 있나요?"

"……크."

그 말에 얼굴을 딱딱하게 굳힌 페그너를 바라보면서 저는 다시 한 번 그윽하게 미소 지어주었습니다.

"제길……! 비겁한……! 계집년이!"

"그론드 상회의 더러운 일을 자진해서 떠맡았던 당신이 할 말입니까? 역시 별것도 아닌 모조품이군요. 정공법이 아니면 당신에게 미리 허락이라도 받아야 하나요?"

"헉, 허억! ……크, 커헉!"

독 기운이 돌고 나서는 일방적인 전개였습니다.

지금도 페그너는 심한 기침에 더하여 핏덩어리를 토하느라 입가를 훔치고 있습니다.

저희는 공세를 멈춘 뒤 수비에 철저할 뿐 차츰차츰 약해져 가는 페그너를 차분히 관찰할 수 있었습니다.

점점 조바심과 고통에 표정이 일그러지는 모습은 제법 즐거운 구경거리였습니다.

그러나 이제 곧 끝나려나 봅니다.

"꺽, 쿨럭, 쿨럭!!"

한층 더 격하게 토혈하더니 페그너가 바닥에 무릎을 꿇었습니다.

"끙, 벌써 끝이어요? 조금 더 버텨주면 좋았을 텐데요."

철커덩, 갑옷 인형이 소리를 울리며 검을 내려뜨렸습니다.

앞서 망가졌던 갑옷 인형과 슈리아의 종자들을 대신해서 슈리아가 새롭게 꺼낸 두 번째 갑옷 인형입니다.

"슈리아, 마지막 마무리는 제가 맡아도 괜찮을까요?"

"……빚 하나 커다랗게 지는 거예요?"

조금 고민하다가 그럼에도 슈리아는 살짝 유감스러워하며 답해줬습니다.

"감사합니다, 슈리아."

저는 천천히 페그너의 곁으로 걸어 다가갔습니다.

"끅, 그딴 눈으로 나를 보지 마라아아앗!!"

"우후훗, 그래 봤자 이제는 소용없어요."

마지막 사력을 쥐어짜서 오른손으로 휘두른 페그너의 검을 걷어 올려서 공중에 날려 보냈습니다.

깡, 작게 소리를 내며 공중을 날았던 검은 멀리 떨어진 장소에서 지면에 꽂혔습니다.

"헉, 허억. 빌어먹을……."

"아아, 드디어 처음 말씀을 나눴던 날과 반대의 위치에 서게 됐군요."

처음 이 노인과 만났던 그날.

그날, 제멋대로 저희를 내려다보고 동정하는 시선으로 말을 건넸죠.

무엇 하나도 모르는 주제에.

저희의 무엇인가를 다 아는 척하는 표정을 지으며.

낮잡아 보는 시선으로, 이상적인 자신을 지키기 위해서 자기 본위의 선행과 말을 던졌습니다.

경솔하고, 뻔뻔하고, 저희를 더없이 조롱했던 말.

"……선인을 자처하는 사람치고는 악행 일삼기를 주저하지 않죠. 정말이지 구역질이 납니다. 그 어설픈 타인의 흉내는 몹시, 몹시도 불쾌합니다."

그렇게 말을 내던지자 포기했는지, 겉을 꾸밀 여유도 없어졌는지 표정에서 녹아내리듯 힘이 사라져 갑니다.

"시, 시끄, 럽습니다……. 당신들 역시, 저와 동류잖습니까."

그리고 온몸에서 힘이 빠져나간 페그너의 말투가 처음 분위기로 돌아갔습니다.

'아…… 역시, 더없이 추악한 모조품입니다.'

나이를 먹고 망령이 났는지, 다른 사람의 거죽만 빌려 뒤집어쓰다가 내용물이 썩었는지, 혹은 맨 처음부터 전부 거짓을 포개어 쌓은 인간에 불과했는지.

어쨌든 간에 모방의 영역에도 도달하지 못하는 다만 모조품일 뿐.

거친 말투도, 화난 모습도, 전부 빌려 쓴 거죽.

"……정말이지 짜증스럽군요. 그러니까 당신은 모조품밖에 못 되는 겁니다."

그런 까닭에 자연스럽게 제 입에서 흘러나오는 목소리는 쥐 죽은 듯이 고요한 묘지처럼 어둠과 무게와 냉기를 지녔습니다.

"당신은 동류는커녕 원숭이 흉내조차 제대로 못 냈습니다. 우쭐거리지 마십시오."

"끄아아악, 끅, 커헉!!"

저는 페그너가 지면에 짚은 손을 밟아서 뼈가 부서지도록 힘줬습니다.

"당신과 저희 사이에는 아무런 공통점도 없습니다. 예를 들어서 가족 따위는 아무래도 상관없는 주제에 어설프게 화를 내는 척. 그뿐 아니라 당신, **기뻐했잖아요**? 도대체 어떤 과정을 거쳐 그런 사고에 다다랐는지 모르겠습니다만."

"끄으으으으으?!"

그리고 그대로 꽉꽉 손을 짓밟았습니다.

"복수를 포기하는 게 낫다는 말도 하셨죠? 이 심정을 정말 겪어서 아는 인간이라면 감히 입에도 못 담는 말입니다. 만약 그 말을 꺼낼 수 있다면 설령 어떤 분노와 증오를 자기 몸에 담아 두었을지라도 저희의 동류라 불릴 만한 인간이 못 되죠."

손의 아픔과 독의 고통으로 피를 토하며 페그너의 멍한 눈이 저를 바라봅니다.

"자, 페그너 씨. 문제를 하나 내겠습니다."

"크, 무…… 문제……?"

"예, 맞습니다. 지금 당신은 많은 돈을 지니고 이 장소에 와 있습니다. 저희는 당신이 죽은 뒤 당신의 시체와 함께 모든 돈을 처분할 겁니다. 그러면 당신의 평가는 어떤 내용으로 도시에 퍼져 나가게 될까요?"

"……그, 그건."

이미 의식은 많이 몽롱해졌을 테지만, 그럼에도 잠시 뒤 대답에 다다라서 소리 냅니다.

괴롭게 감겨 들어가던 눈이 살짝 뜨였습니다.

"그래요, 틀림없는 정답입니다. 『상회가 위기를 맞이했을 때 돈을 챙겨서 도망쳤던 배반자 페그너 씨』?"

"안 된다……! 커헉, 그거, 그것만큼은 싫다!!"

핏방울을 마구 토하며 페그너가 드디어 진짜 표정을 드러냈습니다.

"아, 다행이다. 거기에는 진짜 집착을 했나 보군요."

이것마저도 아무 상관이 없다는 반응이었다면 정말 어떻게 하나 염려했습니다.

"후우, 훅, 끅, 끄헉!"

이제껏 봤던 중 가장 세차게 피를 토한 뒤 페그너는 왼손에 남아 있었던 마지막 검을 떨어뜨렸고, 몸은 지면에 나뒹굴었습니다.

그럼에도 마치 고통을 잊어버린 사람처럼 부르짖습니다.

"또! 전부가 끝나버리, 쿨럭쿨럭!! 전부를 잃어버리고 말 수는!!"

"우후훗, 아아, 드디어 밑바닥을 보여주시는군요."

마음 넉넉한 선인을 가장했던 모조품.

화난 흉내를 내던 인정 넘치는 가짜 겉모습.

그 전부를 벗겨 낸 다음에는 무엇이 남게 될까요.

"자, 보여주시죠. 덧칠에 덧칠을 거듭했던 두꺼운 거죽 바닥에 무엇을 숨겨 놓으셨을까요? 당신의 밑바닥에 있는 바람은 뭐죠?"

"끄으으으으으으! 싫다, 도라간다, 마으을, 나느……."

독의 기운이 너무 돌아서 이미 의식이 혼탁 상태에 빠진 듯합니다.

헛소리처럼 페그너가 말을 흘리고, 위를 우러러보며 나동그라졌던 몸을 엎드리는 자세로 바꾼 뒤 벌벌 지면을 기어갑니다.

"헉, 허억, 내가, 내가 사라왔던 의미는, 살기 이한 의미를……. 이제야 바견했다, 그론드 상회를 더 그게, 그거이, 오직……."

페그너는 물속에서 공기를 갈구하며 발버둥 치듯 말을 토했습니다.

"싫다, 나 역씨, 형처럼, 형 이상이 될 수 있어……. 단지, 단지 아주 잠까을, 빨리 태어났으, 뿐인데……. 어재서, 나느……."

"……."

"텅 비는 허무느……. 꺼헉, 쿨럭, 싫단 말이다……. 텅 비운 채 살기느, 실다……."

이미 눈앞의 현실조차 못 보는지도 모르겠습니다.

혼탁한 의식 밑바닥에서, 그 입에서 쏟아져 나오는 것은 공허를 싫어한다는 말.

"나는, 단지, 내게 살아갈 의미를 주고 싶었을 뿐이었는데……. 이제야, 손에 넣었는데……."

모든 거죽을 벗겨 내서 마지막에 나타난 것은 내용물이 텅 비어 있는 허망한 고목.

"아, 과연, 가짜 거죽의 안쪽은 단지 텅 비어 있었던 겁니까. 그래서 다른 수많은 사람에게서 빌린 거죽을 쌓고 또 쌓아서 주검을 잔뜩 쌓아왔군요."

그래서…… 저는 조롱하며 웃었습니다.

"잘됐군요. 당신이 살면서 뿌린 불행의 씨앗으로 분명 커다랗고 어두운 불꽃을 손에 넣었던 사람들이 어딘가에 있을 겁니다. 뭐, 그렇게 한들 당신 본인은 원숭이 흉내라 쳐도 삼류밖에 안 되고 허울만 그럴듯한 광대밖에 못 됐던 모양입니다만."

"아앗……. 으윽……."

이리도 어중간할 수가, 마지막에 제가 내뱉은 말은 분명 눈에서 빛을 잃은 노인에게 가닿았습니다.

최후에 한 줄기 떨어졌던 눈물만큼은 분명 진짜였습니다.

그렇게 숨을 거둔 노인을 앞에 두고 저는 두 손을 맞대서 진정 존재하고 계심을 알게 된 신인가 하는 분에게 기도를 올렸습니다.

"……아, 마지막으로 당신의 그 눈물을 볼 수 있어서 정말 다행입니다. 가능하면 사후의 세계에서도 당신이 흘리게 만든 눈물의 숫자와 똑같은 고통에 휩싸이기를 기원합니다."

그 무엇보다도 진지하게, 깊은 바람을 담아서.

"하악, 이야앗! 핫!! 아하하핫!"

"훗, 첫, 이거나 먹어라앗!!"

기분 좋게 울려 퍼지는 칼 소리가 주변을 지배하고 있다.

이 짧은 시간에 대체 얼마나 많은 공방을 주고받았을까.

미처 헤아릴 수 없도록 맞부딪쳐 소리를 울리는 검의 비명이 내 검에서 녹이 가시는 게 느껴진다.

능력치를 온전하게 발휘하기 위한 기교 랭크와 달리 검을 다루는 기술은 단련을 안 하면 점점 녹슨다.

두 번째 세계에서는 첫 번째 세계 때처럼 신변에 위험을 느낄만한 위기가 사라졌다. 그 때문에 미처 알아차리지 못하는 동안 내 검술도 조금씩 둔해졌겠지.

"""윽!!"""

그리고, 쿠궁!! 하고 소리 자체가 파괴력을 지닌 것 같은 굉음이 공기를 뒤흔든 이후 서로 촤르르으으으으으으으으읏, 지면을 디뎌 파헤치면서 거리가 벌어졌다.

"아앙, 검 쓰는 데는 자신이 있었는데 말이야. 노노보다 몇 수는 위네."

노노릭의 말대로 양쪽 다 치명상은 하나도 없다지만, 상대에게 입힌 상처의 깊이와 숫자는 내가 더 많았다.

"헤치고 다닌 수라장의 질과 숫자가 다르잖냐."

첫 번째 세계, 줄곧 싸워야 했던 4년의 나날은 겉멋이 아니다. 마족과 본격적인 전쟁에 진입하기 전의 녀석들과는 경험의 밀도와 양이 다르다.

사선에서 버티고 버틴 나날이 갈고닦아준 기교 랭크 SSS와 사고 반응 속도 SS.

그런 기반에 더하여 피를 흘려보내며 쌓아 올렸던 검은 능력치에서 뒤지고 있음에도 여전히 노노릭을 뛰어넘는 전투력을 내게 부여해줬다.

"게다가 자기 얼굴을 너무 감싸잖아."

"맞아, 맞아. 카이 군은 참 귀축이라니까. 이런 귀여운 얼굴에 흠집을 내려고 들다니 말야."

"멋대로 지껄여라, 그리고 그딴 이름으로 부르지 마라. 징그럽다."

"싫은데~. 후후훗, 충분히 즐겼겠다, 슬슬 진지하게 할까?"

으슬으슬, 한 단계 깊은 장소로 노노릭이 떨어져 간다.

흉포한 열기에 그림자 같은 색이 섞였다.

"두 자루면 못 따라가니까 말야. 네 자루로 갈게?"

노노릭은 두 손에 들고 있었던 백검을 지면에 박아 세웠다.

도구 주머니의 끈을 끌러서 완전히 같은 디자인의 백검을 두 자루 꺼냈다.

'윽!! 시작이군!!'

두둥실, 노노릭의 손에 들린 백검과 지면에 박아 세웠던 백검이 공중으로 떠오른다.

본래 손에 들고 있었던 검까지 도합 네 자루의 하얀 칼날이 흔들렸다.

"일찍 항복해줄래? 상처는 적은 게 좋잖아? 간다~."

"쳇!!"

팟, 공기를 찢으며 네 개의 하얀 선이 공중에 그어졌다. 정면에서 시간 차이를 두고 덮쳐드는 백검을 손에 든 두 칼로 맞버티다가 튕겨 냈다.

'제기랄, 이 기술을 쓰기 전에 죽이는 게 가장 좋았을 텐데. 그렇게 쉽지는 않군.'

그대로 공중에 체공한 백검은 노노릭 본인의 손에 휘둘러지는 검만큼 속도도 힘도 없을지언정 압도적인 공격 횟수로 나를 압박했다.

"아하하핫. 굉장해, 굉장해! 곧장 반응해버리네. 있지, 있잖아. 역시 노노가 싸우는 장면을 본 적이 있는 거 아냐? 안 그럼 그렇게 정확하게 딱 맞춰 노노의 스킬에 대응할 수가 없는걸."

"모르겠다, 바보야!!"

"에잇, 참. 아직도 시치미 떼네. 이렇게 된 이상 나중에 침대에서 괴롭힌 다음 캐물어줄 테야♪"

공세를 빠져나갈 틈도 없는지라 입장은 단숨에 역전, 방어에 힘을 할애하게 되었다. 배후를 내주지 않기 위해서 쉴 새 없이 돌아다니며 하나하나 검을 튕겨 낸다.

아직 다소의 여유는 있다지만, 이대로 가면 피해만 누적돼서 끝장이다.

'더 이상 **늘어나기** 전에 쳐부수, 음?!'

"쓰읍, 쳇!!"

쓸데없는 사고에 주의가 쏠렸던 탓에 막 튕겨 냈던 검 뒤로 숨어서 또 날아들었던 두 자루 백검에 대한 반응이 늦어졌다.

한 자루는 튕겨 날려버렸지만, 다른 한쪽을 제대로 처리하지 못해서 찰과상이라기에는 다소 깊은 상처가 목 가까이 어깻죽지에 새겨졌다.

"흠흠~ 역시 두 자루 늘린 정도론 꿈쩍도 안 하는구나. 그래도 방금 전 얼굴, 살짝 야해서 멋진 느낌이었어."

핏, 날아간 내 피를 노노릭이 날름 핥았다.

"이놈의 자식……!"

네 자루에서 여섯 자루가 되었다고 전투력까지 숫자 곱하기로 높아지지는 않는다.

수가 늘어난 만큼 휘두르는 검의 움직임도 약간 단조롭게, 다른 검과 부딪히지 않게 움직임이 제한된다. 그러나 그럼에도 여전히 내게 여유는 돌아오지 않았다.

방어에 집중하지 않는다면 아무리 나일지라도 어떻게 될지 모른다.

'쳇, 이래서야 본격적으로 위험한가……?'

이런 상황에서 사용할 강행 수단은 있다. 필요조건은 노노릭이 만족시켰다.

그러나 그 수단을 벌써 사용할 순 없는 노릇이다. 왜냐면 그론드에게 쓰기 위해서 되찾은 힘이니까.

지금 사용하면 힘의 대가 때문에 그론드에게 고통을 가할 수법이 허술해져버린다.

그런 사태는 허용할 수 없었다.

'반응은 있어. 조금만 더, 이제 조금만 더…….'

이 녀석이 본격적으로 스킬을 발현시키기 전에 사용할 수 있는 검은 여섯 자루. 즉 더 이상 숫자가 늘어난다면…….

"그럼 여섯 자루 더 추가할게? ―달려 찢어서 흩날려라."

노노릭은 먼저 여섯 자루의 백검을 또 지면에 떨어뜨렸다. 곧이어 백검을 소형화한 나이프를 도구 주머니를 뒤집어 쏟아 내다시피 주위에 마구 흩뿌렸다.

넉넉하게 백을 넘는 단검이 나를 에워싸며 노노릭의 주변 공중으로 가지런하게 늘어선다.

랜플 화이트
"……『비상백무(飛翔白舞)』."

공중에 뜬 열둘의 검이 곧장 날아서 덮쳐들었다.

그리고 내 주위를 에워싼 단검 중 몇 자루가 내게 휙 날아든다.

"『오버 리미트』!!"

나는 망설이지 않고 【취록(翠綠)의 정검(晶劍)】을 불러내서 허리에 매달았다.

마력을 흘려 어깻죽지의 상처를 치유하는 동시에 유미스와 싸울 때에도 사용했던 비장의 수단을 발동했다.

그 순간, 열둘의 검과 몇 자루의 단검이 거의 동시에 내게 덮쳐들었다.

방금 전 공방보다 더욱 묵직한 쇳소리가 단 한 순간도 끊어지지 않고, 아니, 앞서서 울려 퍼지는 소리를 뒤덮어버리며 탐욕스럽게 속도를 좇아 짐승처럼 포효를 내질렀다.

'윽, 역시나 골치 아프군, 이 녀석!!'

랜플 화이트
『비상백무』.

상세 정보는 나도 모르겠지만, 짐작건대 고유 스킬이거나 염동력 쪽 계통 외 마법이다.

특징적인 열두 자루의 검을 자유롭게 조작하여 움직이고 소형화한 나이프를 투검하듯 날려 보내는 노노릭이 본 실력을 발휘할 때의 전투 방법이었다.

'머리를 오른쪽으로 주먹 두 개만큼 틀어서 단검 두 자루를 처리, 오른쪽 참격은 오른쪽 아래에서 올려 친 다음 예각으로 내려쳐서 단검 셋과 백검 둘을 떨쳐버리고, 좌측 후방으로 세 걸음 물러난다…….'

이제야 사고 반응 속도에 몸이 따라와준다.

내가 뜻하는 동작대로 몸이 움직인다.

"아! 잘 버티네~. 그래도, 그런 움직임을 언제까지 유지할 수 있을까?"

"시끄러워."

살짝 자제하면서 발동했던 오버 리미트.

이렇듯 검을 줄곧 맞부딪치며 버틴다면 지금 내 마력량으로 5분이 고작이다.

"뭐야, 뭐야. 벌써 지쳤어? 자꾸 못 피하니까 상처가 늘어나잖아?"

"으, 큭, 으윽!!"

핏, 핏, 갈라진 피부 부분이 살짝 뜨겁다.

뇌 내에 흘러넘치는 아드레날린이 감각만 예리하게 가다듬고 통증을 지워줬다.

집중, 집중, 집중.

의도한 대로 상황을 끌고 나가기 위해서 모든 신경을 집중하여 검을 휘둘렀다.

'……음, 왔다!!'

그리고 내가 기다리고 기다렸던 반응이 검에서 울려 퍼지는 것을 알 수 있었다.

노노릭은 아직껏 자신의 우위가 흔들리지 않는다 믿고 여유작작이다.

이제까지 내가 즉사할 만한 공격은 펼친 적이 없다는 게 증거였다.

"하핫, 이봐. 한 가지, 너에게 해주고 싶은 말이 있는데."

"응? 뭔데? 이제 노노의 장난감이 되어줄 거야?"

……그러나 그 덕분에 나는 진정한 비장의 수단을 소모하지 않아도 된다.

필요한 포석은 충분히 다 놓았다.

그러니까 방금 전 반응은 닿으면 잘려 나가는 칼날 위를 맨발로 내달리는 듯한 전투의 보수.

안전보다 복수를 선택한 내가 거둘 수 있는 최고의 결말.

"너에게 훔쳐 배웠던 기술 덕분에, 너에게 한 번은 패배했던 덕분에, 나는 첫 번째 세계에서 살아 나갈 수 있었지. 조금 생뚱맞기는 해도 고맙단 인사는 해야겠군. 그러니까……."

"어?"

"한순간에 죽여주마."

콰직, 금속 깨지는 소리가 났다. 전투 중 쌓아 올렸던 포석이 울리는 소리.

힘껏 휘두른 내 검이 백검을 부수는 소리였다.

"……흡!!"

곧이어 셋, 콰직, 콰직콰직, 금속 깨지는 소리가 났다.

전투 중 줄곧 **똑같은 한 곳**만 칼날을 맞부딪쳤던 백검은 부러지지 않는 내 심검과 달리 축적된 대미지를 더는 못 버티고 바스러졌다.

"거짓말?!"

"거짓말은 무슨!!"

경악해서 소리 높이는 노노릭은 아랑곳 않고 움직임을 멈춘 백검에 이번에는 이쪽에서 먼저 공세를 펼쳤다.

그동안 손에 든 심검으로 재차 두 자루의 백검을 때려부쉈고, 한 자루를 돌려 차기 비슷하게 발뒤꿈치를 내리찍어 꺾어버렸다.

대미지가 축적된 데다가 동요 때문에 제어가 흐트러졌던 백검은 못 버티고 잡동사니로 화했다.

"큭!!"

"느려!!"

다수의 단검이 주위에서 덮쳐들었지만, 단순하게 숫자만 많은 공격은 아무 위협도 안 된다.

오히려 단검을 밟아 공중으로 도약한 뒤 상공에 떠올라 있는 세 자루의 백검에 조준을 겨냥했다.

검을 역수로 바꿔 쥐어서 팔을 교차시킨다.

그대로 대형 가위처럼 참격을 휘둘러 세 자루 한꺼번에 금속 파편으로 바꿔 놓았다.

"죽어버려!!"

"누가 죽겠냐, 바보야!"

쿵, 지면에 착지하고 그때를 노려 전방위에서 날아든 단검을 심검으로 베어버리며 앞쪽을 향해 달려서 거리를 좁혀 나갔다.

"이제 나머지 백검은 네 자루군, 목을 깔끔하게 도려내주마!!"

단검의 폭풍을 빠져나가서 노노릭의 위치로 쏜살같이 달음박질쳤다.

그러나 노노릭은 마치 이때만 기다렸다는 듯이 나머지 네 자루 중 두 자루를 날려 보냈다.

"잘난 척하지, 마앗!!"

남은 두 자루의 백검이 내게 덮쳐든다.

노노릭이 제어를 집중시켰던 두 자루에 미처 대응하지 못해서 오른팔과 왼쪽 귀를 베였다.

"아프잖냐!! 그래도, 이제 탄이 다 떨어졌군!!"

팔의 상처만 【취록의 정검】으로 치유하는 동시에 두 손의 심검을 공중에 둔 채 그대로 백검의 칼자루를 잡아 지면에다가 때려 박아서 부숴버렸다.

"에잇, 진짜! 얌전히 좀 쓰러져!! 바보야!!"

"바보는 네 녀석이잖냐, 변태 자식아!!"

지면에 닿을락 말락 떨어졌던 심검을 다시 손에 든 다음 낮게 지면을 기어가듯 달린다.

거리를 좁히려고 하는 내게서 노노릭은 도망치려고도 하지 않고 가만히 기다리려고도 하지 않고 나머지 두 자루의 백검을 직접 손에 들고 달려들었다.

맞부딪치는 칼날이 또 귀청 울리는 날카로운 비명을 지른다.

"제길! 역시 이 두 자루는 안 부서지나!"

"당연하잖아! 특별하게 기합 넣어서 만들었는걸."

저것은 맨 처음 서로가 이도류로 싸웠을 때 썼던 무기이다.

아마도 자기 손으로 다루기 위해 특별하게 단련했을 저 검은 외관은 똑같아도 다른 백검과 비교가 되지 않을 만큼 튼튼했다.

분명 맨 처음부터 줄곧 칼날을 맞부딪쳤던 두 자루의 검이지만, 그럼에도 한 번의 전투에서 파괴될 만큼 허술하지는 않다.

그러나 이렇게 백검 두 자루를 상대하게 될 때까지 몰아붙인 이상 이제 다음은, 외통수까지는 나머지 한 수.

실수하면 안 될 요소는 타이밍뿐.

"흡!!"

"하아아아아아아아아앗!!"

그리고 또다시 이도류의 공방이 시작된다.

노노릭의 얼굴에서는 이미 여유라는 두 글자가 사라졌다.

상처 입은 짐승처럼 더욱 격렬해지는 검격 틈틈이 빈틈을 노리고 단검이 날아들었다. 그러나 오버 리미트를 사용하는 내게 단순한 검술로 지금 노노릭이 당해 낼 도리는 없었다.

휘둘러 대는 백검도 단검도 전부 처리하며 노노릭을 몰아붙인다.

"하앗!!"

"크윽!!"

몇 합 버티지도 못한 채 열세에 몰린 노노릭의 목을 깎아 내듯이 심검을 힘껏 휘둘렀다.

아슬아슬하게 공격을 막아 냈지만, 노노릭은 버텨 서지도 못하고 뒤로 쭉 날려 갔다.

"윽!!"

직감적으로 이때다, 판단한 뒤 지면을 박차서 노노릭을 바짝 추격한다.

그때 노노릭이 살짝 웃는 모습이 보였다.

"—날아 달려라."

노노릭이 숨기고 있는 진정한 최후의 수법.

첫 번째 때는 이 수법에 감쪽같이 당해버렸다. 처음 보고는 거의 대응이 불가능한 최후의 일격.

"어?! 어째서?!"

"투명한 무기를 쓰는 게 자기 혼자뿐인 줄 알았나? 노노릭."

이번에야말로 거짓없이 경악한 표정을 지으며 노노릭의 시선이 내 등 뒤로 향한다.

언뜻 아무것도 보이지 않는 듯한 그 장소, 그러나 그곳에 무엇인가가 있다는 증거로 딱딱한 물체끼리 부딪히는 소리와 작게 불꽃이 흩날렸다.

노노릭이 조종하는 불가시(不可視)의 검과 내가 등 뒤에 만들어 냈던 『천구(天驅)』의 발판이 맞부딪쳤던 결과로 만들어진 현상.

기세를 잃은 불가시의 검은 이미 제 모습을 드러냈다.

저것이 노노릭이 마지막까지 숨겨 놓았던 비장의 한 수.

사용하는 검을 전부 하얗게 칠한 까닭도 어디에서든 눈에 띄는 빛깔로 숨겨서 자기 패를 감추기 위해서겠지.

그러나 첫 번째 때 알게 된 비장의 한 수는 나에게 이미 큰 위협이 아니었다.

이것은 숨겨졌을 때 비로소 위협이 되는 한 수이기에.

"미안한데 말이다, 네 말대로 살짝 반칙을 써서 알게 됐거든. …… 간파당한 비장의 수단은 이미 비장의 수단이 아니라고, 노노릭."

"커헉!!"

검을 막아 낸『천구』의 발판을 써서 재차 가속하는 나를 저지할 수단이 노노릭에게는 더 이상 없었다.

그리고 경악해서 눈을 한껏 뜬 노노릭의 목을 나는 손에 든【시초의 심검】으로 베어 갈랐다.

절단하는 세포 하나하나까지 전해지는 감각.

그렇게 시간이 멈춘 듯한 감각을 빠져나오는 순간 술사를 잃은 검들이 중력에 이끌려 지면으로 떨어지며 딸각딸각 소리를 냈다.

털썩, 소리와 함께 쓰러졌던 노노릭의 손이 백검을 놓아 떨어뜨렸다.

"후우, 뭘까, 스승을 뛰어넘은 때가 이런 기분인가? 아니, 정정당당하게 대결한 게 아니잖아. 뿌듯함이 전혀 안 느껴지니까 조금 다른가."

"……."

몽롱한 낯빛으로 노노릭이 이쪽을 봤다.

그러나 얼마 되지 않아 노노릭의 눈에서 빛이 사라졌고, 텅 빈 공허로 바뀌어버렸다.

"……후, 역시나 너를 죽여도 전혀 기쁘지 않군."

나는 그 자리에서 발길을 돌려 본래 장소로 걸음을 옮겼다.

"애고, 페그너는 벌써 죽어버렸을 텐데. 유기 수은으로 독살이라. 첫 번째 세계에서는 저지른 적이 없었지만, 예상 이상으로 내성이

없더라니까. 정말이지 운이 없구나. 음, 내 인생 전체가 대체로 운이 없었지만 말이야. 그래도 말이지~. 으음~. 페그너는 역시 나도 직접 손쓰고 싶었는데."

노노릭과 전투에 들어가기 이전 페그너의 상태를 떠올리고 독의 진행 정도와 경과한 시간을 감안하면 이미 늦었다는 건 알고 있었다.

독기가 도는 방식은 각각 다르다만, 다이메틸 수은과 비슷하게 작용하는 독은 다뤘던 경험도 있다.

그 상태여서는 아마도 거의 못 버텼겠지.

진짜 기운이 빠진다. 이래저래 나른하고 기분도 살짝 가라앉았다.

"아, 이거 침체되는 쪽으로 마력 취기가 돌고 있구나. 아, 나른해라. 그냥 빨리 집에 돌아가서 자고 싶어라."

다 낫지 않은 상처가 욱신욱신 아픈데 회복시키기도 귀찮다.

뭐, 치명상은 아니니까 괜찮아.

결국 상처투성이 몸 그대로 한숨을 쉬며 걸었다.

억지로 물고 삼켰던 MP포션은 어째서인지 평소보다 살짝 좀 쓴맛이 나서 무뎌졌던 입속에 선명한 미각을 가져다줬다.

나아가는 밤의 어둠은 깊다. 태양은 아직 떠오르지 않았다.

☆

페그너의 소식이 끊어지고 2주가 지났다.

모험가들에 의한 마물 토벌도 순조롭게 끝났고, 도시는 이전의 활기를 되찾았다.

그러나 그론드 상회를 둘러싼 상황이 호전되는 일은 없었다. 가도를 왕래하기 수월해져서 들어온 물자도 아주 조금뿐.

대량의 물자 반입은 가도의 안전이 완전하게 확보될 때까지 이루어지지 않을 것이다.

딱히 절박한 상황에 처한 게 아니니까, 이 도시는.

그리고 또 알게 된 소식은 화폐 개혁의 정보가 전부 헛소리였다는 것이다. 어쨌든 이제 와서는 별 도리가 없다.

계약이 끝난 거래를 완수하기 위해 황당할 만큼 비싼 가격을 치러 물품을 긁어모았다. 그 때문에 상당한 금액을 토해야 했다. 이권 따위는 꿈, 꿈에 불과하다.

페그너의 실종은 상황을 감안했을 때 상회의 돈을 들고 도망쳤다고 판단할 수밖에 없겠다.

행방이 신경 쓰이지 않은 것은 아니다만, 지금은 거기에 관심 둘 겨를이 없었다.

"그론드 님, 관청의 감사가 끝났습니다. 책임자를 포함하여 방금 전 모두 철수했습니다."

"……그런가, 알겠다. 통상 업무로 복귀해라."

재고 출하를 중단한지라 대부분의 매장을 닫아 둔 현재 상황에서 통상 업무고 뭐고 있을 리 없지만, 그럼에도 보고하러 온 부하에게 달리 말할 수가 없었다.

"네, 알겠습니다."

부하는 특별히 뭔가 말하지도 않고 대답한 뒤 조용히 방에서 나갔다.

'관청의 사냥개 놈들, 감히 나에게 인사 한 마디도 없었겠다? 건방진 것들.'

혼자 남은 방에서 짜증을 다스리고자 끓인 녹색의 차를 마셨다.

"쳇, 너무 진하게 끓였잖나. 이래서는 그냥 쓴 물이 아닌가."

입속에 퍼져 나가는 쓴맛에 더욱 얼굴을 찌푸리게 됐다.

역시 차 끓이는 방법의 주의 사항을 알려줘도 홍차류가 일반적인 왕국 주민들이 이 차를 제대로 끓이기는 어려운가 보다.

페그너가 향과 떫은맛의 적당한 배분을 양립시킬 수 있었던 데는 수많은 나라를 돌아다녔던 경험이 주효했을 것이다. 그러나 정작 페그너가 이제 이곳에 없다.

"……페그너 놈, 거두어준 아버지의 은혜를 잊어버렸나, 제길!!"

업무에 쫓겨 떠올리려고 하지 않았던 생각이 무심결에 튀어나왔다.

그런 감정에 사로잡혀 있을 때가 아니지만, 분명 이해함에도 꾹 억눌렀던 분노를 못 이겨서 손에 든 찻잔을 방의 벽면에 내던졌다.

쨍그랑, 큰 소리가 울려 퍼지며 아직 남아 있었던 내용물이 뚝뚝 벽을 흐른다.

이제 이 도시에서 장사는 끝장이다.

상황이 이리 된 이상 여기 더틀러스에서 재기는 어림없었다. 부피가 큰 동화 및 은화는 조금이라도 짐을 가볍게 줄이기 위해 금화와 대금화와 같은 수량만 남기고 대부분을 지불에 썼다.

귀찮게 굴던 관청의 녀석들도 내 상회를 마구 뒤졌지만 아무 성과도 못 거둔 채 오늘로 마지막 조사를 마쳤다.

우리는 아무 짓도 안 했으니까 당연한 결과였다.

이제 수중에 남은 돈을 들고 이 도시를 떠날 뿐이다.

"……제국의 왕도, 아니, 제도라 불렀던가. 쳇, 또 처음부터 다시 시작해야 하는가. 실력주의를 표방하는 나라인 이상 돈의 힘도 잘 통하겠지. 왕녀의 대역도 다시 찾아내야 할 테고……. 페그너에게 맡기려고 계획했었던 사병 조련도 다른 담당자를 물색해야겠군."

이번 사태에서 많은 손해를 봤을 뿐 아니라 예정했던 계획 다수도 부득이하게 연기됐다.

그러나, 그럼에도 온갖 인간들이 손에 넣지 못하는 큰 힘이 내게는 있다.

돈, 돈, 돈.

역시 나를 충족시켜주고 긍정해주는 힘은 돈뿐이다.

"그나저나, 참 얄궂게 됐군. 페그너의 배반 덕분에 내가 미혹에서 벗어날 줄은……."

문득 말이 흘러나왔다.

페그너는 돈을 갖고 도망쳤다. 즉 돈에 힘이 있기 때문에 감행한 행동이다.

그러니까 떠올렸다.

돈이 본연의 가치를 잃어버리는 일 따위 불가능하다.

"제도에서 다시 출발할 때는 종업원을 전원 노예로 들여야겠군……."

애당초 아버지의 대부터 일한 측근이었다는 이유 때문에 딱히 돈으로 신병을 인수하지도 않은 상대를 너무 신용했던 탓이다.

종업원 따위, 내 지시대로 움직이는 인물만 채워 놓으면 충분하다.

제국은 실력주의를 중용하는 반작용으로 수많은 노예를 만들어

낸다. 노예 조달은 몹시 수월할 것이다.

"후우, 맞아. 페그너에게 맡기려던 사병 육성 계획도 돈을 아끼자고 고아를 대상으로 하기보다는 처음 생각대로 노예를 쓰는 게 좋겠군."

적당한 고아원을 망하게 해서 고아들을 사들인 뒤 은밀한 임무를 맡길 인력으로 조련을 실행하자는 계획.

처음에는 노예를 쓰자고 생각했었던 나를 말린 게 페그너였다.

어린 시절부터 훈련시키는 게 육성이 쉽고, 세뇌와 조련을 조합하면 노예보다 더욱 헌신하는 충실한 말이 만들어지며, 또한 노예의 구입 비용보다 훨씬 싼값이라고 페그너는 말했었다.

나도 인정한 말이었다만, 지금 돌이켜보면 정말이지 경솔한 결정이었다.

"어쨌든 간에 관련된 준비는 전부 무위로 돌아갔잖은가. 일단은 계획부터 다시 검토해야겠지."

고아 조달은 도시의 고아원을 궁지에 몰아서 갈 곳을 잃은 고아를 수월하게 손아귀로 거두어들이려는 예정이었다. 페그너가 필요하다기에 세뇌 및 어린 나이 때문에 부족한 능력치를 보충하기 위한 의존성이 강하고 신체를 강화할 수 있는 약물『라무네』를 확보했다.

뭐, 그 약은 내가 이 도시를 떠나기 전에 망해버렸지만.

사병을 수용하고자 도시에서 적당히 멀지 않고 건물을 세워도 사람들 눈에 잘 띄지 않을 장소도 점찍어 뒀다. 사실은 조금 더 자금이 쌓인다면 실행하자고 마음먹었었다. 그러나 돈을 벌어들이는 짬짬이 이 도시에 깔아 놓았던 다수의 포석은 무위로 돌아갔다.

'정말로 쓸데없이 돈을 써버렸다. 역시 신용할 수 있는 것은 돈뿐이군.'

나는 한숨을 쉬고 창밖을 바라봤다.

멀리 보이는 시선 저편에는 제국의 수도가 있다.

각각의 서류를 처리하면 다음은 돈을 도구 주머니에 욱여넣어서 마차를 타고 제국으로 떠날 뿐이다.

돈을 사용할 수 없는 이 도시에서 그론드 상회의 간판을 계속 걸어 놓은들 의미가 없다.

"……."

그리고 시선 아래쪽에는 평소와 다를 바 없는 거리의 풍경.

결국 우리 상회를 함정에 빠뜨렸던 인간도, 배후에 붙어 있을 이 도시의 상회도 알아내지 못한 채 끝났다. 그 사실을 떠올리기만 해도 배알이 뒤틀리는 기분이다. 하지만 결국 정체를 알아낼 단서조차 애매모호했다.

정작 중요한 때 돌아오지 않은 노노릭 역시 자칫하면 적의 편으로 붙었을지도 모른다.

애당초 적의 인물상과 정보를 갖고 왔던 사람도 노노릭이다. 관계를 청산하려고 했던 내 뜻을 알아차리고 어딘가 다른 상회로 갈아탔을 가능성은 충분히 있다.

만약 추측이 사실이라면 대체 어디에서 또 수작을 부리려는가.

아니, 화폐 개혁의 정보를 들고 왔던 페그너도, 어쩌면…….

"빌어먹을 창남, 버러지, 쓰레기들……. 내가 상회를 다시 세우면 제일 먼저 짓눌러 죽여주마."

뚝뚝, 소리가 울릴 기세로 펜을 꽉 쥐어 잡으며 원망에 찬 말을 토했다.

나는 이곳을 떠난다. 다음에 이 땅을 밟을 날은 내 상회가 이 도시의 전부를 집어삼키는 때다.

그때는 한 방울도 남김없이 이 도시의 돈을 모조리 쥐어짜겠다.

"내 상회를 함정에 빠뜨렸던 작자들도, 나를 얕잡아 본 얼간이들도, 전부가 다 같은 죄다. 기필코 지옥을 보여주마!!"

언젠가 도래하게 될 그날을 떠올리면 펜 놀리는 속도도 절로 빨라졌다.

출발은 사흘 후 밤, 간신히 이동 중 호위도 확보했다.

먼저【엽석의 칼】을 선물로 건네 제국의 귀족을 포섭하는 게 시작이다.

나는 무심코 늘 갖고 다니는 작은 도구 주머니의 끈을 풀었다.

안쪽에 든 것은 대략 쉰 장의 백금화, 만약의 사태에 대비하기 위한 비밀 재산이라 말할 수 있겠다.

거기에는 아버지에게서 이어받은 상회의 돈은 들어 있지 않았다. 순수하게 내 손으로 일궈서 벌어들인 이익으로 만들어 낸 비상금.

아무에게도 보여준 적 없는 이 돈은 내가 쌓아 올려온 궤적과 다를 바 없다.

평소는 아무에게도 노출되지 않도록 저택 금고에 엄중하게 보관해 놓았지만, 요즘 들어서는 항상 몸에서 떼지 않고 언제나 소지하고 다녔다.

백금화에 사용된 고순도의 미스릴은 금속 본연의 성질로 항마(抗

魔) 및 해주(解呪)의 힘을 지녔다.

이만한 양이라면 설령 도구 주머니의 안쪽에서도 어지간한 마법 및 독은 무효화할 수 있다.

그러나 지금의 나는 그런 특성보다 더욱 갈구하는 게 있었다.

“그래, 이 감촉, 이 감촉이다…….”

자신의 마음을 채워주는 가치의 상징.

짤랑, 손가락에 닿는 돈이 차가운 감촉과 함께 어떤 무엇도 범접하지 못할 광채를 발한다.

분명히 느껴지는 돈의 감촉이 극상의 감미로움으로 마음을 채워준다.

“그래, 나는 할 수 있다. 돈이 있는 한, 나는 괜찮다…….”

입을 다물고 도구 주머니를 옷 속에 다시 간수한 뒤 옷자락 위로 도구 주머니를 꽉 쥐고 중얼거렸다.

“자, 좋은 여행이 되시기를.”

“…….”

야유 비슷한 느낌의 뻔한 인사말을 들으며 나는 야음을 틈타 마차를 출발시켰다.

데려가는 인원은 극히 일부의 고용인 및 부하, 뒷세계에 적을 둔 호위.

직원들은 이런 상황에서도 내 상회를 떠나지 않은, 아니, 떠날 수 없었던 인물들이다.

그론드 상회의 부하, 혹은 직원이라는 신분을 내세워서 달콤한 국물을 너무나 많이 빨아 마셨던 탓에 상회의 비호를 잃어버리면 도시에 남아 살 수가 없음을 이해하고 있는 인물들.

이번 사태 때 수많은 인원이 상회에서 떠나갔지만, 경력을 숨기지 않는 한 더틀러스에서 제대로 된 생활을 누릴 생각은 버려야 할 것이다.

그 지경까지 그론드 상회의 이름은 악명으로 널리 퍼지고 말았다.

설령 길드를 통해서도 호위를 고용하지 못할 만큼.

"뭐, 어쨌든 간에 이번 호위는 꼭 뒷세계의 인간을 섭외해야 했다만……."

뒷세계의 인간이란 공공연하게 의뢰를 받을 수 없기 때문에 뒷세계로 전락한 경우가 많다.

즉 더는 물러날 데가 없다는 뜻. 계약을 위반하고 신용을 잃는다면 의뢰가 끊어진다.

그 때문에 버젓하지 못한 상황일 때는 돈만 제대로 지불하면 오히려 신분 확실한 인간보다도 도움이 된다.

'떠나가는 나라에 세금을 바치라는 게 어디 말이나 되냔 말이지.'

자산을 도시 바깥으로 반출하려면 세금을 내야 한다.

이 많은 자산을 정식으로 반출한다면 물론 고액의 세금이 부과된다.

증거가 남는 상거래에서 위험을 무릅쓸 수는 없었다지만, 세금 탈루쯤이야 저 멀리 제도까지 가버리면 닭 쫓던 개 신세밖에 더 되겠나.

어제 매수한 문지기의 협력을 받아 나는 남몰래 도시에서 나갔다.

솔직히 현재 상황에서는 우리에게 금전을 빼앗겼다고 착각하고 있는 상회가 언제 보복에 나설지 모를 일이었다.

"도대체가, 이 몸께서 야반도주와 다름없는 짓거리를 해야 한다니……. 큭, 이봐! 마부!! 마차 흔들리는 거 어떻게 좀 안 되는가!!"

"무리한 말씀 마십쇼, 손님. 이리 밤길이 캄캄한데, 게다가 신가도라면 또 모를까, 제대로 정비도 안 된 구가도를 달리고 있잖습니까."

어지간한 귀족도 탈 수 없을 호화로운 마차지만, 사용하는 길은 사람들 눈에 띄지 않는 구가도.

제국까지 줄곧 이런 경로를 지나지는 않을 터이나 깔끔하게 정비된 가도와 비교하면 승차감은 최악이라는 한 마디밖에 못해주겠다.

"아니면, 신가도로 나갈깝쇼?"

"쳇, 아무튼 조심 좀 해라."

은근히 야유조를 띤 태평한 목소리가 마부석에서 들려왔다.

'이런 상황만 아니었다면 더 유능한 자를 고용했건만…….'

현 상황에서는 호위를 가려서 뽑을 여유가 없었다.

뒷세계의 인간이라고 쉽게 고용할 순 없다. 분명 제대로 된 의뢰를 받지 못하는 처지이기에 언제나 돈을 좇는 인물이 대부분이나 그런 까닭에 경계심도 보통 사람들보다 곱절은 강하다.

우리 상회의 소문을 알고 있는 인물이라면 어지간히 급한 처지가 아닌 한 굳이 의뢰를 받아들이려고 할 리 없었다. 암거래에서 교류가 있던 빈민가의 유력자에게 중개를 받아 간신히 호위를 찾아낸 형편이다.

그 빈민가의 유력자에게는 우리 상회가 위치했던 토지를 건물째 양도하는 대신 계약을 이행하기 위한 물자를 제공받았다.

계약의 내용 중 하나로 도시를 떠날 때 호위를 고용할 수 있게 중개해달라는 조건을 붙였었다.

'내 밑의 고용인과 부하 녀석들만으로는 이동에 불안이 크다. 역시 전문 인력을 고용할 필요가 있었던 건 분명하다만, 그게 저런 인간들 세 명이라니.'

남자 한 명과 여자 두 명의 3인조.

내가 탄 마차에는 리더 같은 남자가 마부석에 앉았고, 나머지 두 사람은 후방의 마차에서 대기하고 있다.

변변치 못한 흑발 남자에 토끼 수인과 갈색 피부의 소녀.

연령이 젊다는 것도 신경 쓰였지만, 자꾸 경박하게 구는 느낌이 들어 마음에 들지 않았다. 이유는 모르겠다. 아니, 연달아 터진 문제들이 내내 신경을 곤두세운 채 지내도록 만들었기 때문인가.

'뭐, 되었다. 며칠 지나면 왕국에서 충분히 먼 곳까지 갈 수 있지.'

제국에도 우리 상회의 구설수는 돌고 있겠지만, 얼굴까지 아는 인물은 극히 소수이다.

과하게 경계하지 않아도 살짝 변장만 하면 해결할 수 있는 문제였다.

그다음은 적당히 이름을 위장하고 제국 길드에서 정규 호위를 고용하면 된다.

힐끗 창문 너머로 뒤쪽을 보고 덜컹덜컹 세 대의 후속 마차가 따라오는 모습을 확인한 뒤 다시 의자에 기대앉아서 팔짱을 꼈다.

마차는 내가 탄 마차를 선두로, 중간에는 화폐 및 수중에 조금 남은 보석류가 가득 든 도구 주머니를 실은 마차, 최후미에는 직원들 및 부하가 비좁게 탑승한 마차가 따라오고 있다.

일단 휴식을 좀 취하고자 눈을 감았다.

밤이 제법 깊었건마는 기분이 고양된 탓에 졸음기가 오지 않는다. 애당초 이 흔들리는 마차 안에서 잠들 수 있느냐는 문제가 먼저겠지만…….

'……음? 달콤한, 냄새?'

그때 아주 희미하게 코끝을 스치는 달콤한 냄새가 콧속을 간질였다.

그렇다, 예를 들어서 말하자면 들판에 피는 꽃처럼…….

냄새를 자각한 순간, 갑자기 맹렬한 기세로 졸음기가 덮쳐들었다.

마음 편안한 내음과 달리 명백히 부자연스러운 졸음기였기에 사고가 경종을 울린다.

"오, 잠들기 전에 눈치챘구나."

"네…… 녀석……."

즉각 목에 걸어 둔 도구 주머니를 쥐어 잡았지만, 경종을 울리던 사고마저도 마치 벌레가 파먹는 듯 차차 허물어졌다.

안간힘을 다해 뜬 눈으로 마지막에 본 광경은 마차 창문에 얼굴을 비추고 조소하는 흑발 남자의 모습.

"뭐, 눈치챘어도 이미 늦었지만 말이야."

어둡게 웃는 얼굴로 비웃는 목소리가 죽기 살기로 부여잡으려고 했던 의식을 빼앗아 갔다.

☆

"과연 백금화군, 미나리스의 독도 꽤 빨리 빠지겠어."

미스릴과 금의 합금, 백금화.

일반 금속 갑옷에 대략 열 장만 녹여 섞어도 초급 해독약 수준의 정화 효과를 발휘한다.

평범한 상인이기에 별반 강인한 신체를 갖고 있지 않은 그론드가 짧은 시간이나마 의식을 유지할 수 있었던 까닭은 목에 걸어 둔 도구 주머니의 내용물 덕분이었다.

"……그래, 소중하게 꽉 붙들고 버티라고. 너의 귀하고 귀한 보물이잖냐."

그 주화는 아직 네 손안에 남겨주도록 하마.

그러니까, 아직은 죽지 마라.

절망에 불타는 감촉은 절대로 이딴 수준이 아니니까. 이딴 수준으로 끝낼 순 없으니까.

"자, 그럼 행동을 개시해볼까."

시간은 유한하다. 빠릿빠릿하게 움직이자.

마차를 길가에 대고 마부석에서 내렸다.

미리 상의했던 대로 미나리스와 슈리아는 마부의 목에 칼날을 들이밀고 마차를 멈춰 세웠다.

"자, 너희는 도시로 돌아가든 야생에서 먹고살든 마음대로 해라."

""히이이잉.""

마차에 묶어 두는 마구를 풀어서 말을 숲에 놓아줬다.

그렇게 한 뒤에 남은 것은 그론드의 수중에 남아 있었던 상품 몇몇과 돈이 가득 담긴 도구 주머니.

마차까지 통째로 둥글 주머니에 수납하고, 직원들이 잔뜩 타 있는 마차의 곁으로 다가갔다.

"미나리스, 슈리아. 마부는 짐칸에 들여 보냈어?"

"네, 주인님." "네네, 문제없어요."

"어디 보자, 그러면 후딱 이동해볼까."

나는 자리가 빈 마부석에 올라탔다.

그리고 미나리스와 슈리아도 마차 뒤쪽으로 돌아가려고 했을 때 문젯거리가 발생했다.

"앗, 이보세요. 도망치면 안 된다고요."

"끄아아아아아악!!"

"시간만 아까우니까 귀찮은 짓은 삼가주시겠습니까?"

"그, 그만, 카아아아아아!!"

생각 없이 도망치려고 한 자를 두 사람이 마차에 도로 욱여넣었다.

뭐, 살짝 손목을 부러뜨린다거나 발목을 부러뜨린다거나 거친 수단이기는 했지만.

"이 녀석들, 벌써 들뜨지 마라."

"네. 알겠습니다, 주인님." "네네, 알겠어요~."

아이고, 언제부턴가 대답만 잘하는구나. 이 녀석들.

끙, 어쩐담. 이 마차, 나중에 팔아먹을 계획이었는데 피가 묻어버렸잖아.

……나도 별로 엄하게 말할 수 있는 입장은 아니다만.

"자, 안으로 돌아가라."

"크헉?!"

마차는 전형적인 포장마차인지라 앞과 뒤밖에 빠져나갈 통로가 없다.

뒤쪽은 미나리스와 슈리아가 지키고 돌려보내니까 앞쪽으로 나가겠다는 생각이라도 한 걸까.

그렇다면 기막힐 만큼 너무 단순하잖아.

“아, 실수. 힘이 너무 들어갔어.”

도망치려고 하기에 주먹을 뒤로 휘둘러 얼굴을 때린 남자는 안면이 함몰돼서 코피를 줄줄 흘렸다.

끙, 어쩐담. 또 핏자국이 늘었잖아.

“칫, 너희도 좀 얌전하게 따라와줘라.”

내가 말이야, 들떠 오르는 감정을 단속하는 게 아주 고역이야.

자잘한 힘 조절까지 신경 쓸 여유가 전혀 없다고.

“자, 출발하자.”

“네, 가시죠.” “출발이어요.”

마차에 맨 말을 채찍질해서 그론드가 잠들어 있는 마차만 남긴 채 달리게 했다.

기분은, 음, 하멜른의 피리 부는 사나이일까.

동화 속 남자는 약속을 어긴 마을 사람들에게 복수하고자 많은 아이를 데리고 떠나갔다.

그리고 지금 나는 분별이 되지 않는 꼬마(쓰레기)들을 데리고 이동 중이다.

약속을 어기고 배반했던 부모(그론드)의 수중에서 빼앗기 위해.

뭐, 이 녀석들은 별로 가치가 있는 상대가 아닐 테니까 그놈에게 아이에 해당하는 대상은 마차에 실어 둔 금화겠지만.

“맞아, 피리는 없어도 콧노래쯤은 불러도 좋겠네.”

이런 때 부르려면 어떤 노래가 좋을까.

뭐, 어차피 깊은 의미도 없고 대충 골라보자.

"흥, 흐흥~ 흥흥~."

덜컹덜컹 울리는 마차 소리와 콧노래가 어두운 가도에 울려 퍼졌다.

"잘 왔다, 우리가 만들어 낸 무대에."

구가도의 중간에 마차를 멈춰서 또 말을 숲에 돌려보내고 마차 안쪽의 쓰레기들을 꺼낸 뒤 마차는 둥글 주머니에 수납했다.

그렇게 짐승 다니는 길로 잘 위장해 놓은 경로를 따라 부지런히 미리 준비한 무대까지 데리고 왔다.

"음, 아니다, 아직 완성은 안 됐으니까 잘 왔다고 말하기에는 조금 빨랐네."

그곳은 그론드를 끝장내기 위해 준비를 갖춘 무대.

가증스럽게도『학교』를 빙자하여 시설을 건설했던 장소.

살짝 트인 지형이기는 한데 그론드가 손보기 이전이라서 별로 넓지는 않다.

우리가 판 구덩이도 있는 까닭에 데려온 서른 명을 쭉 세우자 제법 비좁은 느낌이었다.

최종적으로 완성된 구덩이는 지금은 나무판자로 덮어 놓았다.

이후에 그론드를 피의 축제에 올릴 무대로서는 적잖이 살풍경한 광경이었다.

뭐, 이곳을 이대로 둬도 나름 어울리는 무대일 순 있겠지만, 너무

수수해서 내 취향은 아니다.

복수 겸사겸사 장식도 할 수 있다면 일석이조잖아?

"이, 이 장소는 대체……. 당신들, 무엇이 목적입니까."

"응?"

앞서 나온 인물은 제법 나이가 든 할멈이었다.

착용한 옷이 여행 때문에 경장이어서 인상은 살짝 바뀌었지만, 아마 페그너와 함께 메이드를 통솔하는 역할을 맡았던 인물이다.

입술을 잔뜩 부들거리며 말하는 모습을 보아 이곳이 어떤 장소인가 아는 눈치였다.

"뭐가 목적이냐고? 흠, 하나는 조금 수수하니까 장식을 하려고. 봐라, 여기가 좀 살풍경하잖냐?"

나는 마침 적당한 크기의 바위에 걸터앉고는 다리를 꼬은 채 말을 시작했다.

"또 하나는 더욱 깊은 절망을 선사하려면 그론드가 죽기 살기로 이리저리 도망 다니며 공포를 맛볼 시간을 줘야 하니까. 그리고 마지막은……."

피식, 저절로 웃음이 새어 나왔다.

"너희들도 절망하면서 죽기를 바라기 때문이다."

『흑!!』『으윽, 우웨에에에엑!!』『아, 아아, 아아아아.』

딱히 전투의 수단으로 다룰 때처럼 살의를 흩뿌린 게 아니었다.

다만 겨우겨우 단속하고 있었던 감정의 족쇄를 풀어냈을 뿐.

의식하지 않고자 했던『증오』의 감정을 겉면에 드러냈을 뿐이다.

"와아, 이 정도로 기절해버리네요."

"뭐, 기본적으로 도시 안에서 우쭐거리는 짓밖에 할 줄 모르는 버러지니까요. 이런, 여기는 잠자는 곳이 아니랍니다."

"카악?!" "흐윽?!"

미나리스가 기절한 녀석들의 손가락 관절을 깨어날 때까지 하나하나 정성들여 부서뜨렸다.

"자, 밤은 짧잖아. 이제부터 이름 부르는 녀석은 앞으로 나와라."

"이번에는 지시한 대로 따라주세요. 애꿎은 대상을 망가뜨리는 짓은 되도록 하지 말자는 방침이니까요."

우후후, 미나리스가 웃었다.

"부른다? 오로우리, 레디아, 아들런, 시비, 보디, 주드, 모니카……."

내가 활활 타오르는 불 속에서 마음에 직접 나이프로 각인하며 기억한 이름이다.

아이들을 약에 중독시켰던 버러지들.

내 입에서 쏟아지는 이름 하나하나가 마치 저주와 같았다.

미나리스가 겁을 준 덕분일까. 이름을 부를 때마다 한 사람, 또 한 사람이 앞쪽으로 나섰다. 당연히 감정으로 확인도 잊지 않는다.

호명한 인물은 전부 스물한 명.

첫 번째 때에 만났던 기억이 있는 얼굴도 드문드문.

"좋아, 나머지는 알아서 해라. 방해만 안 한다면 여기에 남아 있든 떠나든 마음대로 해도 상관하지 않겠어. 용무가 있는 것은 이 녀석들뿐이니까."

"어?" "아, 아앗?"

이름을 불리지 않은 집단에서 곤혹스러워하는 분위기가 전해졌지만, 저 녀석들은 이미 쓰레기보다 아무래도 상관없었다.

구경하든 도망치든 알아서 할 테지.

“그럼 너희들, 일단 말이야. ……무릎부터 꿇을까?”

이 녀석들은 말의 의미를 이해할 필요가 없다.

알아서 행동하기에 앞서 우리가 실행에 옮겼으니까.

“흐갸아아아아아아악?!” “아파아아아아아아아아!!” “끄아아아아?! 아, 아파아아아아앗!!”

나와 미나리스와 슈리아.

셋이 던진 나이프가 버러지들의 다리를 베어 갈랐다.

“아하하핫, 정말이지 자기 아픔에는 약한 녀석들이라니까.”

기분이 좋다. 조금이나마 귓속에 달라붙은 아이들의 비명 소리에 덧쓰이는 듯한 기분이다.

“히, 히이이이이익!!” “아, 사, 살려줘어어어어!!” “아, 아아아아.”

알아서 하라고 놔둔 집단은 절반이 살짝 튄 피에 화들짝 놀라 도망쳤고, 나머지 절반은 온몸의 힘이 빠져 제자리에 멍하니 주저앉았다.

“어머나, 참 꼴사납네요.”

“어쩔 수 없어요. 분명히 도시 안에서나 우쭐거리며 다녔을 뿐 이렇다 할 위기를 겪은 적도 없을 거예요. 그게 아니라면 이렇게 살짝 피 좀 봤다고 놀라지는 않는걸요.”

어이없어하며 말하는 미나리스와 슈리아.

살짝의 기준이 보통과는 좀 다른 감은 든다만, 뭐, 맞는 말이잖아.

“자, 쓸데없는 말 늘어놓지 말고 장식을 시작하자.”

“그러게요, 이제 시작하죠.”

“빨리빨리 해치워요.”

지면에 나동그라진 쓰레기들의 다리를 밧줄로 결박해서 마침 구덩이의 건너편에 쭉 늘어서 있는 나무의 가지에다가 매달았다.

몇 분 지나지 않아서 멋진 상태로 무대를 올릴 준비가 갖춰졌다.

“이런 짓을 저지르다니, 도대체 무엇을 어쩔 작정입니까?”

“어이구, 성깔이 좀 돌아왔네? 역시 연륜은 헛것이 아닌가 봐.”

엄한 시선과 함께 방금 전 할멈 메이드가 소리 높였다.

다친 다리를 묶어 거꾸로 매달아서 꽤 아플 텐데도 식은땀을 흘리는 정도밖에 태도로 드러내지 않는 할멈을 칭찬해줘야 할까.

실제로 주위에 매달아 둔 다른 녀석들은 흐느끼거나 신음을 흘리는 등 제대로 대화를 할 만한 상태가 아니었다.

“어떤 원한을 갖고 있는지 모르겠습니다만, 저희를 채찍질이라도 하면서 즐길 작정입니까? 당신들이 방금 전 놓아준 사람들이 원군을 불러올 수도 있을 텐데요? 그렇게 되면 당신들이 반대로 채찍질을 당하게 될 겁니다.”

“이런, 이봐, 스스로도 설득력이 없는 줄 안다면 연기라도 좀 잘 해야 하지 않겠어?”

도망친 녀석들도 일단은 그론드의 일당이다.

뇌물을 써서 막 거액의 탈세를 저질렀던 훌륭한 범죄자 제군들이다.

그런 녀석들이 데려올 수 있는 원군이라? 우습군.

“뭐, 애당초 도망쳤던 녀석들이 원군을 데려와 돕겠다는 생각을 갖고는 있나 의문이다만.”

"무리여요. 이놈이고 저놈이고 겁쟁이만 잔뜩이어요."

"그렇겠죠. 그만한 기개가 있었다면 애당초 이런 사태는 안 벌어졌겠죠. 배수구에 쌓인 진흙 이하의 존재입니다."

"싹 죽여버려도 괜찮았겠지만……. 이번에는 관계없는 게 거의 확실하니까. 우리가 직접 손을 쓰는 건 신조에 어긋난다는 거지."

나는 가볍게 어깨를 으쓱거리고 시선을 되돌렸다.

"그나저나, 뭐? 채찍질? 아하하, 무슨 소리야. 아무러면 그렇게 관대한 처벌로 끝내줄 리가 없잖아? 안 그래?"

"흑!!"

안심할 수 있게 미소 지어서 쓸데없는 소리를 하는 저 입을 다물게 했다.

"확실히 시간 제약은 있어. 이다음은 그론드를 죽일 시간도 필요하거든. 너희에게 썩 많은 수고를 들일 짬은 안 난다고. 그래도 말이야."

천천히 타이르는 말투로, 속삭이는 말투로.

"그렇다고 네 녀석들에게 할 복수를 대충 끝낼 생각은 티끌만큼도 없다."

내가 그렇게 말하면서 꺼낸 물건은 끝이 뾰족하고 안쪽은 비어 있는 금속제 말뚝.

두꺼운 매직펜 정도 길이의 말뚝은 투박한 모양새에 더하여 표면을 줄칼처럼 들쭉날쭉하게 가공했다.

"너희 다리에 이 녀석을 박아 넣는다. 출혈이 치사량에 달할 때까지 길어 봤자 한 시간쯤? 자기 몸에서 피가 뚝뚝 떨어지는 감촉을 느끼면서, 공포에 울부짖으면서 죽어버려라."

치켜 올라가는 입꼬리가 점점 추하게 일그러지는 것을 알 수 있었다.

"힉?! 제정신이 아니야……! 도대체 뭐야, 너……."

제정신이 아니다? 두 번째 세계가 시작된 이후 도대체 몇 번을 들은 말인가.

그래도 뭐, 비정상이라고 말할 테면 말해라.

결국 저지를 행동은 바뀌지 않을 테니까.

"변태 성욕자가 할 말은 아니군. 그 나이에 어린아이가 아니면 흥미를 못 가진다니, 이보다 더 역겨울 수가 있겠어?"

"으윽, 그런 사실까지……."

"게다가, 너희는 무척 부드럽게, 너그럽게 대우해주고 있잖아?"

유감스럽게도 이곳에 있는 인물들은 목록에 이름이 올랐을 뿐. 첫 번째 때 불타는 학교 건물 안에서 읽은 페그너의 일지에 남은 기록으로 이 녀석들이 무슨 짓을 저질렀는지는 유추할 수밖에 없다.

이번 세계에서는 첫 번째 때 구체적으로 이 녀석들이 어떻게 관련되었었는지, 거기까지는 역시 알아낼 길이 없었다. 그러니까 혹시 만에 하나라도 이 가운데 아이들에게 해를 끼치지 않은 인물이 있을 가능성만큼 아주 조금만 손을 약하게 쓴다.

뭐, 설령 그런 놈이 섞여 있을지라도 다른 부문에서 이미 민폐를 잔뜩 끼치고 다녔을 쓰레기니까 티끌만큼도 가슴 아프지 않다만.

"너희가 죽을 때까지 나는 비웃으면서 너희를 지켜봐주마. 욕설을 쏟아부어도 좋아. 목숨을 구걸해도 좋아. 기도를 올려도 좋아. 아무런 방해도 않은 채 단지 비웃고 들어주겠다."

"그, 그게 어디가 너그럽다는 겁니까?!"

한 사람이 쩍쩍 갈라지는 목소리로 소리치기에 친절하게 답변해줬다.

"무슨 소리야, 마지막 최후의 순간까지 너희는 본인 의지로 말을 늘어놓을 수 있잖아. 그것만으로도 넘치도록 양보한 건데?"

"그, 그럴 수가, 어떻게 그런……. 윽, 끄아아아!!"

"에잇, 아까부터 쫑알쫑알 시끄럽거든요?"

기다리다 지친 슈리아가 손에 든 말뚝을 그 녀석에게 박아 넣었다.

"앗, 역시 이런 목소리가 훨씬 더 멋져요."

"이 녀석, 아직 이야기는 도중이잖아."

"이제는 슬슬 슈리아도 인내심의 한계란 말이에요!! 안 그래도 이번에는 머리 아픈 이야기만 잔뜩이었는걸요. 아픈 건 제법 좋아하지만, 그렇게 아픈 건 조금 다르다고요!!"

펄펄 화내며 슈리아가 두 개의 말뚝을 추가로 또 박아 넣었다.

"흐극, 그, 그만, 아파아아아아아!"

"어머, 슈리아도 참. 참을성이 없는 아이라니까요."

"흐갸아앗?! 끄, 끄흑, 아아악!! 이, 이제 그먄……. 끅, 으흑."

"……그러는 너도 벌써 한 녀석 마무리 지었잖아."

"어머나, 언제 이렇게♪ 정말 신기하네요……. 우후후, 우후후후후."

"흐그으으으으, 끄앗, 휘저, 휘젓지 마아아아아앗!!"

비웃음을 머금은 채 천연덕스러운 대사를 늘어놓은 미나리스는 여섯 번째 말뚝을 박아 넣고는 꾹꾹 움직였다.

"이렇게까지 대놓고 저지르면 화낼 기운도 안 드는구나."

"어서, 어서요. 주인님도 빨리 같이 즐기시죠! 빨리 안 하면 저와 슈리아가 전부 끝내버린다고요?"

"흠, 그렇군. 나도 슬슬 손을 움직여볼까. 그나저나 미나리스, 그렇게 꽉꽉 움직이는 짓은 관둬라. 통증 때문에 반쯤 기절했잖아."

"꺼흑, 카아아아악?! 끄극, 끄으우워어어어어!!"

미나리스에게 주의를 주며 시간도 없는지라 나 역시 쑥쑥 말뚝을 박아 넣었다.

"어머, 조심해야겠네요. 아무래도 통각이 둔한 고블린으로 시험했던 때의 감각이 떨어지질 않아요……."

"흐극, 아퍄, 아퍄아, 멈춰어어!!"

"후훗, 흥♪ 미나리스 씨도 의외로 덜렁이네요."

"카아아아아아아악! 아퍄, 끄아아아아?!"

"자, 겨우 네 개다. 한 사람당 여섯 개씩이니까 아직 두 개 남았거든?"

"아파아아파아아아파아아아아아아!! 이제 용서해줘어어어어!!"

차차 피 냄새가 감도는 공기.

그리고 울려 퍼지는 비명, 비명, 비명.

거듭 터져 나와서 더욱 깊숙이, 더욱 무겁게, 밤의 숲에 메아리친다.

"네가 마지막이구나."

"히익?! 오, 오지 마! 오지마오지마오지마아아앗!!"

별로 순서를 노리지는 않았다만, 마지막에 남은 녀석은 첫 번째 세계에서 내가 죽인 남자였다.

아이들의 임종을 멀리서 관찰했던 남자.

"이, 이놈, 아, 악마 놈!! 내가 무슨 짓을 했다는 거냐아앗!! 그냥 좀, 여자를 데리고 놀았던 게 전부잖아아!!"

"그래, 강제로 약을 먹여서 저항하지 못 하게 만든 상대를 말이지. ……정말 구토가 난다니까."

일단 하나.

"카아아아아아아아아아아아아아아악!!"

콱, 콰콱, 말뚝이 살점에 파고드는 감각과 고통에 일그러지는 남자의 얼굴.

첫 번째 때는 분노를 주체하지 못하고 숯덩이로 만들어버렸다. 고통을 줄 틈도 없이 한순간에 목숨을 빼앗아버렸다.

"자, 그러면, 두 번째를 박아보실까."

이제 두 개.

"끄극?! 끄아아악!!"

"뭐, 어쨌든 구역질이 난다는 건 확실하지만, 나에게 그딴 건 아무래도 상관없거든."

세 개.

"흐갸아아아!! 카아악?!"

"유감스럽게도 네가 저질렀던 짓을 깨닫게 해줄 방법이 나에게는 없지만 말이야."

네 개.

"아파아아앗!! 끄으아아아아아아아아아?!"

"나는, 기억한다. 기억한다고. 무엇 하나도, 없었던 일로 흘려보내게 두지 않는다. 전부, 전부, 전부 다, 너희의 모든 짓거리를 내가 용서하지 않는다!!"

다섯 개.

"이제, 그마, 그마아……! 끄으으으으윽?!"

손에 남은 말뚝은 마지막 하나.

그러니까 마지막은 자애와 비슷한 최고의 미소로.

"누, 누갸, 사려줘어어어……."

"원통하게 죽은 아이들처럼, 이 지옥의 구렁텅이에서 죽어버려라."

가만히 웃고 나락의 밑바닥으로 밀어 떨어뜨린다.

그리고 최후의 하나를 놈의 다리에 박아 넣었다.

"카아아아아아아아아아……!!"

"하핫, 하하핫, 아하하하하하하핫!!"

쭈글쭈글 고통에 일그러지는 추한 낯짝.

줄줄 흘러서 떨어지는 피가 더러운 눈물과 한데 섞여서 지면을 살짝 더럽혔다.

"아파아앗!! 웃기지 마라아! 도대체 내가 누구인 줄 알고 하는 짓이냐! 놔라아아아앗!!"

"아, 아, 아, 피가, 끄으, 으윽, 멈춰, 멈추란 말야……!"

"끄아아아, 아파하아아아, 우웨에엑!!"

"잘못했어요, 잘못했어요, 잘못했어요! 사과할 테니까, 뭐든 다 할 테니까, 용서해줘요!! 꺄아아아아아아아아?!"

"싫어, 싫어, 싫어! 벌써 죽고 싶지 않아!! 누가 살려줘……. 훌쩍, 흐흑, 이제 나쁜 짓은 안 할 테니까, 아픈 거 싫어, 죽고 싶지 않아아……. 으흐윽……."

드디어 전원의 준비 작업이 끝났을 무렵에는 이것만으로도 제법 봐줄 만한 구경거리가 됐다.

"응, 좋아. 역시 미나리스야. 제대로 독 기운도 돌고 있군."

"감사합니다, 주인님."

말뚝에는 언제나처럼 미나리스가 손수 만든 독을 발랐다. 마치 파도처럼 통각을 예민화시켰다가 둔감하게 만들고, 둔화시켰다가 또 예민화시키기를 반복하는 독이다.

아픔과 공포.

두 가지 감각을 남김없이 맛본 다음에야 죽을 수 있다.

그리고 뚝뚝 방울져 떨어지는 피는 모래가 조금씩 떨어지는 것처럼 천천히 목숨을 앗아 간다.

고통의 비명과 공포의 비명이 한데 뒤섞여 주변에 울려 퍼졌다.

"그래, 더 부르짖어라. 아주 짧은 시간이나마 아이들이 느꼈던 절망의 단편을 맛봐라."

아우성치고, 울고, 꼴사납게 겁에 질려서 죽고 싶지 않다며 부르짖다가.

"……무엇 하나도 이루지 못한 채 죽어버려라."

그 부르짖음을 용납해주는 것이 내가 너희에게 베풀 수 있는 아주 조그만 자비이니까.

☆

"으윽, 크, 이게 뭔 일이지……?"

휘잉, 문득 불어드는 바람에 나는 몸을 떨면서 깨어났다. 어질거리는 머리를 부여잡고 천천히 몸을 일으켰다.

주위를 둘러보면 이곳은 마차의 안.

"이곳은……. 맞다, 약 냄새를 맡고……! 아!!"

점점 사고가 윤곽을 되찾음에 따라 허둥지둥 일어나 마차에서 기어 나왔지만, 내가 바라는 것은 이미 사라졌다.

"아, 아, 아, 아아아아아아아아아아아아악!! 버러지들, 끄아아아아아아아아아아아아!!"

없다, 없다, 없다!!

나의, 그론드 상회의 재산을 실은 마차가, 어디에도 없다!!

주위를 둘러보면 남은 것은 방금 전까지 막 기절해 있었던 마차와 거기에 매여 있는 말뿐.

"제기랄, 제기랄, 제기랄!! 아아아악!! 왜 전부가 나의 앞길을 방해한단 말인가아아앗!!"

경위도 수단도 상황도 무엇 하나도 명백하게 드러난 게 없지만, 내 돈을 빼앗겼다는 사실만은 알 수 있었다.

무일푼.

그런, 무엇보다도 꺼림칙한 말이 뇌리에 떠올랐다.

"끄아, 아앗, 이런, 이런 일이……!!"

스멀스멀 배어나서 내려앉은 캄캄한 어둠.

도대체 언제부터? 어디에서 어떤 단추를 잘못 끼워버렸던가. 어두운 바닥으로, 막막한 바닥으로 자꾸만 깊이 가라앉는 기분이다.

"으으으윽, 어째서냐, 어째서, 어째서 이렇게 됐나…!!"

아무리 뿌리쳐도 떨칠 수 없는 어둠이 캄캄한 눈 아래에서 비웃는 아찔한 감각…….

"크, 아니, 괜찮다. 내게는, 내게는 아직 이 돈이 있다!"

꽉, 목에 건 도구 주머니를 잡아 쥐었다.

아마도 내가 지금 살아 있는 이유는 이것 덕분이리라.

그 달콤한 꽃 냄새 같았던 향. 독을 다루는 마법을 사용했겠지만, 어쨌든 목숨만큼은 건졌다.

게다가 이 안에 들어 있는 액수만 쳐도 변변찮은 상회의 총 자산을 넘어서는 큰 금액이었다.

일단 냉정하게, 지금은 무사히 제국에 도착하자는 목표만 따라 움직이도록 하자.

"……쓰읍, 하. 어째서 내가 마부 노릇이나 해야 하는가……."

깊이 숨을 들이마셨다가 내뱉어 차분한 마음가짐을 되찾고 서둘러 마부석에 앉았다.

마차를 몰았던 경험은 물론 없지만, 기술에 대한 약간의 지식은 있다.

본래 마차를 버려 둔 채 말을 타고 이동하는 게 타당하겠지만 지식만 갖고 승마는 위험하다.

"달려라, 짐말 녀석들!!"

"『『히히이이잉?!』』"

감정에 휩쓸려 필요 이상으로 세게 휘두른 채찍이 말의 등을 때리자 마차가 다시 달린다.

조급해지는 마음과 함께 마차는 덜컹덜컹 소리를 울리며 길을 나아갔다.

힐끔 하늘을 올려다보면 달이 밝게 빛나고 있었다.

"쳇, 도시에서 조금 더 떨어지면 쉴 계획이었다만, 이리된 이상 숙소가 있는 곳까지 쭉 달려가는 편이 낫겠군."

이 마차 한 대라면 다소는 무리해도 문제없다.

본의 아니게 수면을 취한 까닭일까, 혹은 분노 때문일까. 어쨌든 신기하게도 졸음은 느껴지지 않았다.

살짝 취한 듯 흥분을 느끼며 오로지 채찍을 휘둘렀다.

그때였다.

"『『『뀨루루, 삐삣!!』』』"

"아니?! 마물 떼인가?!"

꽉꽉 힘주어 연주하는 듯한 울음소리에 맞춰 마물이 가도에 뛰어들었다.

특징적인 물색의 반투명 보디를 지닌 마물.

"『『히히잉!!』』"

"스, 슬라임! 어째서 이런 곳에……."

놀라서 말이 다리를 멈추고 마차도 이동을 멈췄다.

그러나 그런 의문의 대답을 찾을 여유는 없었다.

"『부히히힝?! 히긱.』" "『히히잉……!』"

"아니, 잠깐!! 큭, 제기랄!!"

내가 어떻게 손쓸 틈조차 없이 슬라임 집단이 말에게 덮쳐들었다.

마차에 묶여 움직일 수 없었던 말은 이렇다 할 저항도 하지 못한 채 놈들의 젤 형상 몸에 감싸였다.

쭈와아아아아아아앗, 살점 녹아드는 소리와 함께 연기가 피어오른다.

서둘러 마부석에서 뛰어내린 나는 숲속으로 헤치고 들어갔다.

슬라임이라는 마물은 가름 및 고블린, 오크 따위의 마물과는 다르다.

놈들에게 만복이라는 개념은 없다.

마차를 끄는 말을 먹은 다음은 틀림없이 또 나를 덮칠 것이다.

아무튼 지금 가능한 한 멀리 달아나야 한다.

그러나 불운에는 불운이 겹치는 법이라던가.

"『뀨삐라앗!』"

"또 슬라임이라고?!"

절망적인 기분에 휩싸이며 서둘러 이동 방향을 바꿔 마물에게서 도망쳤다.

"헉, 허억, 제길, 제길, 제기라아아아아아아알!!"

초조, 분노, 당황, 의문, 곤혹, 짜증.

꺼칠꺼칠한 초목이 무성하게 자란 숲속에서 잇따라 솟아오르는 감정을 토해 내고자 소리 지르며 달음박질쳤다.

"허억, 흡, 하하, 나는, 내가, 그론드 상회의, 회주란, 말이다……!"

도대체 얼마나 내내 달렸을까.

나무 그늘에 몸을 숨기다가 마물이 나타나면 또 도망치고자 달려 나간다.

그러기를 거듭하는 동안에 숲의 꽤 깊숙한 위치까지 내몰리고 말았다.

평소의 운동 부족 때문에 탈이 나서 숨은 한껏 차올랐고 다리는 비명을 지른다.

"제기랄, 빌어먹을, 놈들!"

그리고 또다시 나무줄기에 등을 기댄 채 주위에서 몸을 숨겼다.

슬라임은 들었던 얘기와 달리 다리가 많이 느렸다. 서둘러 달리면 어떻게든 뿌리칠 수 있는 속도였다.

막다른 길이랄 게 없는 숲속이었던 데다가 달빛이 밝은 밤이었던 덕택에 어떻게든 도망쳐 다닐 수 있었다.

그러나 숲에는 마물이 많기 때문인가, 혹은 동일 개체가 모종의 방법을 써서 추적하고 있는가 알 수 없지만, 뿌리치고 뿌리쳐도 슬라임은 또 나타났다.

"『삐끼기이잇!!』"

"큭, 에잇!! 어째서 슬라임이 이리도 많나!!"

그러나 쉴 틈을 허락하지 않고 또다시 슬라임이 모습을 드러낸다.

"흐, 흣, 흐, 흐."

슬라임의 기척이 멀어졌을 때 신음하듯 숨을 들이마시며 관목 뒤에서 몸을 낮췄다.

"헉, 흐읍, 헉, 흐읍."

'어찌한다……? 이대로 가면 언젠가…….'

잠시간의 휴식에 호흡을 가다듬으면서도 조바심과 공포 때문에 신경이 바짝바짝 타오르는 기분이었다.

이제 와서 급하게 숲에 뛰어들었던 행동이 후회됐다.

숲속은 마물들의 영역이다. 똑같이 도망치더라도 정비되지 않은 구가도가 차라리 숲속보다는 더욱 도망치기에 수월했다.

"음, 저 연기는……. 모험가인가?"

문득 하늘을 올려다봤을 때 나무들 틈 사이로 피어오르는 연기가 보였다.

그야말로 하늘의 도우심이다!!

반사적으로 벌떡 일어서서 나는 달음박질쳤다.

"『뀨삣삐이잇?』"

"큭, 또 슬라임인가!!"

그렇게 내몰려서 연기 피어오르는 장소를 향해 달렸다.

달린다, 달린다, 달린다.

그리고 드디어 숲의 공터가 살짝 보였다.

'저곳, 저곳까지 가면……!'

뒤얽힐 뻔한 다리를 죽기 살기로 움직여서 저곳을 목표로…….

"사, 살려주……! 헉, 앗?!"

뛰어든 곳에서 본 광경은 말로 표현하기도 꺼려질 만큼 참혹했다.

일단 눈에 들어온 것은 정면 안쪽에 있는 커다란 구덩이에서 번쩍 번쩍 불타오르는 화톳불.

구덩이의 가장자리를 따라서 피어오르는 불이 딱딱 소리를 내며 연기를 내고 있었다.

그리고 그 불에 비추이는 것은 십수 명의 시체였다.

공포와 고통에 짓눌린 표정과 몸에 박힌 말뚝.

나무에 거꾸로 매달린 시체에서 방울져 떨어지는 피가 지면에 검붉은 바다를 만들어 냈다.

소름 끼치는 시체의 수와 피 냄새.

이미 악취미를 넘어서 비현실적인 광경이었다.

"아니?! 무슨, 아…… 아아……?"

"……이봐, 너는 도대체 누구에게 살려달라 말할 셈이지?"

"헉?!"

오싹, 배 속 깊숙한 곳을 거머쥐는 듯 어둡게 울려 퍼지는 속삭임.

세차게 고개 돌려서 본 그곳에는 무감정한 웃음을 지은 채 한 자루의 검을 치켜든 흑발 남자의 모습이 있었다.

"떠올려라, 너를 살려줄 놈따윈 이곳에는 이미 없으니까."

"자, 잠까아아아아아아아아아아안?!"

휘둘러지는 검이 깊숙이 가슴에 틀어박혔다.

"끄아아아아아아악! 머리가! 끄으으윽. 이게, 뭐냐! 나는, 너는, 용사? 아니, 용사는 궁지에 몰아넣었다고 연락이! 어째서? 페그너는? 왕국과 제국에서 세금 면제를 받을 협약이……. 아니, 아니, 아니다! 나는 제국으로 도망치……. 카아아아아아아아아아아아?!"

☆

내 앞에서 그론드가 비명을 질러 댄다.

꽂아 박은 【팔목(八目)의 투본검(透本劍)】이 그론드의 기억을 되돌린 다음 허공에 녹아들듯 사라져 갔다.

"아아, 헉, 허억, 헉."

머리를 쥐어 잡고 허물어지며 그론드가 무릎 꿇었다.

"……."

"네놈……. 나에게 무슨 짓을 했지! 이 상황은 뭐지!!"

아득, 세게 사리무는 이빨 소리가 들릴 만큼 사나운 낯짝으로 그론드가 나를 노려본다.

"대답해라!! 용사아아아아아아아아아아앗!!"

쏟아 내는 노성이 부자연스럽도록 쥐 죽은 듯이 고요한 숲에 울려 퍼졌다.

"큭, 크크큭."

이쪽을 올려다보는 그론드의 눈빛에는 현 상황에 대한 당혹감은 있어도 나의 적의에 대한 당혹감은 이제 사라졌다.

"그래, 반갑다. 아주 반갑다, 그론드!! 줄곧, 줄곧, 줄곧, 쭈우우욱!! 만나고 싶어서 만나고 싶어서 만나고 싶어서 못 견딜 지경이었다고! 알겠냐? 알겠냐! 알겠냐고오오오오오!!"

보고 싶었다, 만나고 싶었다.

주체할 수가 없도록, 주체할 수가 없도록.

"아하하하하하핫!! 수없이 수없이 수없이 수없이 꿈꿨다! 애타서 애타서 애타서 애타서 주체할 수가 없도록 애태웠다고!! 드디어 만났다, 드디어 만났어! 아하하하하하하하핫!!"

죽여주마, 죽여주겠다, 죽여버리겠다.

한 조각 구원도, 한 조각의 희망도, 아주 약간의 위안도 닿지 못하게 갈기갈기 찢어발겨서 고통의 바다에 밀어 빠뜨려주마.

"웃지 마라! 제길, 실실거리지 마라, 용사아아아아앗!!"

"이 상황에서 안 웃을 수 있겠냐!! 대체 얼마나 오래도록 이때를 기다린 줄 알기나 해!! 이제 잠시도 한순간도 절대로 참을 수 없어!!

첫 번째 때는 네 무대에서 내가 춤췄지! 이번에는 네가 춤추고 춤추고 또 춤추다가.”

그러니까, 그래, 나는 지금.

“—절망의 나락에서 미쳐 죽어라!!”

너를 최고의 미소로 비웃어줄 테니까.

종장 네 빛깔의 무가치한 묘혈

돈이 부족한 경우는 있어도 돈으로 못 사는 대상은 결코 없었다.

쌓고 또 쌓고 쌓아 올려서 나는 기필코 돈의 탑을 건설해 보이겠다.

이 세계는 누구보다도 높이 돈을 쌓아 올리는 인간만 승자가 될 수 있으니까.

그렇게 나는 이제껏 살아왔다.

그러니까 용사, 네놈은 나의 적이다.

네놈의 지식은 도움이 됐다. 그러나 네놈의 존재 자체가 내 신념을 모욕한다.

돌아가고 싶어, 돌아가고 싶어, 돌아가고 싶어. 언제나 똑같은 말을 늘어놓을 뿐 이 세계를 내려다보고 겉껍데기로 취급한다.

이 세계에 집착하지 않는다, 이 세계의 돈에 집착하지 않는다.

내가 죽기 살기로 긁어모으는 돈의 전부를 부정한다. 마치 가치가 없는 쓰레기인 양 쳐다보지도 않는다.

그런 행동에 내가 느끼는 불쾌함마저 깨닫지 못하는 무신경함이.

강자 특유의 오만함과도 다른, 진정한 의미에서 이 세계의 돈을 대하는 무관심함이.

내 마음에 수없이 수없이 쓰디쓴 진흙을 쏟아부었단 말이다.

……네놈의 바람 따위를 누가 이루어줄까 보냐.

몰아붙이고 또 몰아붙여서 네놈이 우롱했던 돈의 힘으로 굴욕을 맛보여주겠다.

그렇게 길고 긴 시간에 걸쳐 축적된 울화를 풀어낼 때가 왔다.

드디어 바랐던 광경을 목격할 수 있게 되었다.

『……이게, 뭐야. 이게 뭐냐고오오오오오오오오오오오오오오오오오오오오!!』

"크크큭, 와하하하하핫핫!! 꼴사납구나! 용사! 저딴 폐기물들이 그리도 소중한가! 와하하하핫!!"

용사의 비통함 가득 찬 목소리가 울려 퍼지기에 몹시도 흐뭇하다.

어느새 나는 소리를 지르면서 책상을 손으로 퍽퍽 두드리고 있었다.

"그론드 님, 체통을 지키셔야지요."

"어떻게 웃음을 참으라는 건가, 페그너. 봐라, 용사의 저 꼴사나운 모습을!!"

멀리서 현장을 관찰하고 있는 부하에게 들려 보냈던 마도구에서 전송되는 영상.

"크크큭, 지금은 어떤 기분인가? 용사, 완전히 바뀐 꼬마 놈들에게 목숨을 위협받고……. 아주 비참하겠군."

유쾌하고 유쾌해서 못 견디겠다.

더욱, 더욱더 괴로워하는 꼴을 보여줘라, 용사!!

"흐흐, 유쾌하군. 정말로 유쾌해서 못 견디겠군!!"

잠시 후 버리는 말로 보냈던 부하가 용사에게 살해당하는 동시에 마도구가 전달해주는 영상도 두절됐다.

"네놈의 잘못이다, 용사. 크크크, 와하하하핫!"

전부가 계획대로.

결국 폐기물들을 써서 죽이자는 목적은 못 이뤘지만 조금 전 영상만으로 충분했다.

어쨌든 간에 머지않아 용사는 개죽음을 못 면한다.

분명 용사는 강대한 힘을 갖고 있지만, 마왕과 달리 개인일 뿐 세력을 보유한 게 아니었다.

게다가 어째서인지 이상할 만큼 까닭도 없이 용사를 혐오하는 왕녀가 머지않아 용사를 죽일 것이다.

"아니, 지금은 이미 용사가 아닌 마왕이었던가. 오늘 밤은 술맛이 아주 좋겠군. 와하하하하하……."

진심으로 우러나오는 웃음은 이리도 기분 흡족할 수가 없었다.

이상을 운운하는 교만한 강자를 돈의 힘으로 굴복시켰다. 못 견디게 끝내주는 순간이었다.

그렇게 흰빛을 띤 회색으로 물들어 가는 기억이 나의 내면에 동화된다.

알 수 있었다. 이 기억은 절대 가짜가 아니다.

아니, 가짜일 가능성은 완전하게 부정할 수 없다. 그러나 이상하게도 순응하게 된다. 흡사 마음을 박박 긁어내는 불쾌감.

그리고 지금 눈앞에는 우스워서 못 견디겠다며 거듭거듭 웃음소리를 내고, 오싹거리는 눈으로 내려다보며 비웃고 있는 인물이.

"이번에는 네가 춤추고 춤추고 또 춤추다가. —절망의 나락에서 미쳐 죽어라!!"

……용사의 모습이 있었다.

☆

"웃지 마라, 웃지 말래도! 네놈, 도대체 무슨 속셈이냐!! 이게 무슨 기억인가!!"

"시끄럽다, 돼지 자식아."

"끄아아악?!"

"아하하핫, 꼴사납구나. 그론드."

내가 그론드를 가볍게 차서 굴리자 맥없이 꼴사납게 나동그라진다.

온몸이 땀투성이인 데다 어두컴컴한 숲속을 다짜고짜 달려 다녔던 탓에 옷은 먼지와 흙이 묻어서 더러워졌다.

오늘 이날, 이곳에 이를 때까지 차근차근 괴롭힌 보람이 있다.

마치 병자처럼 볼은 홀쭉해졌고 눈은 움푹 파였다.

그 모습은 기묘하게도 최후에 봤던 고아원 아이들의 모습과 닮아 있었다.

"허억, 끅, 그, 기분 나쁜 웃음을 집어치워라, 버러지야!!"

"왜 이리 꿀꿀대나. 오히려 지금 너에게 딱 어울리는 표현 아닌가?"

"시끄럽다, 시끄럽다, 시끄럽다! 먼저 대답해라, 빌어먹을 놈!! 뭐냐, 이 기억은! 뭐냐, 뭐냔 말이다, 이 상황은!! 그러니까 그 메스꺼운 웃음을 집어치워라, 용사아아아아!!"

괴로이 머리를 부여잡은 채 그론드는 부릅뜬 눈을 이쪽으로 향하고 있다.

그론드의 고함이 터져 나오는 동시에 차가운 밤바람이 초목을 흔들어, 마치 인기척이 사라진 듯 부자연스러운 정적이 아주 잠시간 주위를 지배했다.

"……복수다."

속삭여서 건네는 한 마디.

"보, 복수라고……?"

"그래, 맞아. 자세한 경위도 이유도 알 필요 없다. 다만 이곳, 이 장소는 지난날의 빌어먹도록 썩어 빠졌던 지옥의 연속이라고 받아들이면 된다."

그래, 이곳은 그 어둡고 차갑고 괴롭고 뜨거웠던 피투성이 세계의 연속이다.

네가 새겨 놓았던 상처는 지금껏 조금도 마르지 않은 채 아이들의 피에 젖어 있다.

"하, 하하하! 복수라고?! 사람을 아주 잘못 찾아오셨군! 전부 네놈이 얼간이여서 생긴 일이다! 네놈이 「이익은 아이들을 위해 써달라」고 말했기에 내가 부탁받은 대로 해주지 않았던가!"

죄악감이라곤 티끌만큼도 없이 그론드가 부르짖는다.

나는 잠자코 귀를 기울였다.

지금 당장에라도 입을 막아버리고 싶은 혐오감을 억누른 채 귀가 썩어 떨어질 것 같은 말을 계속 들었다.

"돈의 힘을 깔보니까 그따위 꼴을 겪는 거다!! 돈은 힘이다, 어떤 인간이라도 돈의 힘에는 거스를 수 없다! 그 꼬마 녀석들도 돈 없는 약자였기에 전부를 빼앗겼을 뿐!!"

"……."

"돈이 인간의 가치를 결정한다! 그 귀한 돈을 평화를 위해서 쓴다? 고아원을 짓는 데 쓴다? 누가 그따위 시궁창에 돈을 버리는 짓거리나 하겠냐!! 그러니까 당연한 결과였다! 쓰레기에게 돈을 들이라고 망발을 한 네놈의 잘못이다!"

"……."

"네놈 잘못이란 말이다! 네놈만 안 나타났다면!! 언제나 언제나 언제나 언제나! 돈을 벌어들일 수 있는 지식을 자랑하는 주제에 돈에 티끌만큼도 관심을 나타내지 않아! 돌아가고 싶어, 돌아가고 싶어! 마치 이 세계의 돈에 가치가 없다는 듯이!! 웃기지 마라아앗!! 돈은 피다, 돈은 목숨이다!!"

희번뜩, 땅에 엎드린 채 그론드가 나를 매섭게 노려본다.

"……그래, 분명히, 내가 네 생각을 이해하지 못하는 것처럼 아마 네게도 내 생각은 평생 전해지지 않을 거야."

그론드에게, 그래서 더더욱 나는 계속해서 말했다.

"네 말이 맞다, 그론드. 네가 긁어모으려고 하는 더럽고 더러운 돈 따위 나에게는 아무런 가치도 없어. 그렇지만 안심했다, 그론드. 그렇게 나와야지, 그렇게 나오지 않으면 곤란하다고."

다행이다. 사실은 조금 불안했었다.

너는 간절하게 돈에 집착하고 매달려줘야 한다. 아직은, 벌써 절망하면 곤란하다.

그렇잖아? 너를 위해 마련한 무대가 이제부터 시작되니까.

더욱, 더욱더 깊은 절망을 안겨주마.

"자, 이곳이 너의 마지막 무대다, 그론드."

"끄아아아아악!! 놔, 놔랏!!"

무릎 꿇고 있는 그론드의 머리카락을 붙잡아 강제로 질질 끌어서 이글이글 불꽃이 타오르는 구덩이 근처까지 다가갔다.

그론드는 복수 대상이지만, 평범한 상인이다.

한껏 단련된 전사가 아닌 만큼 나를 상대로 저항할 만한 힘은 없었다.

"큭, 끄악."

털썩, 구덩이 앞에 그론드를 놓아줬다.

그곳에서는 미나리스와 슈리아가 싸늘한 미소를 머금은 채 기다리고 있었다.

"뭐, 뭐냐, 네 녀석들은……!"

"저희 말입니까? 주인님의 공범자입니다만?"

"그렇긴 한데 슈리아랑 저희는 신경 안 써도 된답니다. 이다음은 가끔 참견만 하고 말 거예요."

"그렇죠, 이미 준비 단계는 다 끝났습니다. 이제 마음껏 갖고 놀면 그만입니다."

"준비, 단계라고? ……그렇군, 너희들인가! 감히 나를 함정에 빠뜨렸겠다!!"

"흐엥? 이제 와서 뭐래요? 눈치채는 게 너무 느리잖아요."

"……여버리겠다, 죽여버리겠다, 빌어먹을 것들!! 감히, 감히, 어떻게 감히!! 전원, 그 꼬마 놈들과 마찬가지로, 커헉!!"

"……이봐, 그론드. 너 지금 뭐라 말했지."

이성으로 판단하기보다 빨리 반사적으로 내 입에서는 분노로 싸늘하게 식은 목소리가 흘러나왔다.

생각할 틈도 없이 올려 든 다리로 그론드의 등을 짓밟는다.

"너, 나의 소중한 공범자를, 하필이면 어쩌겠다고 말했지? 응?"

"끄아아아아아아악!!"

"웃기지 마라, 그론드. 너에게, 너에게 이 이상 한 명이라도 내 사람이 다치는 꼴은 못 본다. 기어오르지 마라, 너에게……."

"주인님, 진정하세요! 벌써 편히 보내줄 작정이십니까!"

"이대로 두면 죽어버려요, 아까운 정도가 아니어요!"

그때 두 녀석이 급하게 팔을 붙잡아준 덕택에 겨우 정신이 돌아왔다.

그리고 천천히 그론드를 짓밟고 있던 다리를 치워줬다.

"음, 아, 맞아, 미안. 고마워."

"끄윽……! 쿨럭, 쿨럭!"

콱콱, 수차례 걷어찬 탓에 그론드는 입으로 피를 토했다.

갈비뼈가 부러져서 내장에 상처를 냈을 것이다.

조금은 차분해져서 봐도 꼴좋다는 생각밖에 안 든다만, 분명 이대로 죽일 순 없는 노릇이다.

'……거참, 이래서 나는 못난 놈이라니까.'

자신의 한심함을 절감한 뒤 내심 한숨을 쉬며 【취록의 정검】으로 그론드의 몸을 치유했다.

"으으, 으으으……."

"이 자식 봐라, 잠들지 마라. 언제 내가 휴식을 허락했냐."

"윽, 푸핫!!"

반쯤 기절한 그론드의 낯짝에 물을 끼얹었다.

"그러면, 이제 시작하자. 이 구덩이가 너의 무덤이다."

그론드의 구두만 잘라 벗겨서 맨발로 만든 뒤 목덜미를 잡아 올렸다.

"무슨, 컥, 크아아아아아!!"

『천구』를 써서 허공을 달려, 활활 타오르는 불꽃이 가장자리를 채색하고 있는 구덩이 안쪽에 그론드를 던져 넣었다.

구덩이 안쪽은 두 단계의 깊이로 파여 있었다.

일단 원 가장자리를 따라 테두리를 약간 남겨 두었다. 1단계는 3미터 정도 깊이까지 파였고, 원의 안쪽에 정사각형 귀퉁이와 중심 위치까지 다섯 개의 발판만 남겼다.

거기에서 또 6미터 가까이 파고 내려간다.

그렇게 깊이 판 구덩이 바닥에는 대량의 물을 채워 놓았고, 가느다란 철사로 눈이 좀 거칠게 짜 맞춘 철망을 1단계의 대략 3미터 깊이까지 남겨 둔 발판 둘레에 틀어박는 방식으로 고정시켰다.

그론드는 구덩이 속에 남아 있는 다섯 개의 발판, 그중 중앙에 떨어뜨렸다.

낙차가 심하지 않아 다치지는 않았다. 의도적으로 안 다치게 『천구』를 사용했다.

다음 단계를 진행해야 하는데 다리를 혹시 접질린다면 흥이 깨지니까.

"윽, 끄윽. 뭐냐, 무얼 할 작정이냐!"

주위를 둘러싸고 있는 불꽃 때문에 저곳은 악랄한 열기가 가득

찼다.

가열된 공기가 피부를 태워 숨 쉬기도 괴로울 테지.

"뭘 하긴, 별것 아닌 게임이야."

"뭐라?! 푸헉?!"

가만히 답한 뒤 나는 그론드에게서 빼앗았던 모든 돈을 구덩이 안에 쏟아부었다.

"꺼윽?!"

동화, 은화, 금화.

짤랑짤랑, 폭포처럼 눈사태처럼 도합 수십만 장의 금속 파편이 와그르르 내리쏟아진다.

"머, 멈춰!!"

"자, 받아라. 귀하고 귀한 너의 돈이다. 그 더럽기 짝이 없는 손으로 아득바득 긁어모았더랬지."

금속 맞부딪치는 소리가 울려 퍼지고, 철망의 눈을 빠져나가서 물속 바닥에 잠겨 들어간다.

시끌벅적한 소리가 멎을 무렵에는 주위를 둘러싼 불꽃의 빛을 받아서 수면과 그 아래 화폐가 반짝반짝 빛나는 광경이 만들어졌다.

분명 그론드에게는 진실로 가슴 벅차는 광경이라 말할 수 있겠지.

다만 이 상황에서 즐길 수 있느냐는 또 다른 문제이다만.

"네, 네놈……. 벌레 새끼 주제에……!"

"말했을 텐데? 너는 **춤추게 될 거다.**"

차근차근 소모시키는 제1막은 이제 끝났다.

이제 충분히 행복한 꿈은 꾸었을 테지.

절망 속에서도 의지할 수 있는 희망도 맛봤을 테지.

그러니까 이제부터는 오직 아픔과 괴로움만 맛봐라.

"여차."

나는 공중에서 구덩이 주변 쪽으로 내려섰다.

그곳에서는 빈틈없이 정좌를 한 미나리스와 무릎을 끌어안고 앉은 슈리아가 깔개를 펼쳐 둔 채 기다리고 있었다.

구덩이를 덮은 불꽃의 감옥에서 한 군데만 끊어져 있는 그 지점은, 우리가 고통에 시달리는 그론드를 보기 위한 관람석이다.

나는 도구 주머니에서 물동이를 하나 꺼낸 뒤【물 요정의 물방울 칼】을 손에 들었다.

물동이에 미리 채워 놓았던 물을 심검의 힘으로 움직여서 공중에 직경 15센티미터 정도의 물 덩어리를 만들어 냈다.

그리고 또 하나, 도구 주머니에서 꺼낸 것은 특징적인 낙인이 찍힌 커다란 가죽 부대.

"그, 그 문양은……."

"하하하, 돈밖에 관심이 없는 너도 역시 이 표식은 기억하는군."

안에 들어 있는 것은 분말 상태의 푸른색을 띤 **약**.

『슬럭스』를 괴멸시켰을 때 챙긴『라무네』다.

부대의 끈을 풀어서 내용물을 전부 물 덩어리 속에 넣었다.

물 덩어리 안쪽 흐름을 움직여서 단번에 분말을 섞었다.

빙글빙글 소용돌이치는 물 덩어리가 깔끔한 연푸른색으로 물들어서 혀를 날름날름하며 꿈실거리는 불꽃의 빛에 반짝였다.

"이봐, 그론드.『라무네』의 원재료가 뭐더라? 너, 기억하나?"

곧이어 나는 한 장의 금화를 꺼내 들었다.
"원재료라니……? 분명『조생강약』에 몇 가지를 더……! 아니, 설마!"
"맞아, 맞았어. 그거다. 강렬한 의존성에 능력치 상승 효과 그리고 또……."
툭, 손에 든 금화를 물 덩어리 안쪽으로 튕겨 넣었다.
"—어떤 금속이든 부슬부슬한 흙먼지로 바꾸는 강력한 풍화 작용."
쏴아아아아아아아아, 달군 철판에 물 떨어뜨리는 소리와 함께 금빛의 광채는 부글부글 엷은 녹색으로 물들면서 기포에 휩싸였다가 칙칙한 흙이 되었다.
"자, 이만한 농도라면 절반 정도의 양이어도 바닥에 가라앉은 돈, 전부 이렇게 만들 수 있다는 건데."
"뭐라고! 네, 네놈!!"
"거참, 막말도 원 패턴이면 재미가 없잖냐. 연구 좀 하지?"
기막히다는 듯이 어깨를 으쓱거리며 조롱했다.
"자, 이제부터 게임을 시작하자. 이 물을 곧장 바닥에 떨어뜨릴 수도 있다만……."
"머, 멈춰라!! 저건 내 돈이다!!"
"그래, 저것들은 네 돈이다. 그러니까 말이야, 너에게 기회를 주겠어. 이 물을 전부 다 마셔버리면 더는 손을 쓰지 않겠다. 이만한 양을 다 마시면 일단 틀림없이 약물 중독에서 못 벗어나게 될 테지만……. 뭐, 금방 죽지는 않을 거야. 1년 정도는 살 수 있지 않겠어?"
"뭐라고?!"
"반대로 전부 집어치우고 제자리에서 구경만 해도 좋아. 네가 쌓아 올렸던 돈 전부가 부슬부슬 허물어지고 사라지는 광경을 지켜보기만 해도 괜찮다. 금속이 풍화할 때 발생하는 녹색 기포 때문에 온몸의 피부가 문드러지는 정도로 끝날 테지만, 네가 고통스러워하는 모습과 『상인 그론드의 죽음』을 볼 수 있다면 네가 비참하게 살아가는 것쯤 용납해주마."

"끄윽, 끄으으으으으으으으윽!!"

"게임의 결말은 간단하지. 모든 돈을 잃고 이제껏 네가 경멸했던 아무런 힘도 없는 약자로 전락하든가, 그 돈을 끝까지 지켜서 네 지론대로 강자가 되어 얼마 안 남은 인생을 괴롭게 살아가든가. 자, 게임을 시작하자. 열심히 버텨달라고?"

"큭!!"

"자, 이 물 덩어리를 네가 다 마실 수 있을까?"

나는 진심으로 환한 미소를 짓고는 그론드가 전부 자신의 의지로 선택할 수 있도록 물줄기를 가느다랗게 조작했다.

"어푸, 꿀꺽, 꺽."

졸졸, 졸졸이라는 표현이 들어맞는 기세로 물은 흘러내렸다.

그론드가 물줄기를 마시고자 즉각 입을 벌린다. 당연히 느닷없이 벌컥 마시려고 한들 가능할 리가 없기에 입에서 떨어지는 액체가 그론드의 옷에 달린 금장식에 닿아 연기를 피워올렸다.

"끄으꺼어, 극, 쿨럭!!"

"오오, 열심이구나. 제법 아플 텐데도."

아주 약간이나마 금속이 풍화할 때 발생하는 기체가 그론드의 피부를 태우고 있었다.

"끄으으읏, 으으으, 으으윽!!"

그론드도 지금 상황을 잘 이해하고 있었다. 금장식이 달린 의복을 벗어 던졌다.

"아하핫, 넌 나간 낯짝이 아주 가관이구나."

"제법 꼴불견다운 장면을 보일 줄 아는 돼지군요. 구경거리로 치면 저러는 게 더욱 볼만하겠지만요, 우후후. 어머, 뜻밖에도 맛있는데요? 이 차."

"맛깔맛깔나요, 역시 구경거리가 재밌으면 입맛도 도는 법이네요."

글자 그대로 구경거리 삼아 유쾌하게 미나리스와 슈리아가 웃는다.

그리고 꽤 익숙하게 마실 수 있게 되었을 때 일단 물줄기를 멈췄다.

"끄극, 헉, 허억, 네, 네노옴."

그론드가 마신 약물은 음수량으로 봤을 때 별달리 많은 분량도 아니었다. 커피 컵 한 잔 정도다.

주위를 둘러싼 열기 때문에 흘러내리는 땀의 양도 꽤 많았다.

"아하핫, 그래그래, 그런 식으로 열심히 마셔봐라. 그러면 이제 튜토리얼은 종료다."

입가를 끌어 올린 채 나는 가만히 선고했다.

☆

『모든 돈을 잃을 것인가』 혹은 『돈을 쥐고 요절할 것인가』.

뭐냔 말이다, 저 말도 안 되는 양자택일은.

빌어먹을 용사에게 반론할 여유도 없이 나는 단지 떨어지는 물줄기를 마셔야 했다.

주위를 둘러싸고 있는 열기 때문인지 숙취에 시달릴 때처럼 멍하고 둔한 사고.

구덩이 가장자리에서는 용사와 놈의 동료가 느긋하게 차를 마시며 이쪽을 비웃고 있는 광경이 보인다.

그때 물줄기가 일단 멎었다.

'멍청한 놈……! 이따위 물, 아무리 마신들 아무렇지도 않다.'

내게는 목에 걸어 둔 『백금화』가 있다. 약의 독성도 이게 흩뜨려 준다.

실제로 마약 섞인 물을 마셔도 약의 효과 중 비정상적인 다행감과 감각의 예민화는 발생하지 않았다.

'역시 네 녀석은 물러 터졌다, 용사. 이곳에서 살아남기만 하면 잠복해서 다시 힘을 키우고…… 눌러 죽여주마.'

남은 문제는 저 많은 용량의 물을 끝까지 다 마실 수 있는지인데, 주위를 둘러싼 불의 열기가 몸의 수분을 빼앗아 가는 터라 어떻게든 되지 싶었다.

"아하핫, 그래그래, 그런 식으로 열심히 마셔봐라. 그러면 이제 튜토리얼은 종료다."

"뭐랏, 으읍?!"

잠시 멎었던 물이 기습과 다를 바 없이 재개됐다.

그러나 방금 전과 달리 물줄기는 떨어지는 위치를 조금씩 움직이고 있다.

"으윽, 끄윽?!"

"열심히 춤춰달라고?"

가증스러운 용사의 목소리와 함께 천천히 이동하는 물줄기는 이윽고 발판의 바깥쪽으로, 그리고.

……구덩이를 둘러싸는 불에 닿아서 한껏 가열된 철망의 위로.

"으극, 끄으읏, 으그아아아아아아아아아아아악!"

"아하하, 아하하핫!! 그래, 힘내라, 힘내! 춤추고 춤추고 춤춰라! 힘을 쥐어짜라, 안 그러면 너의 귀하고 귀한 돈이 쓸모없는 흙먼지로 바뀌어버리잖아!! 아하하하하핫!!"

치직, 치직, 소리가 나며 다리에서 격통이 치달았다.

'내 구두를 벗긴 까닭이 이 때문이었나!!'

직접 불길에 닿은 게 아니라 간접적으로 열기에 닿은 만큼 구두를 잘 신고 있었다면 이렇게 되진 않았을 테지.

정확한 온도 따위는 모르겠지만 맨발로 걷기에는 견디기 어려울 만큼 뜨겁다는 사실은 분명했다.

"으각, 끄그, 끄으윽, 으으윽!!"

커다랗게 입 벌려 떨어지는 물을 받아 마시는 소리와 내 다리가 타는 소리가 귓가에서 겹쳤다.

백금화도 물리적인 외상까지 막아주지는 못한다.

"읏, 푸핫!!"

그리고 드디어 물줄기는 다음 발판의 위치까지 이동했다. 그와 동시에 물줄기도 잠시 멎었다.

"헉, 허억, 쿨럭."

"크크큭, 참 잘하셨습니다. 제1 포인트 도착을 축하한다! 그래도 아직은 쉴 때가 아니거든? 제3 스테이지까지 힘내서 버티라고!"
"자, 잠깐! 으, 크가아아아아아!!"
그렇게 불과 10초의 휴식도 못 가진 채 물줄기가 다시 떨어져 다음 발판으로 천천히 움직였다.
급하게 발을 내디딘 철망은 마음의 준비를 할 틈도 없이 발을 태웠다.
'아파, 아파, 아파!! 제기랄, 어째서 내가, 어째서 이딴!!'
그렇게 가까스로 또 다음 발판에 다다랐다.
거기에서도 전번과 마찬가지로 잠시 물줄기가 멎었다.
"크핫, 헉. 부, 부탁한다! 조금만 쉬고, 으그으으으!!"
"이봐, 이봐. 이제 겨우 반 바퀴잖냐? 기브 업을 외치기에는 너무 좀 빠르지 않아?"
그러나 그곳에서도 휴식은 주어지지 않았고 10초가 될락 말락 한 간격 뒤에 또다시 작열하는 철망 위로 뛰쳐나가야 했다.
"자, 제1 스테이지도 후반이다. 살짝 난이도를 올려보자고?"
"으끄앗?! 으극, 으흑!!"
비웃는 목소리가 들리고 떨어지는 물줄기가 이전과 달리 좌우로 굽이치기 시작했다.
"자, 자아, 제대로 집중 안 하면 네 귀한 돈이 아주 큰일이 난다니까? 크큭큭."
'빌어먹으, 감히, 건방진 놈……!'
용사와 계집들은 실로 즐거워하며 가학적인 미소를 짓고 있었다.
그렇게 나는 사각형의 주위를 따라 밟다가 가장 처음 내려섰던 발판에 되돌아왔다.

"축하한다, 그론드! 제1 스테이지는 이제 돌파했군."

"헉, 허억. ……크!!"

짝짝, 용사가 손뼉을 친다.

열기에 솟아 흐르는 땀을 손등으로 훔치고 히죽히죽 웃음 짓는 용사를 매섭게 노려봤다.

이미 발은 열기가 아닌 아픔만을 호소하고 있었다. 그 아픔과 주위의 더위 때문에 사고도 갈기갈기 흐트러진다.

얼굴은 이미 제대로 받아 마시지 못했던 물과 눈물과 콧물로 흠뻑 젖어 있었다.

그러나 용사가 만든 물 덩어리를 올려다보면 다소나마 크기가 줄어들었다.

"이봐, 그렇게 노려보지 마라. 괜히 화내다가 눈대중 잘못하면 물을 제대로 못 받아 마시잖냐?"

쿡쿡, 용사는 비웃고 말을 이어 나갔다.

"자, 이제 충분히 쉬었을 테지? 이어서 제2 스테이지를 가보자고. 힘내라."

"읏, 잠깐, 조금마 더 쉬어……! 크, 으그읍!!"

그렇게 또 철망 위쪽에 떨어지는 물줄기를 따라 걸음을 내디딜 수밖에 없게 되었다.

그러나 제2 스테이지라는 용사의 말은 머릿속보다 먼저 몸으로 이해됐다.

"끄앗?! 쿨럭!! 커헉!!"

갑자기 오른팔에서 솟구치는 충격과 아픔. 거기에 놀라 사레들릴 뻔하다가 간신히 억눌렀다.

'뭐, 뭐냐, 도대체!!'

뭔가 당했다는 것은 분명한데 무엇을 당했나 알 수 없었다.

그러나 그 충격과 아픔은 한 번으로 멈추지 않았다.

"으윽, 꺽?!"

왼쪽 어깨, 오른쪽 손등, 등, 잇따라 치달리는 충격.

곧이어 무엇인가 금속 물체가 철망에 떨어지는 소리.

"앗, 빗나가버렸어요."

"이런, 못써요. 신중하게 노려보세요. 돈이 아깝습니다."

"슈리아, 그런 건 손목 휘두르는 방식이 중요한 거야. 투척 나이프와 달리 던지기 위해 만들어진 게 아니니까."

'설마, 돈을 집어 던진다는 말인가?!'

물줄기를 받아 마시려는 중인지라 한정된 시야 속에서는 쉽사리 확인을 마칠 수 없었지만, 지금 들리는 목소리로 짐작하면 아마도 틀리지는 않았음을 어렵지 않게 상상할 수 있었다.

그렇게 다음 발판에 다다랐을 때 다시 잠깐의 휴식 시간이 찾아왔다.

"이 자식들아아아아아아! 얼마나 더 돈을, 나를 모욕해야 만족하려는 거냐아아아아아앗!!"

"괜찮네, 아직 기운이 넘치잖아! 자, 둘 다 받아라. 추가 탄이다."

"다음에는 꼭 기필코 맞혀 보이겠어요! 백발백중이어요!"

"좋은 마음가짐입니다. 신중하게 잘 겨냥해봐요, 우후후."

용사가 비웃는다. 이어서 좌르륵 쌓아 올린 화폐의 산에 두 여자가 희희낙락 비웃는 목소리가 겹쳤다.

"자알~ 노리라고, 둘 다. 스테이지 클리어를 쉽게 시켜주면 안 되잖아. 응?"

"자, 이렇게 정성 들여서 던지면 돼요."

"큭?! 쿨럭!!"

여자의 목소리와 함께 목에 충격이 들어왔다.

물을 삼키고 있는 와중에 저런 충격을 받으면 당연히 숨이 콱 막힐 수밖에.

그럼에도 흘러 떨어지는 물을 이어서 받아 마시기 위해 몸의 반응을 무리하게 억눌렀다.

그다음에도 정말이지 즐겁다는 듯이 두 여자는 화폐를 집어 던졌다.

"으음~ 노렸던 곳에 잘 맞질 않아요."

"뭐, 그래도 일단 빗나가지는 않았잖아요? 그러면 괜찮은 게 아닐까요?"

'젠장, 제기랄! 젠장맞으으으으으으을! 감히, 감히 이따위 짓을……!'

그렇게 겨우겨우 다음 발판으로, 그리고 또 다음 발판으로 다다라서야 고통에 가득 찬 두 번째 바퀴가 끝났다.

"헉, 허억! 끅, 하아."

머리 위의 물 덩어리는 얼마 전보다 더욱 자그맣게 줄어들었다.

많은 용량을 마셨는데도 몸은 오히려 더욱더 많은 수분을 바라고 있다.

그러나 그 이상으로 온몸이 너덜너덜했다.

아프다, 아파! 아프다……. 그저 오로지 아팠다.

아픔과 열기에 휩싸여서 불필요한 사고가 점점 떨어져 나간다.

남아 있는 것은 쓸데없이 선명하게 감각을 전달하는 발의 통각과 온몸에서 뿜어 나오는 땀의 불쾌감, 저것들이 집어 던졌던 돈이 만들어 놓은 타박상에서 솟구치는 묵직한 반향.

안면은 땀과 눈물과 타액과 미처 다 받아 마시지 못한 물에 젖어서 못 봐줄 가관이 되어 있겠지.

"자, 여기가 제2 스테이지의 마지막 고비다. 기합을 넣고 다녀와라."

그리고 구멍의 중심에 있는 발판으로 또다시 물은 흘러내렸다.

"으그읏……. 으읍……. 끅……."

몹시 무겁게 느껴지는 몸을 잡아 끌어서 또 내디딘 발은 이미 철망의 열에 닿든 안 닿든 변함없이 아픔의 비명을 내지르고 있다.

문득, 그때였다.

"흠흠, 손목, 손목이 중요……. 이런 느낌이어요? 에잇!"

"커억?! 끅?!"

돈이 이제까지와 비교도 안 되는 기세로 다리를 향해 날아들었다.

그 충격을 미처 못 견뎌서 몸의 균형이 무너졌고…….

"카아아아아아아아아아아아아아아!!"

뜨겁다, 뜨겁다!!

아직껏 상처가 나지 않았던 얼굴과 손이 가열된 철망에 꽉 맞닿아서 치직, 소리를 울렸다.

허둥지둥 일어서고자 손을 짚었을 때 철망이 훽 무너져서 떨어져 버린다.

내 몸에 닿아 떨어지는 물이 그 철망 부분을 흙먼지로 바꿔 놓았기 때문이다.

당연히 어떤 장치도 없이 허공에 손을 두기는 불가능하기에 간신히 살짝 들어 올렸던 몸은 또다시 철망에 세게 나뒹굴었다.

"크와아이아이으으아아아아악!! 아파, 아아파아아아아아아!!"

"아핫♪ 해냈어요, 10점이어요!"

그럼에도 간신히 자세를 바로잡았을 때는 얼마간의 물이 구덩이 바닥에 떨어지고 말았다.

"아아아앗아아아앗아아아아아아아아앗!! 나, 나으, 돈이잇, 으아아앗아아아아아아앗!!"

떨어진 물의 수량은 컵 한 잔이 고작일 텐데, 겨우 그 적은 양으로도 구덩이 바닥의 수면에서는 보글보글 기포가 솟아 나왔다.

"아핫, 아하하하핫!! 아직 멀었다, 그론드. 더욱, 더욱더 꼴사납게 발버둥 쳐서 우리를 만족시켜줘."

"아악, 아으읏, 아으윽!!"

일어서려고 해도 다리가 제대로 움직이지 않아 무릎을 대고 앉은 채 줄줄이 떨어지는 물을 받아 삼켰다.

"크크크큭!! 너무 재미있구나, 그론드! 아핫, 아하하하핫!!"

"꼴사납네요, 우후후훗. 마치 뭍에 올라온 생선 같아요."

"후훗, 흠! 슈리아, 대활약이어요!"

퍽퍽, 지면을 두드리면서 큰 소리로 웃음 짓는 용사와 조소가 섞인 웃음을 터뜨리는 여자들.

'제길, 제기, 제기라아알! 절대로 용서 안 한다, 용사아아앗!!'

몸을 일으키지 못한 채 옷을 입고도 화상을 면치 못하는 철망의 위를 엎드려 기어서 간신히 발판까지 다다랐다.

"끅, 헉. 흐윽."

"제2 스테이지 클리어를 축하한다, 그론드. 그래, 정말 열심이었어. 정말로 열심히 해줬다. 자, 다음이 마지막이야. 드디어 마지막 게임, 제3 스테이지인데……."

힐끗, 용사의 시선이 망가질 대로 망가진 내 다리를 봤다.

"마지막은, 거기 발판에서 나머지 물을 전부 다 마시면 게임 클리어다. 그러면 약속하지. 너를 자유롭게 풀어주마."

'크, 크큭! 이러니까 네 녀석은 물러 터진 놈이다, 용사아앗!'

"무, 무울……. 빨리! 그 물을 다오오오……!!"

괴롭다, 뜨겁다, 아프다, 덥다, 버겁다.

이제껏 살아오면서 이런 곤욕을 겪은 적이 없었다.

그러나 전부가 이제 곧 끝난다.

가열된 철망을 건너다니는 짓도, 고속으로 던지는 돈의 아픔에 견딜 필요도 없다면 이미 끝난 것이나 다름없었다. 남은 것은 물을 전부 마셔버리는 일뿐. 그러면 이 위기를 빠져나갈 수 있다. 아무 문제도 없었다.

'『라무네』의 독성은 도구 주머니에 든 백금화가 해독해준다. 내게는 평범한 물이다, 용사.'

"다, 마셔버리면, 끄나니까, 그러니가……."

"……자, 제3 스테이지를 시작하자. 열심히 쌓고 쌓고 쌓아 올려서 이제야 여기까지 다다랐잖냐. 그러니까, 마지막까지 힘내자고?"

"무우우우우울, 아앗, 꿀꺽, 꺼억꺼억!!"

'지금 얼마든지 웃어라, 용사아아앗, 기필코 생지옥을 보여주겠다, 벌레 자식아!'

중독 증상이 도진 척 연기하며 내심 용사를 비웃었다.

그렇다, 백금화가 나를 지켜준다.

떨어지는 양이 많아진 물을 꿀꺽꿀꺽 받아 삼켰다.

"오오, 오오, 잘한다. 시원하게 잘 마시는구나."

"으그아아아, 끅, 꾸꺽, 으극."

용사가 무척 온화한 얼굴로 이쪽을 보고 있다.

이만한 짓을 저질렀으니 어차피 『이제 충분하다』는 생각이라도 했을 테지.

그러니까 네 녀석은 얼간이밖에 못 되는 거다. 구제 불능의 아둔하기 짝이 없는 벌레다.

그렇게 마음속으로 웃으려 했던 다음 순간, 오싹 덮쳐든 한기에 일순간 사고가 정지됐다.

"—흠, 슬슬 반응이 올 텐데?"

온화하게 보였던 용사의 웃음 띤 얼굴이 순식간에 악마의 미소로 싹 바뀌었다.

"흑?!"

처음 무엇인가 어긋났을 때처럼 불길한 예감.

그리고 언제 어떠한 불상사가 발생하든 각오할 틈도 안 주고 재액을 불러들이는 전조.

물론 이번에도 마찬가지였다.

'……아?'

찌릿, 맨 처음의 이변은 정말 자그마한 소리.

가볍게 할퀴는 듯한, 그렇게 정말 자그만 통증이 뺨에 솟구쳤고.

"으극……? 끅, 으으와아앗?!"

마치 모래성이 가장자리부터 무너져 내리듯 천천히, 그러나 자꾸 자꾸 기세가 거세지면서 몸 곳곳에 작은 칼자국이 새겨지고 있다.

"꺼?! 끄악, 아아악?!"

'뭐냐, 뭘 당했지! 무슨 일이 일어난 거냐?!'

흡사 쫙쫙 갈라지는 지면처럼 온몸을 옅은 칼자국이 뒤덮어 간다.

옅은 칼자국이 무수히 겹쳐서 점점 상처가 깊어졌다.

"이봐, 그론드. 미스릴의 해독 효과가 어떻게 발현되는지 아나?"

"그극, 꺼걱, 카아아아악!!"

철망에 몸이 타오르는 감각보다 강하게, 마치 직접 통각을 줄칼로 갉아 내는 아픔이었다.

용사의 말을 이해해보고 싶어도 자꾸 사고가 끊어져서 날아간다.

빙글, 용사가 검을 휘둘러 물줄기를 멈추게 했다.

"꺽, 끄윽, 헉, 허억."

"미스릴에 있는 해독 효과 말이야. 사실은 극소 규모의 해독 마법이거든? 자, 여기에서 문제! 해독 마법을 발휘하는 마도구는 내장된 마석에서 마력을 받아 이용하지. 그러면 너의 미스릴은 무엇에서 마력을 받아 왔을까?"

"어? 무엇, 무엇에서……?"

"힌트 하나, 의심 많은 네가 어째서 대뜸 『백금화가 든 도구 주머니』의 존재를 내가 못 알아차렸다고 판단했는가."
사고가 전혀 정리되지 않는다.
아픔에 주의가 쏠린 까닭뿐 아니라 이것은, 그래, 마치 술을 과음했을 때처럼…….
"힌트 둘, 마도구에 내장된 마석은 허용량을 넘는 마력을 다 빨아들이면 안전장치가 작동해서 결국 부서진다."
"끅, 뭐냐, 무슨 이야기를 하는 거냐……?"
용사는 내 반문은 듣지 않은 채 설명을 이어 나갔다.
들리는 말이 마치 띄엄띄엄 끊어지는 단어의 나열처럼 의미를 이해할 수 없었다.
"힌트 셋, 인간에게는 안전장치가 달려 있지 않아. 자, 해답이 뭘까?"
히죽히죽 웃으며 용사가 소리 높였다.
'해답? 그게 뭐냐, 요컨대, 아니다, 그럴, 그럴 리가…….'
둔해지는 사고로 막 도출되려던 해답을 막무가내로 밀어 냈다.
그러나 나의 반응을 즐기려는 듯 눈앞의 용사는 웃었다.
"땡~ 시간 초과다, 그론드. 네가 애지중지하게 끌어안고 있는 그 돈은 말이다."
싫다, 듣고 싶지 않다.
들어서는 안 되는데, 그러나 용사는 말을 멈추지 않는다.
"네 마력을, 그리고 지금은 생명을 빨아 마시는 거야."
"큭!!"
"네 몸에 일어나고 있는 현상은 이미 다 고갈됐는데도 아랑곳 않고 강제로 마력을 빨아들인 결과의 대가이지. 자, 마지막 선택이다."

그렇게 단정 짓더니 동시에 용사는 다시 또 물을 조종해서 떨어뜨렸다.

돈이 녹아내린다는 공포에 휩싸여서 반사적으로 물을 입속에 넣었다. 그 순간, 또다시 온몸에 격통이 치달린다.

"으그으으으! 으으윽!! 으으으으으으윽!!"

"귀하고 귀한 네 돈이 지금 너에게 상처를 새겨 넣는다니까? 자, 나머지 물은 아직도 절반 이상이나 남았군. 내게 보여다오, 너는 어떤 길을 선택할 거지?"

어찌한다? 어찌하냐니, 무엇을?

'선택하라는 말인가? 이 고문과, 구덩이 바닥 속 나의 돈과. 어느 한쪽을?'

"대답해라, 그론드. 너는 자기 목숨과 자기 돈, 어느 쪽을 선택할 테냐?"

그 말에 이미 한계까지 깎여 나갔던 마음이 뚝 소리를 내며 부러졌다.

"으, 으, 으, 큭!! 으카아아아아악!!"

그리고 나는 자기 의사로 물 마시기를 거부했다.

"……쳇, 너도 목숨을 선택하는구나."

실망했다는 듯이 호들갑스럽게 건네는 말과 대조되게도 놈의 표정은 괴롭힐 대상을 발견한 악마 같았다.

"그러면 이제 이쪽은 필요 없겠군?"

"뭣, 멈춰……."

"멈추기는, 내가 왜? 게임 오버잖아?"

그렇게 말한 뒤 용사가 절반가량 남아 있었던 물 덩어리를 구덩이 바닥으로 떨어뜨렸다.

즉각 콰아아아아아아아아아아아악, 마치 거대한 맹수가 으르렁거리는 듯한 소리가 났다.

동시에 부글부글 부글부글, 마그마처럼 기포도 올라온다.

"아, 아아, 돈이, 내, 돈이……!"

무릎에서 힘이 쭉 빠져나가 허물어졌다. 가만히 주저앉은 채 금속이 자꾸자꾸 광채를 잃어 가는 광경을 봤다.

바뀐다, 바뀌어버린다, 내 돈이, 무가치한 흙먼지로 바뀌어 간다.

홀로 남은 내 마음이 엉망진창으로 짓밟혀 유린되는 기분이었다.

"아아아악! 멈춰, 멈춰라! 안 돼에에에에에!!"

내가 돈을 쌓아 올려서 만들었던 네 빛깔의 성은 구덩이 바닥으로 가라앉았다.

"아아, 아아아아아아……."

진정, 정말로 내 돈은 무(無)로 돌아가버렸다.

목에 걸어 둔 도구 주머니 속의 백금화도 분명 빼앗아 갈 테지.

다시 여기까지 재산을 모아 쌓으려면 도대체 얼마나 긴 시간이 걸릴까.

"자, 그러면 마지막 벌 게임을 진행해볼까."

"큭, 아직도 무슨 짓을 더 하겠단 말이냐!!"

저절로 얼굴을 번쩍 들었다.

그러나 내가 뭐라든 전혀 아랑곳 않고 용사는 최악의 영창을 읊기 시작했다.

"—『나는 그대를 용납할 수 없어. 그대의 전부를 용납하지 않아.』"

"뭣?! 그, 그 문구는……?!"

소리 높여서 노래하는 **여인의 목소리**.

용사의 입에서 흘러나오는 저 노랫말을 나는 알고 있었다.

"—『나의 손가락은 그대를 얼려. 나의 입은 그대를 시들게 해. 그대는 주검이 되어 시름없이 허물어져.』"

"머, 멈춰라……! 시, 싫다! 어째서! 거기에는 성녀의 저주가! 아니, 제기랄제기랄제기랄제기라아아아아아알!!"

저 심검을 나는 단 한 번 목격했다. 목격한 적이 있었다.

지금도 기억한다. 아니, 떠올렸다.

자신에게 쏟아졌던 힘도 아니었건만, 지켜본 경험만으로 몸이 잇따라 부슬부슬 허물어지는 것 같았던 감각.

"—『아아, 어여쁜 꽃, 그대는 내 품속. 누구의 시선도 허락하지 않아. 누구의 눈길이든 가려버릴 테야. 영원의 수렁으로 모습을 바꿔.』"

혼이라는 존재를 실제로 목격했었고, 그 혼이 바스러지는 장면을 목격했었다.

꺼림칙스러운 기억. 배 밑창에 큰 구멍이 뚫린 듯 솟아오르는 창백하고 차가운 공포.

"—『그대의 전부는 나의 것.』"

그 존재는 견딜 재간도 없이 몸속을 채웠고.

마음을 살해하는 차가움을 지닌 채 물밀듯이 다가든다.

그리고 이윽고 형태를 드러내고 말았다.

"—【대죄의 검 · 선망성(羨望城)의 마녀】."

순간, 모든 소리가 일순간이나마 사라졌다.

"『키에에에에에에에아아아에에에에아아아에에에아아아아아아?!』"

"힉, 아아……!!"

저것은 검, 아니, 무기의 형상을 갖고 있지 않았다.

불길한 흑사색(黑死色) 머리카락과 거무칙칙한 핏빛 눈가리개.

잿빛 피부, 녹이 난 지저분한 사슬을 온몸에 둘러 감은 여인의 모습.

용사가 쥔 검의 자루에는 칼날 대신 여인에게 휘감기는 사슬이 여러 가닥 이어져 있다.

"『아아, 아아. 부러워라, 질투가 나. 오랜만에 간신히 불려 나왔는데도 햇살 한 줄기 쬐여주지 않는구나. 다들, 다들 스러져버렸으면 좋겠어!』"

"여전하구나, 엔비."

언뜻 보기만 해도 마음속에서 공포가 솟구치는 저것에게 용사는 변함없는 모습으로 웃음을 지어주고 있었다.

"『너무해, 너무해라. 나는 당신의 검인데, 어째서 전혀 안 써주는 거야?』"

"어쩔 수 없었어. 안 그래도 너의 디메리트는 감당이 버거운데 성녀의 저주 때문에 강력한 부작용까지 추가되어버렸잖아."

"『그런 거, 나는 모른단 말야. 다른 아이들을 사용했다는 건 알아. 괴롭히려는 것처럼 이상한 봉인까지 걸고.』"

"아니, 그러니까 그게 내 탓은 아니잖아. 불만은 여신님한테 말하라고."

“『몰라, 다른 사람들 사정 따위. 나빴어, 나빴어, 나빴어, 나빴어. 다른 아이들은 전부 다 사라져버리면 좋을 텐데!』”

오싹, 눈에 보이도록 시커먼 오라가 여인의 몸에서 새어 나온다.

“뭐, 질투하지 말란 소리는 안 하겠어. 그게 너의 존재 의의이고, 너는 나의 일부니까 말이지. 그러니까, 너는 나에게 복종해라.”

“『……정말 나빴어.』”

오라를 거둬들이고 주눅 든 모습으로 여인은 말했다.

그리고 용사는 이쪽으로 시선을 보냈다.

“자, 지금의 너라면 이 녀석의 능력을 설명해줄 필요는 없겠지?”

그렇다, 나는 저것이, 저것의 능력이 초래하는 결과를 알고 있었다.

용사의 분노를 산 사룡(死龍)은 저것의 힘에 먹혀서 전신이 내부에서 타격을 받고 괴로움에 몸부림치며 죽었다.

능력은 대상의 물질적인 절대 지배.

살점을 철로 바꾸고, 피를 끓어오르게 하고, 사후마저도 혼을 속박한다.

마왕에 비견될 만큼 뛰어난 항마 능력을 지닌 사룡을 저 힘은 일말의 저항도 용납하지 않은 채 순살해버렸다.

게다가 단순한 살해 행위가 아니다.

저 힘에 지배된 자는 사후에도 혼을 속박당한다.

사룡은 몸이 바스러지는 데서 끝나지 않고 푸르스름한 반투명의 영체가 제자리에 남았고, 그리고, 최후에는—.

“시, 싫다……. 싫다, 싫다.”

그때 나는 뒤쪽에 숨은 채 겁에 질려 덜덜 떨면서 경과를 볼 수밖에 없었다.

한쪽 팔을 뜯어 먹혀서 피투성이가 된 모습으로 사룡이 바스러지는 광경을 태연하게 지켜보는 와중에 용사는 다만 조용하게 웃고 있었다.

두렵고 두려워서 견딜 수 없었다.

그저 그 힘의 작용이 두려워서 감당할 수가 없었다.

그리고 지금 그 힘이 나에게 쏟아지려고 한다.

"큭, 그, 그렇지. 네 말은 전부 다 뻔한 공갈이다!! 저것은 네놈의 피를 삼켜서 몸속에 넣은 대상이 아닌 한 효과가 없잖은가!"

"음? 이제껏 죽기 살기로 받아 마셨잖아? 듬뿍, 내 피가 섞인 물을."

"뭣…… 뭐, 뭐라고……."

싹, 핏기가 가시는 소리가 났다.

어디를 둘러봐도 도망칠 길이 보이지 않는다.

"어째서, 어째서, 어째서! 저 바닥에 가라앉은 돈이 흙 부스러기로 바뀌면 용서해준다지 않았나아아아아아앗!!"

공포에 휩싸인 채 소리친 말은, 그러나 어떤 영향도 줄 수 없었다.

"후, 거참. 너 말야, 진짜로 바보구나. 계약이란 건 있잖아, 신용이 있어야 성립되는 거야. 설마 내가 너를 신용할 줄 알았어?"

"아, 아아, 아아아아……!"

그 말은 놀리는 것도 무시하는 것도 아니고 그저 오로지 무감동하고 무감정할 뿐.

"부, 부탁한다. 사죄할 테니까, 이제 마음을 고쳐먹겠다. 더러운 장사는 하지 않겠어, 고아원에서 손도 떼겠다. 이번에야말로 진짜

출자를……. 흑?!"

"그러니까, 누가 너를 믿겠냐고. 네가 스스로 말했잖아. 네 가치를 이제까지 보증했던 것은 네가 손에 쥐고 있었던 돈이잖아? 그러면 지금 너를 보증하는 수단은 아무것도 없군."

"큭, 그건!!"

"말했을 텐데, 네가 나를 춤추게 한 것처럼 내가 너를 춤추게 하겠다고. 이봐, 진심으로 네가 한 짓을 용서받을 수 있다고 기대한 거냐? 그 아이들은 엉망진창이 되어 죽어 갔는데. 어떻게 네가 목숨을 부지할 수 있다 기대한 거야?"

"……아, 아악. 싫다, 싫어, 죽고 싶지 않아. 이따위, 아무것도 없는 채 죽어야 한다니! 제발, 제발 자비를! 네가 말하는 아이들도 아직 살아 있잖은가! 나는 아직 아무런 짓도 안 했잖나!! 난 아직 아무것도……."

"후우, 입 다물어. 헛소리 작작 지껄여라."

쿵, 소리가 들리는 듯한 거센 위압감에 짓눌릴 것 같다.

"흑, 아, 아, 아,……."

이해했다, 이해되고 말았다.

이제 살아남을 수 없다. 이제 어떠한 방도도 없다.

"그론드, 너와의 대화는 이미 충분하다. 너에게는 목숨을 구걸할 권리도 주지 않겠어. 그러니까 먼저 네 목소리를 박살 내주마."

"『후히아아아아아아아아아아!!』"

"읏, 커헉?!"

키킷, 목이 굳어졌다.

허둥지둥 목에 갖다 댄 손에 와 닿는 금속의 싸늘하고 딱딱한 감촉.

목소리를 내려고 해도 호흡이 빠져나갈 뿐 언어가 되지 못한다.

"드디어, 여기까지 왔다. 자, 이번에는 네 차례다. 아이들처럼 한 마디 말도 전하지 못한 채 고통 속에서 죽어버려라. ―노래해라, 엔비. 『장미 수정(薔薇水晶)의 빙상화(氷像畵)』."

그리고 용사가 짤랑, 쇠사슬을 흔들었다.

"『히에아아아아아, 호오오오오오!!』"

"~~―읍?! 흐헷, 하히익?!"

아픔은 사지의 끝부분부터 시작됐다.

무수히 많은 바늘로 잔뜩 구멍을 뚫는 통증.

저절로 시선이 쏠린다. 나의 손발에서 작고 붉은 결정이 솟아난다.

이 광경을 나는 본 적이 있었다. 사룡도 이런 식으로 제 몸의 피가 얼음 칼날로 바뀌어 바늘꽂이가 되고 말았다.

"『호오오오오! 히에에에아아아아아아아아아!』"

"―으!! ~~읏, 흐!!"

울려 퍼지는 비명 비슷한 노랫소리가 귀를 찌를 때마다 쓰멀쓰멀, 쓰멀쓰멀, 쓰멀쓰멀, 혈관에서 뻗어 나오는 피 얼음이 나의 살점을 꿰뚫는다.

손이, 다리가, 어깨가, 허리가, 어깨가.

마치 처음부터 의도에 따라 제작된 오브제처럼 피 얼음에 몸이 감싸인다.

'아, 어째서, 어쩌다가 이런 일이 벌어졌나……?'

아픔과 고통으로 표백된 머릿속에 마지막으로 떠올랐던 상념은 그런 의문이었다.

"커억, 후읍, 후, 후흡……!"

이미 몸은 움찔하는 정도도 움직일 수 없었다. 이렇게 사고가 이루어진다는 것 자체가 신기해서 못 견딜 지경이다.

"어째서일까, 피 얼음이 불에 비춰져서 눈부시도록 반짝반짝 빛나는구나. 분명 이것은 아름다운 광경이어야 할 텐데."

간헐적으로 덮쳐드는 아픔은 기절마저 허락해주지 않았다.

금속화된 목은 비명조차 못 질렀고, 입에서는 그저 커어, 커어, 숨소리가 새어나갈 뿐.

"그런데 말이야, 그래도 말이다!! 역시 내게는 어떤 가치도 있단 생각이 안 든다!! 어째서 네가 살아 있지!! 이봐, 어째서 아이들을 굳이 죽여야 했지!! 어째서 살아 버티기도 버거웠던 아이들이 겪을 필요가 없는 고통을 겪었냐고!!"

희미해지는 시야 저편에는 용사의 모습은 없었다.

저곳에 있는 것은 분노와 증오로 얼굴을 온통 물들인 마왕이 있을 뿐이었다.

"여기 두 번째 세계에서는 아직 아무런 짓도 안 했다? 그렇다면 첫 번째 때의 아이들은 어떻게 되지!! 다시 되돌렸으니까 전부 다 모조리 잊어버리라고 말할 작정이냐!! 웃기지 마라, 설령 전부가 없었던 일이 되어도 말이지. 그 순간을 기억하고 있는 내가 용서하지 않는다. 없었던 일로 흘려보내지 않는다!"

'아, 그렇군. 저자는, 내가, 우리가 만들어 낸 마왕인가. 괴물 자식! 제길, 제기랄.'

"그러니까 너는 죽어버려라. 네가 애지중지했던 재산과 함께 흙먼지로 돌아가라."

그리고 마왕에게서 일말의 온도도 남아 있지 않은 최후 통고가 들려왔다.

"—노래해라, 엔비. 『경변(硬變)의 재투성이』."

"『라아아아아, 라아아아아아, 라아아아아아아아아아아아아아아!!』"

육성이라 여겨지지 않는 금속음 같은 목소리가 울려 퍼졌다.

부르짖음처럼 과하게 높은 그 목소리는, 그러나 신기하게도 신성한 찬미가인 듯 들린다.

피핏, 피핏, 조금씩 몸이 금속화되고 있음이 느껴졌다.

살점도, 뼈도, 피의 얼음도.

'싫다, 죽고 싶지 않아! 죽고 싶지 않아! 누가, 누가 좀, 누구든 좋다! 살려다오……!!'

이윽고 나의 온몸이 금속으로 대체되었다.

목소리도 안 나온다, 몸도 못 움직인다, 눈 한 번 깜짝이지 못한다.

어째서 아직 의식이 남아 있는지 모르겠다.

정말 온몸이 금속으로 바뀌었는지 아픔마저 못 느끼게 됐다.

그저, 그저 오로지 싸늘하다.

"그곳이 너의 묘지다. 떨어져라, 그론드."

마치 지옥의 밑바닥에서 기어 올라온 목소리로 마왕이 내뱉은 최후통첩은 단 한 장의 동화였다.

날아드는 동화가 살짝 툭, 내 몸을 때렸다.

저항할 도리도 없이 기우뚱 몸이 기울어지는 다음 순간, 첨벙하고

나는 물속에 떨어졌다.

'흑?! 아파아아아아아아아아아아아아아아아아아아아아아아!!'

녹는다, 녹는다, 녹아내린다!!

차아아아아아아아아아아아아, 온몸이 부슬부슬 흙먼지로 바뀌어 간다.

그것은 금속의 아픔.

인간의 몸에서는 발생할 수 없고 이해되지도 않는 아픔.

"아하핫, 아핫! 하하하하핫!! 그래, 네가 바랐던 꿈에 허우적거리다 죽어라!! 아무것도 남기지 못한 채, 그저 흙먼지로 바뀌어 사라져라!!"

수면 너머에서 흐릿한 목소리가 들려온다.

일순간 같은, 영원과 같은, 분별이 되지 않는 고통과 함께 나의 전부가 흙먼지로 바뀌었다.

그러다가 모든 아픔도 사라져 떠나간 이후 혼만 남아서 떠다니게 된 나는 먹색의 쇠사슬에 둘러 감겨서 끌려 올라갔다.

"『아아, 이리도 편안한 혼이라니. 나빴어, 나빴어. 혼만 남아도 자유롭다는 거야? 고통받아야지, 고통받아야 해, 고통받으란 말야.』"

"『끄아아아아아아아아아아아아아아?!』"

뿌득뿌득, 사슬이 몸에 파고든다.

아픈 게 아니었다. 이것은 마치 극한까지 응축된 불쾌감 같은 감각이었다.

그저 오로지 괴로워서 견딜 수가 없었다.

존재 자체가 무산되고 빼앗기는 듯한, 차가운 물 밑바닥에 녹아내리는 듯한.

아픈 게 차라리 낫다는 생각이 드는 고통.

“『안 돼, 안 돼, 안 돼. 더욱더 고통받아야 해. 나보다 훨씬 훨씬 더 아래에 있어. 나보다 좋은 곳은 절대로 허락하지 않아.』”

“『아아아아아아아아이아앗, 아, 아, 아아……!』”

점점 더 잘게 끊어져서 부슬부슬 어떤 무엇도 남기지 못한 채.

“『지독하구나……. 악마다, 네 녀석은……. 돈도, 몸도, 그리고 혼까지…….』”

“악마? 무슨 소리야, 너희에게 나는—.”

그렇게 용사는 한없이 일그러지는 미소를 지어 보이며 나를 비웃고는.

“—인류 공통의 적 『마왕』이잖냐?”

교수대의 사슬을 당겼다.

“『키아아아아아아아아아아아아아아아아아아아아아아아!!』”

글자 그대로 혼이 내지르는 비명을 터뜨린 뒤 먼지도 못 남기고 나라는 존재 자체가 죽음을 맞이한다.

그렇지만, 인생 최후의 단말마조차.

“크큭, 아핫, 아하하하하하핫, 아하하하하하하핫.”

……마왕의 너털웃음에 덮여 지워져서 어디에도 닿지 못한 채 종언을 고했다.

☆

흐아아아아앗, 화톳불과 함께 피어올라서 그론드의 혼이었던 파편이 허공으로 흩어져 간다.

엔비의 쇠사슬이 짤라당 소리를 내며 되감겨 나왔다.

끝났다. 이제 끝났다.

나의 복수가 또 하나, 이렇게.

“작별이다, 그론드.”

흘러 떨어지는 눈물과 함께 자연스럽게 고별의 말이 쏟아졌다.

“작별이다……. 작별이야.”

감은 눈에서 천천히, 그러나 멈추지 않고 눈물은 흘러내렸다.

방금 전까지 더없이 거칠었던 마음은 마치 전부가 거짓말이었던 것처럼 마냥 잔잔해졌고.

그래도 이유는 잘 모르겠다만, 이것은 평정심과는 다른 잔잔함이다.

화톳불의 거뭇한 연기와, 돈과 그론드의 몸이 녹았을 때 솟아올랐던 녹색 증기가 서로 뒤얽혀 흔들거리며 구덩이의 위쪽 하늘로 올라간다.

“드디어, 드디어 원수를, 갚아줬어. 얘들아.”

입에서 나온 말은 마음속을 대변하는 듯 허망했다.

“『잠깐만, 못써. 내 앞에서 【오만】에 허우적거리다니. 그런 거 용서하지 않아.』”

“……【오만】이라고?”

“『나는 당신의 마음 일부인걸. 그런 허식으로 숨겨질 리 없잖아.』”

엔비의 말이 귓가에서 메아리쳤다.

……그래, 알다마다. 사실은 알고 있었다.

아이들이 복수 따위를 바라지 않았으리란 것은.

아니, 그것마저도 나 혼자만의 추측이다. 나는 단지 아이들이 복수를 바라지 않기를 바랐다. 상처받아서 복수를 바라는 이런 괴로움에 아이들마저 번민하는 처지가 되진 않기를 바랐을 뿐이다.

그러니까 아이들의 대답을 확인할 기회는 이미 사라졌고, 그러니까, 그러니까?

그렇다면 이 감정은 도대체 뭐지?

“아, 알겠다. 그래, 단순한 죄책감이구나.”

말로 표현하고 깨달은 이상 멈출 수 없었다.

허물어질 것 같은 자신을 지탱하고자 한쪽 손으로 얼굴을 감쌌다.

나 자신이 줄곧 말해왔었다. 설령 시간이 되돌아간들 그 녀석들의 죄가 사라지지 않는 것처럼 나의 잘못도 없었던 일이 되지는 못한다.

내 탓에 죽게 만들었다.

직접 손쓴 사람은 그론드일지라도 첫 번째 세계 때 그론드에게 돈을 벌 기반을 마련해준 사람은 분명 나였기에.

구해주지 못했다.

괴로움만 안겨줬다.

도와줄 수 없었다.

아이들에게 무엇 하나도 해주지 못했다.

“주인님…….” “카이토 님.”

“괜찮아, 괜찮다고. 후회야 이미 수없이 반복했잖아. 이제 와서,

이 정도로 멈춰 서지는 않을 거야."

걱정스럽게 말을 건네는 두 사람에게 대답해줬다.

이렇듯 절대 사라질 수 없는 상처가 언젠가 나 자신을 죽일 날이 올지도 모르겠다.

그렇지만 그때가 절대 지금은 아니다.

"기필코 죽인다. 그 자식들 모두, 지옥 밑바닥으로 떨어뜨려주겠어. 설령 그다음에 어떤 결과를 맞이할지라도."

그렇게 맹세했다.

그러니까 걸음을 멈추는 것만큼은 결코 하지 않는다.

체념 이상으로 추악한 도망이자 배반이니까.

"……마지막까지 함께하겠습니다, 주인님. 그곳에 다다를 때까지 줄곧 뒷받침하겠습니다."

"괴로움도 슬픔도 전부, 전부 다 슈리아가, 저희가 받아들일 거예요."

"주인님은 저희……."

"카이토 님은 저희……."

""복수의 주인이시니까요.""

쓱, 다가붙는 두 사람의 시선에는 발언과 달리 달콤한 울림은 없다.

거기에는『절대 놓아주지 않겠다』는 질타의 의사가 있을 뿐.

"그래, 정말로, 고맙구나, 둘 다."

듣기에 좋기만 한 뒷받침은 필요 없다.

말뚝을 박아 나를 묶어주는 사슬로 남아주기를 바란다.

그러니까, 가만히 감사의 말을 전했다.

"그나저나, 엔비."

"『아아, 싫어라. 또 잠재우려는 거네. 이제는 나만 쭉 사용하면 될 텐데.』"

"그럴 수는 없잖아. 너희는 디메리트가 너무 많아서 사용법이 까다롭다고. 뭐, 너는 그나마 나은 편이지만."

즉 강력한 힘의 반작용이라고도 말할 수 있는 디메리트 중 하나.

【대죄의 검】이라는 이름을 보유하고 있는 심검들은 모두가 곤란한 발동 조건 및 디메리트를 동반한다.

엔비로 말하자면 현현시키고 있는 동안은 내 능력치가 3할 수준까지 억제된다.

그리고 엔비를 사용한 뒤 꼬박 3일은 다른 심검과 스킬을 못 쓰고, 자연 회복 이외의 모든 회복 효과가 무효화된다.

발동 조건만 만족하면 어떤 상대든 방어가 불가능한 힘을 발휘하는 반면에 대가도 역시 거대했다.

"그런 데다가 성녀의 저주도 있었지. 도저히 내키는 대로 쓸 수단이 못 된다고."

내가 다루는 심검 중 대죄 시리즈는 이질적이며 강력하다.

그 때문에 첫 번째 세계에서 배반이 벌어졌을 때 나는 제일 먼저 봉인당했던 힘이다.

본래는 마왕의 힘을 제한하기 위해 교회가 오래도록 은밀하게 연구해왔던 술식으로 큰 **가쇄**를 채워 놓았다.

만약 내가 가쇄를 차지 않고 힘을 온전하게 휘두를 수 있었다면 첫 번째 세계의 결말이 달라졌을 가능성은 아주 부정할 수 없겠다.

"뭐, 이제부터는 또 이래저래 사용해주지. 이번에는 사룡이니 뭐니 상대할 일도 적을 테니까."

심검의 구성을 해제했다.

엔비의 몸이 녹아내리며 빛 입자로 바뀌어 간다.

"『……그래, 나는 단순한 검이니까 잘 모르겠지만, 또 불러준다면 기쁠 거야.』"

그렇게 말한 뒤 엔비가 미나리스와 슈리아, 두 사람을 돌아봤다.

"『나는 더 쓰임을 받고 싶어. 그러니까 주인님께서 기운 넘치게 살아줘야 해. 그러니까 **죽기 살기로 목숨을 붙여 놔**. 좀 질투하겠지만 괜히 죽으면 훨씬 더 곤란하니까.』"

"아?" "흐엥?"

미나리스와 슈리아에게 엔비가 설핏 미소 지었다.

"음? 이봐, 무슨 소리를……."

내 물음에 대답하지 않고 엔비는 사라졌다.

그러나 굳이 대답을 들을 필요가 없었다.

다음 순간, 나는 온몸으로 피를 분출하며 쓰러져버렸다.

"……꺼흑?!"

"주인님?!" "카이토 님?!"

"끄윽, 아아앗! 이 아픔은, 설마! 그 녀석의……. 쿨럭!!"

울컥울컥, 입속에 퍼져 나가는 피 맛이 지면을 더럽힌다.

"주인님! 포션입니다! 빨리……!!"

"어라, 음, 앗. 여기요, MP포션이어요!!"

두 사람이 도구 주머니에서 급히 포션을 꺼내 건네도 아픈 몸을 움직여 되밀었다.

"아니야, 됐어……. 이 상처는 포션으로 회복되지 않아. 뒤처리를, 부탁……. 크."

"주인님!!" "카이토 님!!"

'제길! 이런 건 도저히 예정, 밖…….'

거기가 한계였다.

몸은 중력에 이끌렸고, 내 의식은 저항하지 못한 채 어둠 밑바닥으로 끌려 들어갔다.

에필로그

그곳은 도시에서 떨어져 있는 숲과 벼랑의 경계.

카이토와 노노릭이 대결한 장소, 그곳에는 이제 한 사람의 주검이 가만히 놓여 있을 뿐이었다.

이미 말라붙기 시작한 피 웅덩이의 안쪽, 목구멍을 깊숙이 베여 갈라진 시체.

그러나 주검으로 보이는 그 인물은 이미 주검이 아니게 됐다.

달빛이 상처 부위를 비추는 순간, 상처 부위가 치직치직 타들어 가는 소리를 울리며 아물기 시작했다.

"……끅, 콜록!!"

그자는 분명 죽음을 맞이했었다.

그러나 벌떡 몸을 일으키는 시체는, 시체였던 인물은 삶을 되찾았다.

"크~ 퉤퉤!!"

몸을 일으킨 노노릭은 입으로 피를 뱉어 냈다.

기이하다는 한 마디로 족한 광경이었다. 목의 상처뿐 아니라 온몸 곳곳에 그어졌던 상처가 달빛을 받아 치유된다.

그리고 얼마 지나지 않아서 온몸의 상처가 전부 아물었다.

"으으, 음? 어라, 이상하네. 노노, 죽어버렸어?"

노노릭은 혼란에 빠진 머릿속을 천천히 정리했다.

그리고 지난 경과를 떠올렸을 때 노노릭은 소리 높였다.

"아앗~!! 분해, 분해, 분해라~!! 분~해~라~!! 졌어어어어어어어!!"

노노릭은 또다시 바닥에 몸을 던지더니 어린아이처럼 버둥버둥 팔다리를 흔들어 댔다.

그 모습은 아직껏 뒤숭숭한 장면을 연출하고 있는 주변 장소와 명백히 어울리지 않는 행동이었다. 그러나 곁에서 바라보는 인간은 아무도 없다.

"치사해, 치사해! 그런 거 반칙이야!! 덕분에 한 번 죽어버렸어!!"

카이토가 감정을 실패한 탓에 파악하지 못했던 노노릭의 마지막 수단.

숫처녀 백 명의 생혈을 마심으로써 목숨을 저장할 수 있는 **진조 흡혈귀가 보유한** 고유 능력.

그렇게 한바탕 난동을 부려 대다가 불현듯 움직임을 멈춘 뒤 온몸에서 힘을 빼내고 큰대자로 누웠다.

"아아~ 또 처녀의 피를 모아야 되네. 귀찮아라."

투정 부리다가 도중에 지쳐 몸을 내던지는 모습은 실제 용모와 걸맞은 아이 같다고 말할 수 있겠다.

그러나 아이다운 선량함은 찾아볼 수 없고 아이처럼 냉혹한 천진함이 깃들어 있을 뿐이었다.

"그래도, 뭐, 됐어. 더 많이 마음에 들어버렸어. 바안드시~ 노노의 장난감으로 만들어줄 테야."

더욱더 순도를 높인 아이와 같은 소유욕.

눈빛에 깃든 과하게 순도 높은 감정은 역시 위험한 날붙이와 다름없었다.

“그건 그렇고, 아휴. 이 옷, 마음에 쏙 들었는데……. 너덜너덜 다 망가졌어. 고쳐야겠다.”

마치 아무것도 아니란 듯이 살래살래 고개를 흔들더니 노노릭을 일어나서 자신의 몸을 내려다봤다.

격한 전투를 치렀던 만큼 당연하다면 당연한 상태였지만, 그렇다고 해서 허용할 수 있는지는 또 다른 문제였다.

적어도 노노릭에게는 아주 큰일이었고.

쓱, 팔을 휘두르자 너덜너덜했던 옷이 본래대로 돌아갔다.

이미 상당한 마력을 소모했는데도 불구하고 MP의 사용을 노노릭은 망설이지 않았다.

“자, 아무튼 여기를 벗어나야겠네. 일단 법국으로 가는 게 제일이겠지?”

으응~ 기지개를 켠 노노릭은 이윽고 숲속으로 걸어 나아갔다.

아주 살짝 숲으로 진입하자마자 마치 매복한 채 기다렸던 것처럼 한 마리의 가름이 노노릭에게 달려들었다.

“카악……?!”

싸샤삿, 치달리는 예리한 검섬(劍閃).

이렇다 할 단말마도 지르지 못한 가름은 절단된 육편과 빗발처럼 흩날리는 핏방울로 변했다.

“으응…….”

그 후에도 주위에서 낌새를 살피던 가름들이 동료의 죽음을 깨닫고 분노하여 잇따라 덮쳐들었다.

“아앙~ 역시 부족해…….”

몸의 소모는 격심했지만, 고양되는 기분이 온갖 불쾌감을 송두리째 집어삼켜버렸다.

더 많이, 더욱더 원한다고 소리 높이는 본능을 노노릭은 느끼고 있었다.

“아, 안 되겠어. 몸이 자꾸자꾸 달아오르네. 가랑이까지 막 욱신거려.”

거기에서 풍겨 나오는 것은 아이와 같은 외모에는 분명 어울리지 않는 창부의 색기.

그런 노노릭에게 이끌려서 나타난 숲의 마물들이 덮쳐들었다가…… 살해당한다.

그 광경은 마치 마물들이 자신의 몸을 공물로 바치는 듯 보이기도 했다.

“후후, 다음에는 언제 만날 수 있을까? 오랜만에 진짜 사랑에 빠져버렸어♪ 기다려줘, 카이 군. 힘을 되찾으면 만나러 갈 테니까.”

달빛에 미소 짓는 그 모습은 목격하는 자에게 공포마저 불러일으킬 수 있을 만한 요염함이 느껴졌다.

☆

오를레아 왕국, 왕도의 왕성 안.

법국의 성녀로서 방문한 이 나라.

알레시아 왕녀 및 주요 인물과 접견을 마친 뒤 돌아온 방에서 저는 주체할 수 없는 감정을 날뛰고 날뛰어 토해 내다가 그대로 잠들어버렸음을 깨달았습니다.

"으음……. 아아, 감사드립니다, 루나리스 님. 역시 그게 올바른 형태라는 말씀이군요."

사태의 해결법에 대해 가르침을 받게 된 저는 천천히 의식이 부상하는 것을 느꼈습니다.

천천히 눈을 떴을 때 보이는 것은 마구 날뛰었던 까닭에 시트가 쭈글쭈글 구겨져 있는 침대.

몸에는 아마 시녀가 덮어줬을 부드러운 촉감의 이불.

"조, 좋은 아침입니다, 메테리아 님."

"네, 좋은 아침이에요……?"

시녀가 어째서 흠칫흠칫하는지 의문이 떠오릅니다.

그러나 의문은 곧 안개처럼 흩어졌습니다.

첫 번째 세계에서는 수없이 거듭하여 같은 모습을 보여줬습니다만, 지금 저 시녀는 이런 제 모습을 보는 경험이 처음이니까요.

'뭐, 아무래도 좋은 이야기입니다…….'

제게는 그 사람만 있으면 돼요. 그 사람에게도 저만 있으면 돼요.

다른 사람의 눈 따위 절대로 신경 쓸 필요가 없습니다. 그게 진정으로 이루어졌어야 하는 올바른 형태라고, 그렇게 결정되었으니까요.

그러니까 올바른 형태를 이루고 있지 못하는 현 상황이 몹시 불쾌합니다.

"……."

흐트러진 머리카락을 손으로 살짝 빗어 내리고 저는 일어섰습니다.

"앗, 메테리아 님. 어디에 가시나요?"

"씻으려고요. 시중은 필요 없으니 혼자 있게 해주겠어요?"

"기, 기다려주십시오! 아직 욕실의 준비가……."

"필요 없습니다."

"네? 저, 저기……?"

수행 시녀는 방에 남기고 이제 해가 막 떠오를 무렵의 조용한 왕궁 내부를 걸어갔습니다.

왕족과 국빈 전용의 욕실에는 당연하게도 뜨거운 물을 이미 다 빼놓았습니다.

워터 웨이브
"따스함을 가져다주는 물이여, 가득 차올라라, 『열수파(熱水波)』."

좌아아아아아아아앗, 손에서 흘러나온 대량의 온수가 욕조에 가득 들어찹니다.

이 정도 마법도 MP를 신경 써서 영창까지 해야 한다는 것이 아직은 조금 적응되지 않습니다.

그러나 지금 레벨로도 이렇듯 마법을 구사할 수 있는 것이 카이토 님과 보냈던 나날의 기억 덕분임을 떠올리면 마음에 뜨거운 감정이 깃들었습니다.

차게 식었던 욕실을 하얀 수증기가 채웠고, 손을 댄 온수의 따스함이 적당한지 확인한 다음 욕조 안쪽에 몸을 담갔습니다.

"……."

온몸에 따스함을 느끼며 천천히 사고가 돌아갑니다.

떠올리는 대상은 물론 카이토 님.

용사와 한 쌍이 될 여인은 이 세상의 성녀인 저 하나뿐인데.

그 자리를 마왕이 비틀어 낚아챘고, 그 때문에 카이토 님은 불필요한 괴로움을 받아야 했습니다.

첫 번째 세계에서는 저의 모자람이 죽음에 따른 해방밖에 달리 수단이 없을 지경까지 카이토 님을 몰아넣고 말았습니다.

죽음을 수단 삼을 수밖에, 내세를 기원할 수밖에, 악독한 속박에서 구해 낼 방도가 사라져버렸습니다.

그래도 지금은 다릅니다.

시간이 되감기게 된 지금이라면, 카이토 님이 힘 대부분을 잃은 지금이라면, 이 세계를 진정한 의미에서 본래 이루어졌어야 할 형태로 되돌릴 수 있습니다.

"자, 무엇부터 시작할까요……?"

그러니까 꾸물꾸물할 틈은 없습니다.

이번에야말로 세계를 올바른 형태로 만들기 위해.

여전히 남아 있는 비틀림을 바로잡기 위해.

카이토 님과 행복하게 맺어질 날을 위해.

지금이라면 이룰 수 있으니까요.

비틀림을 한탄하기보다는 다음 장소로 나아가야 하는 때입니다.

『울고 울고 또 울고 감정을 전부 쏟아 내자. 그러면 다시 걸어갈 수 있어.』

그렇게 저는 카이토 님께 가르침을 받았으니까요.

"지켜봐주세요, 루나리스 님. 반드시, 이번에야말로 이 세계에서 이루어져야 했던 이야기의 결말을……."

다시 시작할 수 있는 기회를 허락해주신 신께 감사의 기도와 더불어 저는 새로운 결의를 받들어 올렸습니다.

결의를 새로 다지고 곧 저는 정보 수집에 분주했습니다.

첫 번째 세계에서는 카이토 님이 구해주실 때까지 저를 가두는 새장이었던 교회는 이미 제가 완전히 장악했고 방해꾼 노릇을 하는 어리석은 자들도 모두 떠나보냈습니다.

루나리아 교의 신도가 각지에 흩어져 있는 덕분에 저는 참으로 우수한 손발을 부릴 수 있었습니다.

그리고 에르미아의 시가에서 발생한 이변, 제 예상대로 맨 처음 표적이 된 인물은 유미스였습니다.

왕도와 떨어져 있는 거리를 감안하면 카이토 님이 처음으로 선택할 대상은 아마도 그 여자이리라 예측했습니다.

그 때문에 왕도에서 최저한의 체류를 마친 뒤 지금은 에르미아로 마차를 달리고 있는 와중입니다.

현지에서 직접 카이토 님의 정보를 조사하기 위해.

"……."

틀림없이 카이토 님은 다른 아무래도 좋은 인간들과 달리 이전의 기억을 유지하고 계실 테지요.

그게 아니라면 도저히 설명이 되지 않는 말과 행동이었습니다.

용사는 신께 힘을 하사받아 이 세계를 방문하는 존재입니다. 제 기억이 보전된 만큼 카이토 님의 기억도 보전되는 것은 당연하다면 당연하겠습니다.

뭐, **가짜** 왕녀는 기억을 잃어버렸습니다만.

'왕도에서는 행적을 거의 찾아내지 못했습니다만……. 카이토 님은 제가 전부를 기억하고 있단 사실은 알아차리지 못하고 계시군요.'

그렇지 않다면 능력치도 스킬 레벨도 저하되어 있는 상황에서 이토록 큰 행동에 나서지는 않았겠죠. 남긴 말대로 『복수』를 위해 움직이더라도, 일단 대외적 문제가 발생할 만한 방식은 취하지 않으셨을 겁니다.

"정말로…… 다행이에요. 카이토 님께 알려지지 않았다면 일을 진행하기가 훨씬 더 수월해집니다."

"메테리아 님? 무슨 일 있으신가요?"

"아니요, 슬슬 에르미아에 도착할 무렵일 테니 당신도 오늘은 천천히 쉴 수 있을 거예요."

"그런가요? 앗, 아닙니다. 배려에 감사드려요."

시녀는 명백하게 안도했다는 기색을 내비치고 있습니다.

저녁은 꽤 멀었지만, 점심때를 지난 지 이미 몇 시간.

힐끔 바깥에서 이동하는 호위의 분위기를 살피면 역시 짙은 피로의 빛이 보입니다.

'딱 알맞게 지쳤군요, 예정대로입니다.'

카이토 님의 행적을 좇을 때 호위와 시녀의 눈은 방해물에 불과합니다.

"여러분에게 고된 일정을 요구해서 미안합니다. 그렇지만 언데드의 습격을 받은 에르미아의 주민들을 위해서 한시라도 빨리 도착해야 했어요."

그렇게 말한 뒤 저는 침통한 심정이 묻어나는 표정을 지어 보였습니다.

언데드에게 습격을 받아 에르미아에 남아 있을 어두운 마력의 정화.

물론 진정한 목적은 다른 데 있습니다만, 주위 사람들이 충분히 납득할 만한 명분이기에 기꺼이 이용했습니다.

"메, 메테리아 님! 이러지 마세요! 머리를 들어주세요! 저희는 신경 쓰지 않으셔도 괜찮습니다!"

"고마워요. 그래도 무리하게 일정을 밀어붙인 것 또한 사실이잖아요. 제게는 여러분들 역시 아끼고 보살펴야 할 대상이랍니다."

물론 용사님과 맺어지는 이후의 세계에서 저희를 축복하며 열심히 살아가야 한다는 조건이 따라붙습니다만.

"어쨌든 간에 어둠의 마력을 정화하자면 밤보다는 낮에 실행하는 것이 효율적입니다. 그러니까 에르미아에 도착하면 오늘은 살짝 호화로운 식사 자리를 가지도록 해요. 청빈은 귀한 가치입니다만, 기운을 쏟아야 할 때는 든든하게 먹어 둬야죠."

그렇게 말한 뒤 저는 자애로운 미소를 지어주었습니다.

초목도 잠드는 한밤의 두 시.

저는 혼자서 에르미아의 도시 바깥으로 빠져나왔습니다.

"후훗, 아, 이쪽이군요."

그분의 마력에 서린 잔향을 쫓아 저는 숲속을 나아갔습니다.

그분께서 마치 손짓으로 인도를 해주시는 듯하여 저절로 얼굴에 미소가 피어올랐습니다.

어느 정도 시간이 경과하여 엷게 흩어져버린 마력의 잔재.

그럼에도 제가 잘못 착각할 리 없습니다. 그렇게 그 장소에 도착할 수 있었습니다.

"……아아, 가엾은 분. 이토록 증오가 가득 넘치시나요……."

숲속에 가만히 자리하고 있는 광장.

가장 농후하게 카이토 님의 마력이 남아 있는 곳입니다. 그 밖에도 고통에 가득 찬 마력의 입자.

이토록 강한 의지가 담긴 마력이 남아 있다면 술법도 수월하게 발동할 수 있을 겁니다.

"사유를 나타내는 것은 혼의 잔향, 한 발짝 놓치지 않고 이 장소에. 『역사경(歷史鏡)』(스토리 미러)."

몸에서 송두리째 마력이 빠져나가며 찰랑, 물에서 파문이 퍼져 나가듯 제 앞에 마력으로 구성된 거울이 나타났습니다.

처음 불투명 유리처럼 흐릿하게 보였던 표면은 이윽고 초점이 천천히 맞아들면서 깔끔한 영상을 이루었습니다.

남아 있는 마력에서 과거의 사건을 보는 마법.

그리고 그곳에는…….

"아아……! 카이토 님, 카이토 님!"

기억 속보다 얼마간 앳된 모습을 지닌 카이토 님.

눈 깜짝할 틈도 아까워 홀린 사람처럼 그 모습을 눈꺼풀에 담아 각인하고.

"카이토, 니임……."

마법의 거울 속 카이토 님이 울부짖는 듯한 흉포함에 몸을 내맡긴 채 유미스를 상대로 검을 휘두릅니다.

만질 수 없다는 것이 안타까워서, 지금 당장에라도 꼭 안아드리고 싶건마는 목소리마저 들리지 않습니다.

그렇게, 이윽고 전부가 끝나서 마법도 두절됐습니다.

"아……! 어, 째서……."

마지막 순간 비친 장면은 어느 날인가 봤던 미소, 카이토 님이 온화한 미소를 수인 여자와 혼혈 엘프에게 지어주는 영상.

그분의 곁에 저 아닌 사람이 서 있는 모습.

"저곳은, 제 자리인데……."

또 그분의 곁에 눈엣가시 날벌레들이 날아다닙니다.

"또 저런 날벌레를 데리고 다니시는군요. 어째서, 어째서, 어째서."

어째서 저곳에 있는 사람이 제가 아닌 걸까요.

"서둘러야겠어요……."

더 이상 카이토 님께서 더렵혀지기 전에.

"흐앗?!"

바로 그때였습니다.

몸속 깊숙한 곳에서 용솟음치는 **쾌감**.

마치 의식만 몸을 빠져나가서 날다시피 달리듯 해당 장소의 정보를 지각할 수 있었습니다.

"하아아앙! 으응, 아앗, 카이토 님, 【대죄의 검】을 사용하셨군요……."

화끈화끈 순식간에 상기된 얼굴이 저절로 미소를 피어 냈습니다.

설령 세계가 되감겨도 카이토 님과 저의 연분은 여전히 맺어져 있었습니다.

"이 방향은……. 그렇군요. 다음은 그론드를 상대하셨어요."

아아, 아아, 아아.

기다려주세요, 카이토 님.

이제 금방, 금방이에요. 서둘러 준비를 갖추겠습니다.

당신이 더 이상 수라의 길을 걷지 않아도 되도록 제가 모든 것을 **다시 만들어 보이겠습니다.**

"후훗, 후후후훗."

흔들흔들 몸을 일으켜서 저는 그곳을 뒤로했습니다.

자, 서둘러 계획을 진행합시다. 빨리 날벌레들 틈바구니에서 카이토 님을 떼어 내고 둘이서 행복해지는 이야기를 밟아 나가기 위하여.

그것이 본래의 마땅한 모습이니까요.

☆

"그렇습니까, 아직 그자는 발견하지 못한 겁니까."

"……대단히, 면목 없습니다."

성녀 메테리아 님께서 떠나가신 뒤 대략 1개월가량.

내가 개인실에서 받은 기더트의 보고는 지난날과 마찬가지로 전혀 흡족한 내용이 아니었습니다.

"역시 유력하다고 말할 수 있는 정보는 예의 『월 이터』라는 마물에 의해 벌어졌던 성벽의 구멍과, 마물 습격 때 모습을 보였다는 남자이겠습니다."

"아, 빈민 소녀를 구출했다는 말이 있었죠. 그자의 소행을 돌아보면 수상쩍은 증언이기는 합니다만."

빈민일지언정 순수한 인간이라면 내가 감싸고 돌봐줘야 하는 백성입니다.

아버님도 어머님도 생각이 짧아 조종하기 쉬운 것은 좋습니다만, 저런 도리를 전혀 모릅니다. 자신들만 편안하다면 족하다는 생각을 갖고 있습니다.

뭐, 지금은 우둔한 면모 덕분에 많은 도움을 받는 게 사실이죠.

마왕 토벌 후 **전쟁**에 대비하여 군비 강화도 수월하게 진행 중입니다.

마족은 물론입니다만, 그다음은 수인도 쳐서 없애버려야 합니다.

그것이 대정령님의 심중.

그 뜻을 이해하지 못한 채 태만에 빠져 허우적대는 부모님께는 머지않아 거부할 수 없는 은거를 권할 계획입니다.

"……각지에서 마물이 활성화됐고, 상위종 및 특이종의 발생률이 높아졌다는 보고도 들어왔습니다. 슬슬 본 임무로 복귀하세요. 물론 병행해서 그 무뢰배의 수색도 진행해주시고요. 나는 나대로 다른 수단을 모색하겠습니다."

"넷, 실례하겠습니다, 알레시아 님."

외모와 어울리지 않는 수려한 동작으로 기더트가 예를 갖춘 뒤 방에서 나갔습니다.

나는 그대로 잠시 상념에 잠겼습니다만, 묘안이 떠오르지 않아 머리를 흔들었습니다.

"후유, 안 되겠군요. 잠시 기분 전환이나 하죠."

그렇게 중얼거리고 일어선 뒤 나는 평소의 장소를 찾아갔습니다.

그곳은 대대로 오직 왕녀만 출입이 허락되는 곳, 대정령님께 기도를 올리기 위한『대정령의 방』.

『정령 신앙』이 뿌리를 내린 이 왕국에서 유일하게 대정령님의 말씀을 직접 들을 수 있는 곳.

가만가만 왕성 내부를 걸어 향한 그 장소에는 화려하지 않으나 신기하게도 존재감을 발하는 문이 있었습니다.

세밀하게 세공을 더한 문은 미닫이문도 여닫이문도 아니고 자칫하면 단순한 장식품으로 보이기만 합니다. 그렇지만 저것은 분명 문이었습니다.

일종의 결계 비슷한 장치겠죠. 허락된 인물만을 받아들이고 그렇지 않은 자에게는 단순한 벽이 됩니다.

"……."

나는 그곳에 아무것도 없는 것처럼 걸어가서 문의 건너편으로 **빠져나갔습니다**.

그곳은 짙은 녹색으로 정비된 정원.

달콤새큼한 과실을 맺은 저목 및 선명한 색채와 향이 두드러지는 꽃들.

중앙에 있는 정자는 얼룩 하나 없는 흰 대리석으로 제작됐고, 샘물처럼 맑은 물이 흘러넘치는 분수에서 청량한 소리가 울려 나옵니다.

바깥은 점점 쌀쌀해지고 있는 계절입니다만, 이곳은 마치 다른 세계인 듯 따뜻한 공기가 가득 차 있었습니다. 나는 땅에 자라난 저목에서 붉은 열매를 두셋 따 손바닥 위에 올려놓고 망설임 없이 정자로 향했습니다.

정자와 마찬가지로 새하얀 탁자 위, 티끌 하나 없는 백자기 찻잔 받침의 위에 과실을 내려놓습니다.

언제나 딱 적당한 온도의 홍차를 끓여주는 포트로 천천히 차를 따르고 옆쪽 하얀 나무 의자에 앉았습니다.

"후후, 역시 이곳의 홍차는 맛이 좋아요."

격조 높은 내음의 차를 즐기면서 쌓아 둔 과실을 입에 넣습니다.

따뜻한 햇볕이 내리비치는 우아한 한때는 언제나 마음이 편안해집니다.

'그건 그렇고, 도대체 어떻게 된 걸까요? 왕도에 없다는 건 확실하겠죠. 그러나…….'

쓱, 목덜미에서 어깨를 더듬거리며 등을 의식합니다.

그곳에는 이미 흉터 하나도 남지 않았습니다.

'모조리 다 빼앗아주겠다고, 이 등에 새겨 넣었죠……. 어떠한 착각 때문에 저질렀던 일인지 알 수는 없어도 나를 죽이지 않은 이상 머지않아서 무엇인가 행동을 일으키리라 예상했습니다만…….'

"……역시 은밀하게 수색하자는 방침은 무리가 있겠습니다. 법국에도 이미 들켜버렸고, 길드에 수배를 해서……. 아니요, 그런 방법을 동원했다가 이미 알아차린 법국은 어쨌든 간에 제국까지 알아버리면……."

최악의 경우는 왕국에서 이용하려고 했던 용사의 힘을 제국에 빼앗길지도 모릅니다.

그곳은 실력주의를 운운하며 질서를 무시하는 야만인들의 나라.

어떤 괴물이든 이해관계가 알치하면 제국은 손을 잡습니다.

그것은 곧 왕국의 해로 작용하겠죠.

"아, 이런, 안 되겠네요. 이곳은 휴식을 하러 온 곳인데……."

후유, 한숨을 쉬고 찻잔을 내려놓은 뒤 정자에 병설되어 있는 제단으로 걸음을 옮겼습니다.

그곳은 역대 왕녀들이 대정령님께 기도를 올리고, 그리고 귀한 말씀을 내려받기 위한 장소.

본래는 언니께서 매일 기도를 올렸던 장소.

"……오늘도, 아무 말씀도 안 들립니다. 역시 나는 도저히 못 미치네요."

내 힘으로는 달에 한 번, 만월이 밝게 빛나는 밤이 아니면 귀한 말씀을 듣고 싶어도 뜻을 이루지 못합니다.

게다가 거칠고 작고, 띄엄띄엄 끊어지는 단어뿐.

아아, 만약 언니께서 살아 계셨다면.

내가 아니라 언니께서 이 자리에 계셨다면 분명히 마치 친구와 대화 나누듯 수월하게 대정령님과 귀한 말씀을 주고받으셨겠죠.

그 존귀한 모습마저 배알할 수 있을 만큼 재능이 가득했던 언니, 지금 이곳에 진정 계셔야 했던 언니.

마음씨 곱고 총명하여 내가 진실로 동경했던…….

"……나는, 절대로 포기하지 않습니다. 언니의 원수를 기필코 내가 갚아 보이겠습니다."

꽉, 옷자락 위로 언니의 유품으로 남은 목걸이를 잡아 쥐었습니다.

"추하게 인간의 거죽을 뒤집어쓰려고 하는 전부를, 내가……."

"『없애버리겠습니다.』 뭐, 그런 건가?"

"앗?! 누구입니까!!"

목소리가 들려서 퍼뜩 돌아보는 동시에 확인도 하지 않고 위협을 대신하여 특대 파이어 볼을 무영창으로 발사했습니다.

"아차차, 대용품이어도 과연 왕녀님이신가. 무영창으로 이런 위력이라니 제법이군♪"

자욱하게 피어오르는 모래 먼지가 가신 곳에서 보인 것은 깊숙이 후드를 뒤집어쓴 인물.

체형과 목소리를 감안하면 남성이겠죠.

"……이곳은 선택받은 왕녀가 아닌 한 출입이 금지되는 성역입니다. 당신, 정체가 뭐죠?"

"뭐, 그래도 즉각 날리는 게 『광구』가 아니라 『화구』라는 게 진짜에는 못 미친다는 증거지. 이번 대는 최고로 축복받은 재능을 갖고 있다고 들었는데."

"윽, 방금 전 발언도 그렇고, ……당신, 도대체 어디까지."

"그렇게 노려보지 마라. 걱정할 것 없어, 우린 동료니까 말이야."

껄껄 웃은 남자는 『그래도, 뭐.』라고 말을 이어 나가며 후드를 걷어 내렸습니다.

"거의 교신도 제대로 못하는 대용품을 보완하기 위해 와줬다고. 하하, 이쪽에서도 이번에는 진짜 이레귤러가 너무 많아서 진저리가 난다니까? 하나뿐이라면, 결과가 같아진다면 대충 괜찮겠다 치고 넘겼을 텐데."

"앗, 엘프?!"

나타난 것은 기다랗고 뾰족한 귀와 금빛의 머리카락.

인형처럼 가지런하고 단정한 용모는 어쩐지 만든 물건처럼 보입니다.

"흥, 숲을 뛰어다니는 인간 유사종이 나에게 대체 무슨 용무입니까?"

"거참, 그렇게 툴툴대지 말래도. 그 사람이 아니라는 범위의 틀린 부분을 가르쳐주기 위해 저 멀리서 찾아왔다고."

"……."

"으음, 어떻게 말해줘야 알아들으려나. 아, 맞아, 이렇게 말하면 될까?"

실실 웃는 엘프 남자의 입꼬리가 히죽 비뚤어졌습니다.

"진짜였던 저번 왕녀도 『엘프가 대정령님의 심부름꾼』이라는 사실은 알고 있었거든? 왕녀가 이 세계에서 진정 어떻게 행동해야 하는가, 우리가 힘을 좀 쓰면 가르쳐줄 수 있다고."

"닥치세요! 역겹습니다! 언니는 너희 같은 인간 유사종에게 살해당하셨습니다! 수인도 아인도 마족도, 전부 세계를 더럽히는 해악! 이 세계는 인간의 세계입니다!!"

"그러니까, 그 해악 속에 엘프는 안 들어간다고. 이 세계의 진짜 올바른 모습은 인간과 엘프의 낙원이니까."

"헛소리! 그따위 말을……."

"그 말을 대정령님에게 직접 들을 수 있어도?"

"……뭐라고요?"

"우리 엘프가 거들어주면 대용품에 불과한 너도 어지간한 『진짜』

수준의 능력을 발휘할 수 있거든? 여러모로 꽉 막힌 상황이잖아, 용사의 처리라든가.”

“윽.”

말문이 막힌 나에게 더 이상 주도권은 없었습니다.

엘프 남자는 자기 뜻을 이루어 만족했는지 더욱더 입꼬리를 끌어올린 채 웃었습니다.

“자, 협력하자고. 가짜 왕녀님. 너를 이 세계에서 본래 나타나야 했던『진정한 진짜』로 만들어줄 테니까.”

두 번째 용사는 복수의 길을 웃으며 걷는다 4
~욕심에 가라앉은 상인~

초판 1쇄 발행 2019년 3월 20일

지은이_ Kizuka Nero
일러스트_ Sinsora
옮긴이_ 김성래

발행인_ 신현호
편집국장_ 김은주
편집진행_ 최은진 · 김기준 · 김승신 · 원현선 · 권세라
편집디자인_ 양우연
국제업무_ 정아라
관리 · 영업_ 김민원 · 조인희

펴낸곳_ (주)디앤씨미디어
등록_ 2002년 4월 25일 제20-260호
주소_ 서울시 구로구 디지털로 26길 111 JnK디지털타워 503호
전화_ 02-333-2513(대표)
팩시밀리_ 02-333-2514
이메일_ lnovelpiya@naver.com
L노벨 공식 카페_ http://cafe.naver.com/lnovel11

NIDOME NO YUSHA WA FUKUSHU NO MICHI WO WARAI AYUMU
-YOKUSHIZUMI NO SHONIN- Vol.4
©Kizuka Nero 2017
First published in Japan in 2017 by KADOKAWA CORPORATION, Tokyo.
Korean translation rights arranged with KADOKAWA CORPORATION, Tokyo.

ISBN 979-11-278-4973-3 04830
ISBN 979-11-278-4600-8 (세트)

값 9,800원

L BOOKS

모험가가 되고 싶다며 도시로 떠났던 딸이 S랭크가 되었다 1~2권

모지 카키야 지음 | toi8 일러스트 | 김성래 옮김

고향 시골에서 은퇴 모험가 생활을 보내던 벨그리프는
숲에서 주운 소녀를 안젤린이라 이름 붙여서 친딸처럼 키웠다.
벨그리프를 동경하여 도시로 떠나 모험가가 된 안젤린은
길드에서 최고위《S랭크》까지 올라 분주한 나날을 보낸다.
어느덧 5년이 지나 안젤린은 힙겹게 장기 휴가를 내서
정말 좋아하는 아빠 벨그리프를 만나러 가려 하지만
느닷없이 마물 토벌에 동원된다거나 도적단과 맞닥뜨리며
좀처럼 귀로에 오를 수가 없었다.

"도대체 나는 언제쯤이면 아빠랑 만날 수 있는 거야……!"

따뜻한 이야기와 모험이 가득한 하트풀 판타지!!

카미타니 케이
일러스트 : 쿠와시마 레인
최하위 직업에서 최강까지
출세하다
3